神保町・喫茶ソウセキ
真実は黒カレーのスパイスに

柳瀬みちる

宝島社
文庫

宝島社

神保町・喫茶ソウセキ　真実は黒カレーのスパイスに

【目次】

神保町・喫茶ソウセキ　真実は黒カレーのスパイスに

第1話　正義と微笑にスパイスを一匙

風が強い。今日は都内に暴風注意報が出たって、さっきネットで見た気もする。

ふいに、何かが鼻先をかすめていった。白っぽい花びらだ。

一体どこから飛んできたのだろう。

それを探そうとした途端、視界に《喫茶ソウセキ》の看板が飛び込んでくる。容赦なく現実に引きずり戻され、ウッと唸《うな》って顔ごと逸《そ》らした。

店にはもうスタッフがいるようだ。中に明かりがついている。

強く握った手の中には、大きな石ころ。その重みが、心の底を冷やすようだった。

『喫茶ソウセキ……。斯様《かよう》な店にあるものかね、存在価値など』

低い声音が、耳の奥でこだまする。

『神が実在するとして、天誅《てんちゅう》を下さないのもおかしな話だよ』

脳裏にちらつく、和装の男性——眠そうな幅広の二重に、少し波打つ前髪が掛かっていて、いかにも物憂げで。笑顔さえ悲しそうな彼は、自ら黄泉路《よみじ》へ旅立ってしまいそうな、そんな危うい雰囲気を醸し出していた。

彼の願いを叶《かな》えたい。そう考える者は少なくない。ここに立っている自分だって、その一人だ。もう二度と、彼を裏切ってはいけない……。

これは正しい行いなんだ。正義だ。良いことだ。

震えてしまいそうな己を、何度も何度も説得する。これは正義だ。正義。

彼が勧めてくれた本にも書いてあった。『微笑もって正義をなせ』と。

自分がやらないといけない。あいつらを止めなきゃいけない。むりやり笑みをつくり、大きく腕をふりかぶる。その手から、風を切って石が飛んだ。

1

【私の行きつけ】

編　……
葉山　ところで葉山《はやま》先生はカレーがお好きだそうですが、よく行くお店などはありますか?
編　神保町《じんぼうちょう》にある喫茶ソウセキです。
葉山　なるほど、おすすめのメニューを教えてください。
編　新漱石《そうせき》カレーですね。地味な中にも明治時代の趣を感じられる、いい味です。
葉山　他にも文豪をイメージしたカレーがあるので、面白いですよ。……

世界一と謳《うた》われる本の街、東京都千代田区・神田《かんだ》神保町。
目抜き通りには書店および出版社のビルがずらりと建ち並び、横道に入っても古書店が軒を連ねる、読書家にとっては天国のような街である。

海外から日本へ入国したとき、空港で醬油《しょうゆ》の香りを感じると聞く。神田神保町も独特の香りを放っており、それは間違いなく紙とインクが主成分なのだった。

そしてもうひとつ、街のそこかしこから漂うのはカレーの芳香である。二十一世紀に変わる前後から、神保町一帯にカレー店が増え始めたらしい。今や三分歩く間に十軒近くのカレー店に遭遇する区画があるそうで、もうわけがわからない。

そんな魔境の片隅に喫茶ソウセキを開いてから、早くも一年半が経《た》っていた。

私も経営に慣れてきたところで、この店も神保町の風景の一部として溶け込んでいると思いたい。心なしか、厨房《ちゅうぼう》に掲示してある営業許可証――「緒川千晴《おがわちはる》」と私の名前入りのそれも、風格のような何かをまとい始めた（と願っている）。

ランチタイムは満席の日が多いし、常連と呼べそうなお客様もできた。何度も来店してくれるカップルとか、頻繁に十人前をテイクアウトしていく男性とか……ありがたい限りだ。まさに神様、仏様、お客様々。

常連が増えるきっかけとなったのが、〝あれ〟だろう。

入り口近くの飾り棚。その中段に、とある文芸誌が飾ってある。

あの雑誌には「私の行きつけ」なる連載企画があって、有名小説家たちが自分の好きな飲食店を紹介するのだが、半年前の号で喫茶ソウセキが掲載されたのだ。

ただツッコミを入れさせていただくとするなら、うちはカレー店ではない。たまたまカレーが三種類あるだけの喫茶店だ。ネットのレビューにも『☆5　カレー屋さんなのにアップルパイが美味《おい》しかった♪』と書かれてしまったけど、誤解です。うちはカレー屋さんじゃないのです。

……ともかく、有名小説家様に紹介していただいたとあって、雑誌発売からしばらくの間は連日満席。店の外にも行列が出来ていた。

だが、それも束《つか》の間の夢。売り上げは一向に安定しない。そもそも光熱費を始めとして、食材も人件費も何もかもが値上がり続きなのがキツい。

はああと長いため息を吐《つ》いて、私は帳簿アプリを閉じる。これ以上の値上げもできないけど、どうすればいいのだろう。月次損益をしっかりやって、不人気メニューを切り捨てようか……いやそれは悲しい。パイもキッシュも提供したい。

暗い気持ちでタブレットの電源を落とすと、暗い画面に暗い顔をした女が映っていた。二十代後半どころか、アラフォーといわれてもおかしくない老けっぷり。いけない、笑顔笑顔。両頬《りょうほほ》を軽く叩《たた》いて気合いを入れた。

時計はもうすぐ六時を指すところ。窓の向こうは、秋の朝。薄暗くてじめっとして、それであってもどこか涼しげな風が吹いている。十月も半ばになり、ようやく秋を実感できる気候になった。

そして、今日は週に一度の仕込み日だ。開店までの数時間で、カレーの具材を下ごしらえしたり、パイ皮やなんかを大量に作っておくのである。

出し抜けに、「おはようございまーす！」と爽やかな挨拶が響き渡った。アルバイトの宮城《みやぎ》さんが出勤してきたのだ。どことなく柴犬《しばいぬ》のような雰囲気を感じさせる宮城さんは、五分刈りの上からビシッと手ぬぐいを巻き付け、「幕間」と書かれた個性的なTシャツの上からエプロンをしめる。どう見てもラーメン屋の店員だけど、その辺りは指摘しないでおく。

宮城さんは長く働いてくれている貴重な人材だ。今日だって、早朝から出勤して手伝ってくれる。

今日もまた、宮城さんは指示を待つこともなく、率先して食材の仕分けを始めた。テキパキと手を動かしながら、「ところで葉山センセーは大丈夫っすかね」

「葉山さんがどうかしたんですか」と私が聞くまでもない。

「昨日の帰り際、すぐそこですれ違ったんですけど、ゾンビっぽくフラフラで。顔色も、墓場に流れるドブ川みたいだったんすよ。あれはちょっとさすがに」

宮城さんのいう「葉山センセー」とは、例の文芸誌にて喫茶ソウセキを紹介してくれた、ベストセラー小説家・葉山トモキのことである。

葉山トモキは、三年ちょっと前に某小説新人賞からデビューした。といっても賞を獲《と》ったわけではない。選外だったところを編集者の目に留まり、いわば拾い上げのような形での出版だったらしい。それに関連して、同期の大賞受賞者・白浜《しらはま》イヅミさんといざこざがあったのだ。

もう解決済みだと思っていたけれど、そうではなかったらしい。つい先日、葉山さんのもとで働く家政婦さんがこっそり教えてくれた――『白浜センセから何も連絡がないんですって』と。

葉山さんは白浜さんに宛てて、メールを送ったのだという。「また文学の話ができたら嬉《うれ》しい」とか、そういう内容だったようだ。しかし白浜さんから返事はない。それを気に病んだ結果、ウツになっている、ということらしい。

たしかに最近の葉山さんはおかしい。ラストオーダー後にやってきて、大好きな本も読まず、カレーを食べたらすぐに帰ってしまう。いつもなら、私に文学の話をふっかけてきたり、ノートを開いて何やら読めない文字を書き連ねたりするのに。

葉山さんは、この店が入っている雑居ビルのオーナーでもある。大変なカレー愛好家でもある彼とは、開店当初から色々あって知り合いになった。

ずっと接していてわかったのは、葉山さんが沈みやすい性格だということ。一旦落ち込むとなかなか浮上できないようで、特に今回は相当ダメージを受けているようだ。

そんなふうに、葉山さんのことは心配ではあるけれど、

「本当に、大丈夫でしょうかね」そんなコメントしか出てこなかった。申し訳ないけれど、葉山さんに神経を向けられるほどの余裕はない。私にも考えなければならないことは沢山あった。今後どうやって売り上げを保てばいいのか。また赤字になったらどうしよう……。

ぐるぐる悩みながらも、パイ生地作りを開始した。この作業は無心になれるので、悩み事があるときにうってつけだ。

冷え切った指先で冷たいバターをぎゅっと練り込んでいく最中、このフランス産発酵バターを少し安いものに変えようか——なんて、突然そんなことを思いつく。でもバターはパイの命。確実に味が変わってしまう。それが原因で客足が離れてしまったらどうしよう……でもコストカットは必要かもしれない。でも。でもでも。

何度目かの「でも」を頭の中で繰り返したその時。

いきなり、ガシャアアンと鋭い破壊音が響き渡った。続けざまに、ドン、と重たい何かが落ちる音。弾《はじ》かれたように顔を上げ、客席のほうに目をやった。

表に面した窓ガラスの一枚には、大きな穴。床には、朝日を受けて輝く大小様々のガラス片。それに交じって、こぶし大の石がごろりと転がっていた。

あまりにも悲惨な光景だ。

「えっ……？」

もはや間の抜けた声しか出なかった。何が起きたのかなんて、考えるまでもない。

固まる私を差し置いて、宮城さんがニンジン片手に飛び出していった。

「どこ行きやがったクソヤロー、出てこいっ！」

私は、というと。割れた窓から差し込む光の中、無数の埃《ほこり》が舞っているのを見つめて、ああ掃除が大変だ……とか、そんなことばかりぼんやり考えていた。

2

「なぜいまだに通報していないんだ」

——開口一番、葉山さんは訝《いぶか》しげな顔でそう言った。

「あの、通報とかそういうのはちょっと……。大事になるのは避けたいので」

もしかしたら故意ではなくて事故かもしれないし。そう続けようとした私を遮って、

「きみは忘れているようだが、ここは俺の所有する物件だ。通報するからな」

ストレートな皮肉が飛び出すほど、本日の葉山さんは機嫌が悪い。四階にある自宅で鬱々《うつうつ》と仕事していたら、ガラスの割れる音——もしくは宮城さんの大声に驚いて、下まで様子を見に来た……というところか。

辺りを片付けるべく、宮城さんがほうきとちりとりを持ってきてくれた。それを見た葉山さんが、「待て」と制止する。

「現状保存が基本だろう。なんでそんなことさえ解《わか》らないんだ」とぶつぶつ呟《つぶや》きながら店の電話を取りに行き、警察に電話をかけ始めた。

こうして葉山さんと話すのは久しぶりだ。

いつから切りに行っていないんだろうと心配になるほど髪がもさもさだし、メガネを覆い隠すぐらい前髪も伸び放題。引きこもり特有の青白い肌と読書家特有の猫背、

そして高身長もあいまって、もはや不審者以外の何者でもない。「イケメン小説家」なんて騒がれた頃の写真にも、「※イメージです」と書かれてしまいそうだ。

救いは、部屋着と思《おぼ》しきニットカーディガンにひとつの毛玉もなく、とても清潔であることだ。そのおかげで、葉山さんがゾンビではなく人類だと認識できる。家政婦さん、ありがとう。

そんな不審者兼建物《ビル》のオーナー様に対して、私はおずおずと窓を指さしてみせた。

窓には私の顔よりも大きな穴が開いている。床には無数のガラス片が散らばって、その少し手前には、そこそこの重さがありそうな石……。

「事故の可能性もありますよね。走ってきた車がたまたま石を跳ね飛ばして、たまたまうちの店に当たっちゃったとか」

「そもそも、あの時間帯に車はほとんど走っていないし、あんなに大きな石が道路に転がっていたというのも不自然だ。大体、事故でも事件でも関係ない。しっかり被害を受けているんだからな」――通報を終えて、葉山さんが私を睨む。

宮城さんもまた、「店長、さっきも言ったじゃないっすか」とうなだれる。

「真っ黒な服を着た誰か、そう大きくないガタイのやつが逃げていった、って」

つまり私の仕事はガラス片の片付けではなく、「臨時休業のお知らせ」を作ってドアに貼ることなのだった。

私がしおしおとペンと紙を取りに行くかたわら、宮城さんは窓の穴を指さした。

「これ多分、シムロの信者がやったんすよ」

「……しむろ？」

聞き慣れない響きに首を傾《かし》げると、葉山さんもまた、眉間にシワを寄せていた。

宮城さんは話を続ける。

「二、三日前、ＶＴｕｂｅｒの大辛《おおから》シムロが、うちの店に対して〝天誅〟の指示を出したみたいっすよ。ネットで軽く話題になってたんすけど……知りません？」

「て、天誅って」

時代劇に出てくるような言葉に戸惑っていると、葉山さんが頭をもしゃっと掻《か》いた。

「まず、ブイチューバーというのはなんなんだ」

「え、そこから……？　マジすか」と宮城さんが目を丸くする。

「まあ葉山センセーって大正生まれみたいな謎のアナログ感モリモリだし、むしろスマホ持ってたりパソコンで原稿書いてるほうが違和感――」

急に黙ったと思ったら、葉山さんの冷たい眼差《まなざ》しが宮城さんを射貫《いぬ》いていた。

――ともかく。

宮城さんによると、ＶＴｕｂｅｒというのは、主にアニメ的なキャラクターを用いて、動画サイト上で配信活動をしているひとたちを指す。このキャラクターのことを「アバター」と呼ぶらしい。つまりテレビ番組でいうと、芸能人のかわりにＣＧキャラクターがそこに座り、リアルタイムで受け答えをするようなものだ。なんというか、すごい時代である。

私たちがざっくり理解したのを確認してから、宮城さんが話を戻す。

大辛シムロとは、このところ登録者数がめきめき増えている文学系ＶＴｕｂｅｒだという。自死を匂わせる発言や毒のあるトークで、何度もプチ炎上しているが、シムロを神と崇《あが》めるような熱心で厄介な信者《ファン》もついている、とのこと。

「最新の配信で、葉山センセーをぶん殴れとか、店を叩き潰せ的なことを言ったらしいんすよ。それで信者が行動を起こしたって感じに見えますねー」

「いわゆる迷惑系というやつですか」

動画界隈《かいわい》については詳しくない私でも、「迷惑系」という言葉は知っている。違法行為や、誰かに対しての嫌がらせを動画に収めて注目を集めようとする配信者だ。

てっきりシムロもその系統なのかと思ったけれど、宮城さんは「違うみたいっすよ。少なくとも、前回までは」と首をひねる。

その言い方に、葉山さんがツッコミを入れた。

「過去はまっとうな配信ばかりだった、とでも言いたげだな」

「なんていうか、今までのシムロは葉山センセーを崇め奉《たてまつ》ってたみたいで。初配信はセンセーのデビュー作について三時間語り倒すやつだし」

「えっ」「え……」私のみならず、葉山さんも軽く引いていた。

「それがなんで急に方向転換したのか、ということですよね」

私の言葉で察したのか、葉山さんが心の底から面倒くさそうに天を仰《あお》いだ。

「心当たりなど、あるわけないだろう」

「まあ、葉山センセーはデリカシーナイナイ王国の王子様みたいな方なんで、何か知らないうちにやっちゃってるのかも――」

また黙ったと思ったら、葉山さんが冷たい目で宮城さんを見つめ……てはいなかった。何か身に覚えがあるのか、うなだれている。雨に打たれる捨て犬みたいな様子に、宮城さんが「なんか、すんません」と小さく頭を下げた。

「とにかく、過去の配信を確認したほうがいいっすよ。何かわかるかもしれないし」

「そう、……ですよね」

喫茶ソウセキが悪く言われているところなんて、もちろん見たくない。でも、もしも本当に大辛シムロが原因だとするならば、どういう経緯でその発言に至ったのかを知る必要があった。お店と、ついでに葉山さんも守らなければいけない。

折しもサイレンの音が近付いてきた。動画の確認は、警察の事情聴取が終わってからになりそうだ。

3

店のタブレットでネットに接続、「大辛シムロ」で検索をかける。出てきた動画一覧を眺めると、タイトルに「葉山先生」「葉山神」と入っているものが多い。ざっと数えただけで二十本以上。

「ひとつの動画が二時間程度あるようなので、つまりシムロさんは、葉山さんについて数十時間も語り倒し――」

「言うな」葉山さんが鼻にしわを寄せていた。間違いなくドン引きしている。

続いて、トップページの概要欄に目を通す。ライブ配信スケジュールと題して、来週にかけて五回分の日時が書かれていた。このタイミングで新しい動画を配信するということだろうか。

「それでは、いっきまーす」軽い口調で、宮城さんが再生ボタンをタップする。数秒の広告に続いて、動画が始まった。

『やあやあ諸君、お久しぶりだ。よろしく頼むよ、今宵もね』

和装の若い男性アバターが、こちらに向かってうやうやしくお辞儀する。どこか神秘的で物憂い雰囲気をもつイケメンだ。厚めの二重まぶたは、眠そうで気だるい印象が強い。時々落ちてくる前髪を、細く白い指でぴんと弾く……その細かな仕草も、まばたきも、まるで本当に生きているかのような存在感だ。

しかし、アバターの中には演者がいる。上辺に惑わされないようにしなければ。

『さて、聞いてくれたまえ！』――張りがあって、よく通る豊かな声。流れるように喋《しゃべ》り続けているけれど、もしかして本業は声優だろうか。そんなことさえ考える。

「……この回、あんま葉山センセーのことは語ってないみたいっすね。見つけやすいように日付順で並べ直しまーす」

動画がざらりと入れ替わった。それを眺めていて、気になることがひとつ。

「シムロさんから笑顔が少なくなっているような……」

タイトル画面のアバターを見るだけでも明らかだった。二ヶ月前の動画を再生すると、最初から『やれやれだよ』とため息を吐いている。

『運命に抗《あらが》う……それが人生の意味ではないかと常々考えているのだがね。今回ばかりはどうにも酷《ひど》い有り様だ。なぜ葉山先生は——いや今は語るまい。何もね。閉ざしておこう、愚者の口など』

宮城さんと私、揃《そろ》って葉山さんのほうへ振り向いた。

「葉山さん、二ヶ月前に何かしました？」

「何も。出版社で担当編集者と打ち合わせしただけだ」

その言葉を聞いて、「あ、わかった」と宮城さんが小さく挙手する。

「つまりその担当編集さんが大辛シムロなんすよ。葉山センセーがろくな原稿を持ってこないから、センセーが入り浸る喫茶ソウセキにも恨みを抱いて」

「バカなことを、と言いたいところだが……プロットさえ出来ていないのは事実だ」

葉山さんがうなだれた。「俺はもうダメかもしれない」などと弱々しく呟く。しまった。鬱モードに突入させてしまった。私は慌てて他の動画を再生する。先月のものだ。もはやシムロには笑顔の欠片《かけら》も見えない。目を閉じ、頭を振り、がっくりと肩を落としてみせる。

『落胆させられたよ。稀代《きたい》の大嘘《うそ》つきかもしれないね、葉山トモキ大先生様は。……ああ、どうしてくれようか、このふつふつと煮えたぎる感情を』

　葉山さんに対して徐々に怒りを募らせるような何かがあって、それはまだ解決していないということか。そしてシムロは画面をキッと見据えてくる。

『……刺す。そうも思った。大悪党だと思った』

　物騒な言葉に、私は小さく息を呑《の》む。宮城さんが「これ炎上したんすよ」とのんきにコメントするけれど、今のは控えめに言っても殺害予告だ。シムロは『――などと冗談を吐いてみる余裕さえないよ』と続け、笑いに変えているけれど……。

「何か殺されるようなことをした覚え、あったりしません？」

　恐る恐る訊《たず》ねてみれば、葉山さんはうなだれたまま無言で首を振る。

「やっぱそうっすよねー。じゃあ最新の動画《やっ》いってみましょ」

　宮城さんは、大工道具のほうが似合いそうなごつい指で再生ボタンをタップした。

　動画が再生されていく。タイトルコールもなく、挨拶もそこそこに、シムロは『ああ！』と膝からくずおれてみせた。

『呆《あき》れ果てたよ。葉山トモキ大先生の華麗なる虚言に踊らされた一匹の道化なのさ、この僕はね。ああ無情なるかな……ああ』

そんなふうに散々嘆いてみせた挙げ句、ようやくその顔をゆらりと上げる。

シムロの目には――CGアニメであるにもかかわらず、明らかな敵意と悪意の炎が揺れているように感じた。

『喫茶ソウセキ……。斯様な店にあるものかね、存在価値など。神が実在するとして、天誅を下さないのもおかしな話だよ』

ついに、きた。これが例の「天誅」か。全身がピリッと緊張する。

『神に代わり、誰かが下してくれぬものかね、天誅を。あの癪《しゃく》に障る店でもハヤマでもいい、正義の拳でパアンと打ち倒してくれたなら、気も晴れるというものだが』

「つまり葉山さんを殴れ、と」

「さすがに比喩《ひゆ》表現ってやつだとは思うんすけども」

宮城さんが拳を握り、ボクサーのように前へ突き出してみせた。

「なんで店まで巻き込まれてんのか、わからないままってのがモヤっとするんすよ」

「ですよね」

私と宮城さんが、店が巻き添えに遭《あ》った理由についてああだこうだ議論している間も、葉山さんはじっと動画を観ていた。

その日の夕方。葉山さんが手配した業者によって、大急ぎでガラス交換が行われた。

あとは消毒を済ませれば、明日からの営業再開も叶いそうだ。

「では、また何かありましたらご連絡を！」と、業者さんが脚立やら何やら様々な道具とともに店から撤収していく。見送るためにドアを開けたら、日が暮れるところだった。ビル街の谷間にあるこの店には、もはや日の光も届かない。

「夜に大辛シムロの生配信があるみたいっすけど、どうしましょっかね」

宮城さんが確認してくるけど、問われるまでもない。

「観るぞ」葉山さんがメガネの奥でギラリと目を光らせた。

「この投石の〝理由〟をなんとしてでも突き止めて、謝罪および弁済させてやる。絶対にな」

いつもの十倍ぐらい葉山さんが怖い。そういえば葉山さん、寝ていないのだった。

『やあやあこんばんは、今宵も大辛シムロの茫漠《ぼうばく》たる暇つぶしが始まったわけだが、諸君はもうお読みになられたかね。ついに刊行されたのだよ、エドガー賞作家・ロペスの短編集。これは雑誌掲載時から本国で物議をかもした話題作であって……』

今日のシムロは、妙に機嫌が良いように見えた。少なくともため息はないし、前回とうってかわって声も明るく、アバターは常にニコニコしている。けれどこの場にいる全員が、シムロの口からいつ何が飛び出すのだろうかと身構えていた。

今月の新刊について一通り感想を述べた後、シムロが『さて』と手を叩く。

『例の胡乱《うろん》なる店に下されたようだね、天誅が』

その一言で、場の空気が張り詰める。

「どうして知ってるんでしょうか」ささやくような小声で、私は私に問いかける。

「近所に犯人が潜んでいて、シムロさんに報告しているとか」

「かもしれないっすね。それか、大辛シムロ本人がやりに来たのかもしれないっすよ。自分には何でもやってくれる信者がついてるんだとアピールするために」

私たちとは裏腹に、動画のコメント欄は盛り上がっていた。『シムロ神の言葉は絶対』、『サイコー』、『ゴミの店はやく潰れろ』等々、天誅を讃《たた》える言葉が並ぶ。シムロもそれを見ているようで、『落ち着いてくれたまえ、諸君』と穏やかに微笑《ほほえ》んだ。

『感謝しよう、正義の鉄槌《てっつい》を下した名もなき勇者にね。これで哀れなる僕の心も救われたよ……この世に留《とど》まるべき理由が増えてしまった。ああ、天国は遠くなりにけり。喜ばしいのか悲しいのかわからんがね。では気分が良くなったところで、僕の次回作についてお披露目しよう』

シムロが優雅に一礼すると、BGMがクラシック調の音楽に変わり、画面に『大辛シムロの原稿バンザイ』なるテロップが出た。何かのコーナーが始まったらしい。

「次回作？　原稿？」葉山さんが眉をひそめる。

すぐに宮城さんが「そういうキャラなんで」と答えてくれた。

「大辛シムロは小説を書いているという設定らしいっす。新人賞にも何度か投稿したって言ってますけど、どこまで本当のことだかわかったもんじゃないっつーか」

宮城さんが教えてくれる間にも、シムロは「次回作」について話し始める。

まず明かされたのは、いくつかのエピソードだ。

功名心にはやる新聞記者・志門博史《しもんひろし》と、冴《さ》えない元サッカー選手・須藤丈《すどうじょう》の出会い。衝突、絶望、そして殺人事件がふたりの心を白日の下に曝《さら》け出す。哲学的な思考を盛りこみ、読者の心の在り方をも問う作品にするのだとシムロは興奮気味に語った。

小難しい話のようだけど、ストーリーはちょっと気になる。もしかしたら、大辛シムロはわりと才能があるのかもしれない。そんなことを思ったりもした。

『タイトルは〝汚れた白銀〟あたりが妥当かね。少し大仰な気もするが。投稿先はね、かの偉大なる葉山大先生がデビューされた出版社にしようかと思うよ』

大辛シムロという人物は、葉山さんのことが好きなのか嫌いなのか、一体どっちなんだろう。そして当の葉山さん本人は、どう感じているんだろう。

気になって横目でチラリとうかがえば、葉山さんの顔色がおかしい。

「あの、葉山さん、どうかしたんですか」

私の声も聞こえていないのか、葉山さんは画面を見つめて微動だにしない。

『――お待たせしたね。迷える子羊相談の時間だ。今回のお悩みは、うむ、こちらにしよう。私はもう学校に行くのがいやです、友達だと思ってた子にいじめられるからです……』とシムロが「視聴者の悩み」を読み上げ始めたとき、

「同じだ」

ふいに葉山さんが言った。呟くとかではなく、ハッキリとした力強い声で。

「さっきの次回作とやら、同じだった。イヅミさんの構想と」

「えっ⁉」「マジすかぁ」

イヅミさんというのは、葉山さんと同じ賞からデビューした小説家・白浜イヅミのことだ。何年か前にふたりの間でいざこざがあったけど、そのさらに前は親しく交流していたらしい。

「このシムロとかいう怪人が語ったエピソードは、イヅミさんが俺に教えてくれたものとほぼ同じだった。登場人物も、タイトルもだ。可能ならば本として刊行したい、とイヅミさんは語っていて」

予想外の話に、次の言葉が見つからない。これはつまり、どういうこと？

「それって、こいつ……あ、ええと、シムロさんの中身が白浜センセーってことじゃないっすか」戸惑いながら宮城さんが問うけれど、葉山さんは即答せずに、

「イヅミさんでは、ない、と思う。いや、思いたいが」ひどく慎重に、言葉を選ぶ。

「そういえば葉山さん、白浜さんと直接の面識がないんでしたっけ」

たしかふたりはメールでのやりとりに留まり、電話したこともないはずだ。つまり声も喋り方も知らない。大辛シムロ＝白浜イヅミの可能性が捨てきれない。

もしも本当にそうだとすると、葉山さんへの攻撃を指示したのも、理解はできる。いざこざの後に葉山さんは謝罪したが、白浜さんは許していなかった可能性がある。

現に葉山さんがメールを出しても、いまだに何ひとつ返事が来ないのだから。

　ふたりの間のすれ違い。それが天誅の理由になるのかもしれない。

「そんなはずは……イヅミさんがこんなこと……。いや、しかし」

　もう何も見たくないのか、葉山さんはメガネを外し、額に手をやって呻《うめ》いていた。

「葉山センセー、可哀想《かわいそう》っすね」

　宮城さんも少なからず衝撃を受けているようで、眉がちょっと下がっていた。

　葉山さんを励ましたいけど、どう言えばいいんだろう。それを考えていると、

「そうだ、イヅミさんも太宰《だざい》が好きだった」。突然、葉山さんが顔を上げた。

「太宰って、あの太宰治《おさむ》ですか」

　どうして急に文豪の名前が出てくるのだろう。

　不思議に思う私に向かって、葉山さんはこれ以上なく静かな声音で「このブイチューバーは、太宰治をフィーチャーしている」と言い切った。

「大辛シムロという名前は、〝太宰治〟をもじったものだ。漢字の〝治〟を分解すると、それに気付く。そして和装男性のアバターも、太宰の和装姿とよく似ている」

　私と宮城さんは、あたふたと太宰治の写真を検索する。たしかに大辛シムロは太宰治とそっくりだった。幅広の二重、和装、そして前髪が目にかかっているところも。

「根拠は他にもある。昼間見た動画の中で、シムロは『刺す』と言ったな。あれも元ネタは太宰だ。芥川《あくたがわ》賞を獲れなかったことを逆恨みして、審査員である川端康成《かわばたやすなり》への

恨み辛《つら》みを原稿にしたわけだが、その中の一節で『刺す』と書いている」

葉山さんの説明に、宮城さんがうーんと唸る。

「シムロの死にたがりで迷惑な性格も、ナルシストっぽいところも毒ばっかり吐いて炎上しまくるのも、芝居がかった変な言葉遣いも、太宰リスペクトなら納得できますもんね。なるほどー。このクソ野郎は太宰のパクリだったのか」

「あのう宮城さん、もうそのへんで」

あまりシムロの悪口を言うと、そのまま白浜さんを貶《おとし》めることになりかねないので、私はヒヤヒヤしていた。

だけどそれらを一切スルーして、葉山さんは難しい顔で悩み続けているようだ。

「イヅミさんなのか、本当に。いや、しかしこれは」

段々と葉山さんの声が小さくなっていく。まずい。また沈みきってしまう。

いちかばちか、私は大声で聞いてみる。

「葉山さん、太宰治でオススメの小説を教えてください。できれば私にもわかりやすくて暗すぎなくて手に入りやすい本で！」

「『走れメロス』、『斜陽』、『お伽草紙』、『女生徒』……」

わずか三秒での即答。さらに続けて、

「口語体の日記形式で綴《つづ》られる『正義と微笑』も読みやすい。何よりカレーが出てくるので、きみは何かしらのひらめきを得られるかもしれない」

葉山さんはふらりと立ち上がった。そして、「疲れた、帰る」

心身ともに限界を迎えたのだろう。葉山さんは、そのままゾンビのように重たい足取りで店を出て行った。後に残された私と宮城さんの前で、大辛シムロはゆったりと優しく、配信を見ている誰かに向かって語りかけていた。

『弱虫は幸福をさえ恐れるものです、と太宰も書いている。そういうことなのだよ、つまりはね。きみがいじめられるのはきみが弱いからではない。きみが幸福だからだ。相手が弱虫だからだ。僕はそう思うがね、さて、どうだろうか』

4

窓を割られてから数日が経った。

ランチとディナーの間は、少しゆっくりできる時間帯だ。今ならお客さんも少ないので、私は宮城さんにお店を任せて、休憩を取りに外へ出ることにした。

空に向かって腕を伸ばし、肩をぐるぐる回したりしながら、入り組む神保町の奥へと入っていく。ビルとビルの隙間《すきま》から、水色の空。秋に特有の、濁《にご》りがなくなってスッキリしたような風が、肺を清めていくようだ。

休憩ついでに、葉山さんおすすめの『正義と微笑』を探すつもりだった。新作カレーのイメージが湧くかもしれないし、何より太宰の小説を読んでみたくなった。

もちろんネットで買うほうが簡単だ。けれど最近、とある古書店の店主さんと親しくなったこともあって、できればそこで買いたかった。

《古書亡羊《こしょぼうよう》》というその古書店は、私が喫茶ソウセキを開く一年ほど前にオープンしたとかで、葉山さん行きつけのお店らしい。

そして古書亡羊店主の谷崎《たにざき》さんは、年に何度も長期休業しては全国のカレーを食べ歩きに行くという、葉山さんに負けず劣らずのカレーファンでもある。私のお店にも週二ペースで来てくれる大切な常連さんだ。そういう理由もあって、古書を探す時はもっぱらこの店に頼ってしまう。

ちなみに店名は、故事「読書亡羊」に由来しているようだと、葉山さんが教えてくれた。ある羊飼いが羊の番をしていた時、読書に夢中になりすぎて大切な羊を逃がしてしまった……。そういうお話であるらしい。

そんな古書亡羊は、古書店とは思えないぐらい物理的に明るい。そして谷崎さんもいつも通りに明るかった。

「よう、店長さん」と白い歯を見せてニカッと笑う。短く雑談を交わした後、谷崎さんは「太宰初心者ならこれだ」と一冊の本を出してくる。濃い青の表紙には、レトロな書体で『女の決闘』とあった。

「これね、新潮《しんちょう》社から出た短編集。かの有名な『走れメロス』も『女生徒』も、『駆込み訴へ』も入ってるからお得だよ。太宰沼の入門編だね」

「せっかくですけど、今日は『正義と微笑』が読んでみたいんです」

私の言葉に、谷崎さんは目を丸くした。

「なんだってあんな地味くさい青春物語を……ああわかったぞ、葉山くんのオススメだな。違うかい？」

ハハハと笑ってから、谷崎さんは迷いなく店内を歩き、奥の棚から一冊を抜き出した。表紙に桜らしき花が描かれている、素敵な本だ。錦城《きんじょう》出版社とあるけれど、聞いたことがない。しげしげと眺める私に、

「これは『正義と微笑』が最初に刊行されたときのものだね。ちょっと値は張るけど、なるべく初出に近い状態のものを読んだほうがいい」と谷崎さんはうなずいてみせる。「林芙美子《はやしふみこ》って知ってるかい。彼女の代表作が『放浪記』なんだが、本になるたび何度も何度も書き直しがあったのさ。で、初出とその後でだいぶ印象が変わっちまってな。ああいうの、僕はどうかと思ってるんだよね。だって悲しいだろ」

そんなことをブツブツ言いながら、谷崎さんがレジに金額を打ち込んだ。文学にうとい私としては、どうコメントしようか悩むところで、ひとまず「そうなんですね」とだけ言っておいた。

本を買い、仕事を終えて帰宅する。

寝る前のひととき。小さな深緑色のソファに座り、ほうじ茶を淹《い》れて、本を開くま

でのわくわく感。もしかしたら葉山さんも、この高揚感の中毒になっているのかもしれない、なんて思う。

『正義と微笑』は、そんな期待を裏切らない物語だった。

――十六歳の芹川進《せりかわすすむ》は、夢を追う兄に憧れているが、自分の入試には本気になれずに落ちてしまう。「俳優になりたい」という夢を持て余し、行動しては失敗を繰り返す日々。兄からのアドバイスを受けてようやく進学したものの、同時期に、家庭内の問題も浮上してきて……。

読み始めて数分。思わず「わあ」と小さな声が出た。太宰の小説は難しそうだという先入観があったけれど、とても読みやすい。

ジャンルとしては、青春モノになるのだろうか。日記形式のおかげで時系列もわかりやすいし、主人公の気持ちも追いやすかった。まだまだ未熟な十代の戸惑い。とんでもない自己肯定感、そして万能感。でも現実はそううまくいかない……。私も中高生の頃はこんな感じだった気がして、少し恥ずかしくもなる。

ところで、タイトルの『正義と微笑』は、本文にある「微笑もって正義をなせ」という一文から来ているようだ。もっとも、この「正義」は、現代で使われているような意味ではなくて、「自分の意志を貫く」ということかな。主人公・進が、壁に貼りたくなる気持ちもわかる。私もまた、なんだか勇気が湧いてくるようだ。

けれど翌日から、喫茶ソウセキは受難の日々が始まった。

5

「おい、あんなとこにゴキいるぞ！」

高校生ぐらいの青年が、店の隅を指さした。

ランチタイムの真っ最中だ。私はもちろん、他のお客さんたちも、皆がギョッとして振り向いた。飲食店での害虫目撃なんて致命的だ。もちろん食べものを扱う以上はどうしても虫の問題はつきまとう。でも、だからこそ一匹たりとも出てこないよう、定期的に業者を呼んで処置しているのに……、それなのに、出た⁉

「す、すみません、どこでしょうか」

慌てて私が出て行くと、青年はなぜかにやにや笑いながら、再び床を指さした。

「あの辺だけどー、見間違いだったかも」

……なんだ、良かった。心底ホッとしながら、私は小さく頭を下げる。

「ご心配おかけしまして申し訳――」

そのとき、青年の仲間と思しき男性が、私にスマホを向けていることに気がついた。

カメラレンズのすぐ横に、小さな赤いランプがついている。

もしかして私が撮影されている？　なぜ？

「あの」と言いかけたのを遮って、後ろから宮城さんがやってきた。

「店内での動画撮影はご遠慮くださいねー！」と、怒りをはらんだ声で青年たちを睨《にら》みつける。青年たちは「怖っ」などとゲラゲラ笑いながら会計をして帰っていった。

幸いにも、他のお客様たちはそのまま食事を続けてくれたけれど、今のは一体なんだったんだろう。疲れが急にのしかかったようで、なんとなく肩に手をやった。

実は、このごろ変なことが続いている。

先週は、出勤してきたら店の前にゴミが置かれていた。立て続けに妙な電話――「爆破してやる」とかなんとか喚《わめ》くイタズラ電話もかかってきている。

一昨日《おととい》は、ネット上で喫茶ソウセキのクチコミが荒らされている、と宮城さんが怒りながら教えてくれた。どんな内容か、聞かなくても察しがつく。

昨日の夕方も、店の前で少年数人が大騒ぎしていた。宮城さんが即通報したものの、警察が来る前に逃げてしまった。

なんとか一日を終え、ラストオーダー後の誰もいなくなった店内で、宮城さんが言う。「これ、シムロの仕業っすよ」お皿を拭いては棚にしまいつつ、こめかみに血管を浮かべる勢いで、「シムロ、あのクソ野郎……！」

「待って下さい。大辛シムロのことなら、投石されて終わりのはずでしょう」

「まさか」と宮城さんは吐き捨てた。

「ネットにアップされてるんすよ、この店への〝イタズラ〟動画」

「え！」びっくりして、鉄製の鍋を取り落としそうになった。

「もちろん、直接的にそうだとは書かれてないっすよ。でもタグに『シムロ様』だの『天誅』だの入ってるし、コメント欄も『シムロ様ほめて』とかそういうのばっかなんで、まあ九十九パー以上シムロ信者の犯行っすね」

だけど以前にシムロは『鉄槌が下されて心が救われた』というようなことを言っていた。それなのに、どうしてまだ嫌がらせが続くんだろう。

葉山さんはあれ以来引きこもっているようなので相談できないし、今はその場その場で対処を続けるより他にない。

「どっちにしろ、一度シムロをシメる以外に収める方法がなさそうっすよね」

「物騒なことを言わないでください」

宮城さんが大辛シムロをシメる前にこの事件を終わらせたい。とりあえず、イタズラ動画などをネット上から消さなければ。

帰りの電車の中、私はひたすらスマホで検索を続けた。

検索ワードはもちろん、「動画　削除　申請」とか、「警察　動画　通報」である。

そのせいで目も腕も肩もバキバキだ。

なぜ、こんなことになってしまったんだろう……。

6

大辛シムロ信者による嫌がらせが始まってから、半月が過ぎた。

その間に私が知ったのは、
①嫌がらせを通報しても、警察が到着するまでに逃げられてしまうと、どうにもできないこと。
②被害届を出しても、不特定多数が相手だと立件は難しいということ。
③動画の削除には時間がかかり、ひとつ消えるまでの間に「新作」とか「コピー」が次々アップされてしまうということ。
心身ともに削られているけど、店を閉めるわけにはいかない。湖に浮かぶ白鳥と同じく、漕《こ》ぐのを止めたら沈んでしまうヤワな舟なのだ。

今日も今日とて、なんとか出勤である。

朝の光が、頭を焼くように降ってきた。目に入るとクラクラするので、軽く腕をかざして陰を作った。我ながら疲れ切っている。もうダメだ。今日は早めに閉めて早めに帰り、三十分でいいから湯船につかりたい。

そんなことを夢想しながら喫茶ソウセキへの角を曲がると、人気カレー店の前で、見知った人が口論を繰り広げていた。

「あ、中野《なかの》さん?」

それは人気カレー店・《NAKANOZ《ナカノズ》》店主の中野さんだった。以前に『冥途《めいど》』という古書がからむ事件でお世話になっている。

中野さんに向かって激しく罵倒を続けるのは、小さな段ボール箱を抱えた男性だ。見た感じ、高校生ぐらいだろうか。

「うぜえんだよ、いちいち……。オレのこと何ひとつ解《わか》ろうとする気がねえんだから、いい加減ひっこんどけジジイ」

くすんだ金色の髪が陽光にキラキラと反射して、襟足《えりあし》のほうの髪は赤い。オーバーサイズの白いシャツと、左右で色が異なるオシャレなズボンは、渋谷とか原宿あたりで遊んでいそうな雰囲気だ。そして、シュッとした細面の顔。幅広の二重に眠たそうな目元は、なんとなくだけど、どこかで見たことがあるような。

対する中野さんは、ワイルドな顔立ちを思い切りしかめて、金髪男子の言うことを黙って聞いていた。

「いい加減にするのはおまえだ」中野さんがハッキリと言う。

「毎日どこで何をしているのか知らないが、他人様に迷惑をかけることだけは」

「るっせえんだよ。てめえにもくらわすぞ、天誅!」

激昂《げっこう》した金髪男子が、拳を思い切りふりかざす。だめだ、殴られる!

「あ、あの中野さん、今日もおはようございますっ」

止めなきゃと思って、思わず変な挨拶をしてしまった。中野さんが目を丸くして、「あれ、漱石カレーさん」と呟けば、なぜか金髪男子がギョッとした。

「ソウセキ、って……」

金髪男子は私を見て、どういうわけだか後ずさる。大きく引いた足が自転車にぶつかり、派手な音とともに自転車が倒れた。

慌てた拍子に段ボール箱がボテッと落ちる。けれど金髪男子は箱を拾うこともなく、焦った様子で走り去ってしまった。

小さな箱を拾い上げ、中野さんは「まったく」と悲しそうに息を吐いた。なんだか酷く疲れ、憔悴《しょうすい》しているように見える。放っておいてはいけない気がした。でも私が立ち入っていいのだろうか。一周ぐるりと悩んでから、思い切って声をかけた。

「中野さん。もしよろしかったら、うちのお店でコーヒー飲んでいかれませんか。美味しいピクルスもあるんです」

本職のカレー屋さん、それも人気店の店長さんに向かって「美味しいピクルス」なんて言ってしまった。ケンカ売ってると思われたらどうしよう。喫茶ソウセキへの道すがら、私は密《ひそ》かにドキドキしていた。けれど幸いにも、中野さんは気に留めていないようだった。

喫茶ソウセキ前までやってくると、店の横合いから突然ぬぼっとゾンビが湧いて出た。いや、葉山さんだった。

「遅かったな……」

超夜型人間の葉山さんは、時々こうやって、私の出勤待ちをしている。葉山さんにとっての〝夕食〟を食べるためだ。

「今日はできれば子規《しき》カレーを……、ああNAKANOの」

後ろにいる中野さんに気がつくと、葉山さんは軽く会釈した。

一方の中野さんは「ん？」と顎《あご》をさすり、

「たしか以前にもお会いしたことありますよね。あれ、でも、テレビとか本屋で見たような気もするけど……」

まずい。葉山さんの正体がバレてしまう。デビュー時に「イケメン小説家」と騒がれたことがよほど嫌だったらしく、葉山さんは撮影も顔出しも一切拒否しているのだ。今の葉山さんは、とっさにごまかせるほど頭が働いていないようだし、私がどうにかしないと。ええと……困った。

けれど眉をハの字にした中野さんは、

「いや、何度も店に来て下さってる常連さんかな。普段、私が客席《ホール》のほうにいないから、あんまりよくわからなくて。ごめんなさいね」

よかった。今日の葉山さんにデビュー時の面影が欠片も残っていなくて本当によかった。私は大きな息をひとつ吐くと、ふたりを裏口のほうへ案内した。

店に入ってすぐ、冷房を強めにかける。空調の動き始める音——それだけで、夜のうちに澱《よど》んだ空気が一気に引き締まっていくようだ。ふたりにはカウンター席に座ってもらった。中野さんは、例の小さな段ボール箱を膝の上にそっと置く。

業務用コーヒーメーカーがこぽこぽと美味しい音を響かせる。まだコーヒーができるまで時間がかかりそうだ。葉山さん用のカレーを準備する必要もある。ひとまず祖父直伝のピクルスをお出しすると、中野さんは「いいですね」と顔をほころばせた。

「カレーにピクルスも美味しそうだ。うちのトッピングっていうと、業務用のラッキョウだけだから」

そんなことを言いながらピクルスをつまもうとして、「邪魔だな」と段ボール箱をテーブルの上に置いた。

「先ほどは恥ずかしいところを見られちゃいまして……。あいつもこういうワケのわからんものばかり買い込んで、どこで何をやってるんだかね」

その言い方でピンときた。

「もしかして、さっきの男性は」

「ええ、息子ですよ。翔《しょう》といいます。小さい頃は優しかったのに、今や親を殴ろうとする有り様で。困ったもんです」

苦笑する中野さんに、私は何も言えなかった。子育ての経験もないし、恐らく〝普通の親子関係〟というものを知らないからだ。

ぼんやりしている葉山さんの様子を、「自分の話を聞いてくれている」とポジティブに解釈したのか、中野さんは一気に話し始めた。

「いま大学二年ですがね、翔は大学に入ってから変わってしまったんです。髪も派手だし変な服買うし……幼なじみの子とも会わなくなったみたいで、なんだかねぇ。特にこの三ヶ月ほどは学校にも行かずにバイトばかりしているようで。稼いだ金で、こういうキカイばかり買ってるみたいなんですよ」

それも家で使うわけではなく、どこか別の場所へ持って行ってしまう。中野さんは、翔さんの行動にずっと疑問を抱いていたのだという。

昨日もまた、ネットで注文した品物が届いていた。今朝方、深夜バイトから帰ってきた翔さんは、それを持ってすぐにどこかへ出かけようとした。それで中野さんは問い詰めた。『おまえは何をしているんだ』と。

けれど翔さんはそれに答えずに立ち去ろうとする。中野さんが引き留め、口論に発展。そして私が目撃した光景に繋《つな》がったらしい。

私がコメントするのを待たず、中野さんの独り語りが始まった。

——いやぁ私もね、若い頃はオヤジに反抗しましたよ。オヤジの呪縛《プレッシャー》から逃げたかったんですよね。それで世界中を放浪《ぶらぶら》しまして……九十年代《あのころ》はね、流行《はや》ってたんですよ、自分探しの旅ってやつが。特に中南米が肌に合いましてね。一年くらい滞在して、いろんなことを教わりました。今でもメキシコやブラジルに知り合いが多くて、日系人会の方々とも親しくさせてもらってて。感謝、感謝です。あの頃の気持ちを忘れず、店のカレーには世界各地の味を少しずつ取り入れてるんですよ。それが私の宿命《デスティニィ》だと思ったりもして。翔にも自分の宿命を見つけてほしいんですけどね……。

「なるほど」とか「そうだったんですか」などをほどほどに織り交ぜつつ、葉山さんにカレーを出す。来月の月替わりカレーである、子規カレーだ。ココアを使って、ほろ苦さを感じられる味に仕上げている。

いつも通り、葉山さんは「いただきます」と会釈をしてから、黙々と食べ始めた。

それをチラッと見た中野さんが、

「いい匂いですねぇ。こういう料理、メキシコでよく食ったなぁ」としみじみ呟く。

その手が、たぶん無意識のうちに、箱をぽんぽん叩いている。

どうしても、箱が気になって仕方ない。

「翔さんは何を買われたんでしょうか」

私の言葉で、ふたりの目線が箱に吸い付いた。

箱には、家電量販店のブランドロゴが入っている。宅配伝票も残ったままだ。

「品名はAT-Z0Z0とあるな」葉山さんが読み上げると、中野さんは「なんだそりゃ」と困惑気味に眉を寄せる。

「またあいつはわけのわからないものを。もうストレスまみれですよ」

ぼやく中野さんの横で、葉山さんが店のタブレットをつかみ取る。

カレーを食べたことで、少し頭が回り始めたのだろうか。葉山さんはタブレットを勝手に起動し、勝手にブラウザを立ち上げ、勝手に検索をかけていた。そして口をもぐもぐさせながら、画面をこちらに見せてくる。中野さんとふたりでのぞきこんだ。

表示されていたのは、通販サイトの商品紹介ページだった。

AT-Z0Z0と大きく品名が表示された横に、「コンデンサー・マイクロフォン」とあった。「動画配信・自宅録音にベストなパフォーマンスを……」と続いている。

その隣には、細長い形をした高機能っぽいマイクの商品画像があった。

「一体何に使うんでしょう。カラオケじゃないですよね」

私の疑問に、中野さんが大きくため息を吐く。

「説明もせず謎のキカイばかり買い込んで、自分を解ってくれなんてむちゃくちゃですよ。この前も、スイートミキサーとかいう変なキカイがウチに届きましてね」

「ストリーミングミキサー、じゃないですか?」

葉山さんが画面の下のほうをタップする。関連商品の欄に、それらしきものが大量に展開されていた。そしてストリーミングミキサーの用途として、「ライブ配信にぴったり」などと書かれている。ライブ……、なるほど。

私が理解したことに気付いたのか、葉山さんも「そういうことだな」とうなずいて、

「ご子息は、大学で音楽活動をされているのでは」

「そういえば妻から、翔が軽音サークルに入ったと聞いた気がします。なんだ、そんなことか」どことなくホッとした顔の中野さん。

「翔は中高まで文芸サークルで、いわゆる本の虫だったから、妻とふたりでびっくりしたのを思い出しました。小遣い全部つぎこむ勢いで本を買ってたのにね、って」

「本の虫、ですか」と、葉山さんが食いついた。そのまま本の話に入っていくふたりを横目に、私は心に引っかかるものがあった。

この「ライブ」って、音楽ライブのことなんだろうか。「ライブ配信」という言葉自体、どこかで見たような――ああそうだ、大辛シムロの動画だ。

まだ何か忘れてる。脳の奥の物置に、記憶の欠片が散らかっている。そこに手を突っ込んで、必死になって情報をかき集めていった。

そうこうしているうちに、中野さんが席を立つ。

「じゃあ、そろそろ失礼しようかな。今日はごちそうさまでした」

「あの、中野さん。もしかしたら翔さんはVTuberだったりしませんか」

恐る恐る私が問うと、中野さんは「ん？」と首を傾げた。やはり、わからないか。

「VTuberとは、動画サイトで、アニメみたいなキャラを動かしながら喋る人達

です」

「はあ……ヴイチューバーねぇ」

きょとんとする中野さんに対して、葉山さんがもう一度わかりやすく説明してくれた。次いで私をじっと見つめ、

「きみは中野氏のご子息が大辛シムロを演じていると、そう言いたいのか」

頬が赤くなるのを自覚しつつ、「そうです」と小声で返事をする。

「さっき見かけた翔さんのお顔、シムロにそっくりだったんです。あと喋り方も。それから、『天誅くらわすぞ』的な脅しをしていて。……一応、念のためにと思って」

しかし葉山さんは真顔になった。カレーを完食してスプーンを置き、ごちそうさまと軽く会釈をしてから、「天誅という言葉は、なかなか出てくるものじゃない。その可能性もあり得るぞ」

中野さんはというと、「いやいや、まさか」と苦笑する。

「おとなしくて人見知りのあいつに限って、そんな人前でべらべら喋るようなこと、できるわけが」

「ですが、ご子息は明らかに変わられたのですよね。大学入学を機に容姿を気にするようになり、これまでと異なるサークルに所属した。そして機械を買い込んでいる。今までとは違う傾向のことを始めたとしても、おかしいとは言えません」

葉山さんの問いに、中野さんが黙る。

私もタブレットで大辛シムロの動画を検索し、中野さんに渡した。

最初はやはり他人事のような顔で「へえ、このキャラは中に人がいるんですか」などとのんきに観ていたけれど、動画が始まると同時に眼差しが真剣になっていく。

「これは……翔なのか？」

翔さんは本の虫だったと、先ほど中野さんが語っていた。それならば、大辛シムロのように文学に関する知識を蓄えているかもしれない。さらに文芸サークルに所属していたのだから、小説新人賞に応募することを考えてもおかしくはない。

そして何よりも、

「この喋り方、それに、前髪を弾くクセがそっくりだ」

信じられないと言いたげに、中野さんが呟いた。

それを最後に、店に沈黙が降りてくる。みんな違うことを考えていたと思う。

私は、「本当に翔さんがシムロなのかもしれない」ということ。葉山さんは恐らく、大辛シムロ＝白浜イヅミ説が崩れつつある状況にホッとしながら、「それでは、なぜシムロは白浜さんの構想を知っていたのか」ということ。

そして中野さんは、なぜか私たちに頭を下げてきた。

「おふたりにお願いがあります。翔が何をしているのか、突き止めてもらえませんか。あいつはこの一年ほど、週に三回ぐらいふらりとどこかへ出かけます。その間は、スマホでの連絡も通じません。今朝の行き先も、たぶんそこなんですよ」

つまり、翔さんが仲間とつるんで何か悪いことをしているのでは、と。中野さんはそういうことを危惧しているようだった。

「図々しい話ですが、他に頼れる人も思いつかないんです。だが、もしもあいつが誰かに迷惑をかけているのなら、すぐにやめさせなければならない」

悲しそうに中野さんがうつむいた。

今朝の有り様と先ほどからの話を思い出す限り、中野さん親子の仲は相当こじれているようだった。そんな状況で、中野さんが翔さんの後をつけたなんて知られたら、どうなるか……。

「これ以上、息子との溝を深くしたくないんです。自分が卑怯《ひきょう》で弱い人間だとわかってはいますが、どうかこの通り」

「あ、いえ。大丈夫ですよ、ちょうど私たちにも知りたいことがありましたので」

そう。本当に大辛シムロが翔さんなら、これで店への攻撃を止めさせることができるかもしれないのだ。断る理由などひとつもない。

葉山さんもまた、「やってみます」とうなずいた。

「彼には聞きたいことがある」

その〝彼〟とはシムロなのか、それとも翔さんなのか。私には判断がつかなかった。

７

数日後、喫茶ソウセキ定休日の夕方。

私と葉山さんは、カレー店ＮＡＫＡＮＯＺ付近に潜んでいた。時刻は十七時を少し過ぎたところで、ちょっと肌寒い。

中野さんのお店ＮＡＫＡＮＯＺは、店舗兼住居なのだという。元々はお祖父様の代から続く日本料理店だったが、中野さんの代でカレー料理店に変えてしまったらしい。

中野さんによれば、カレー粉を使えばすべてカレー料理だし、たとえカレー粉が入らずとも、カレーの精神《マインド》を感じられればカレー料理に含むらしい。……なるほど？

「氏の言いたいことはわかるしＮＡＫＡＮＯＺの味も好きだが、俺はソウセキのほうがいい」と、なぜか葉山さんが私を見つめて断言した。いや、うちの店はカレー店ではなく喫茶店ですから。

そんな雑談をしていると、翔さんが歩いて帰宅した。中野さんの予想通りだ。

実は中野さん、翔さんの帰宅時刻をある程度は操ることができるという。翔さん宛に、中野さんの奥様が「機械が届いてるよ」とＬＩＮＥするのだ。奥様からのＬＩＮＥを見て、翔さんは焦る。また〝変なキカイ〟を中野さんに見つかったら、何を言われるかわかったものではないからだ。バレる前に、引き取る必要がある。

そして私たちもまた、ある情報を中野さんに教えてあった。大辛シムロの配信スケジュールだ。配信予定時刻の前に翔さんが荷物を取りに戻ってくれれば、現場をおさえられる可能性が高くなる。

どうかうまくいきますように、と私は全力で祈った。これを逃すと、定休日の関係で、次のチャンスはだいぶ先になりそうだから。

自宅に入って三分もしないうちに、翔さんが出てきた。

「来たな」

張り込み中の刑事のような目で、葉山さんが言う。視線の先には、ネット通販の箱を小脇に抱え、通用口の扉を足で閉める翔さんの姿。

そのまま翔さんはワイヤレスイヤフォンをつけ、右手でスマホをいじりながら、軽い足取りでどこかへと歩き出す。私たちも、そっと後を追った。

横道にそれることもなく、どこかの店に立ち寄ることもせず、翔さんは一定の速度で淡々と歩く。通い慣れた道、といったところか。周囲を気にするそぶりもないので、尾行する側としては気が楽だったけど、三十分歩かされるとは思わなかった。

気付けば神田神保町を抜け、秋葉原まで来てしまっている。

夕暮れ時の秋葉原は、なかなかに派手だ。世界有数の電気街だけあって、ビルというビルすべてが眩《まぶ》しい。デジタルサイネージを始めとした無数の電飾看板が光り輝き、もはや夜の闇が消えてなくなりそうだ。神田神保町の静かな雰囲気と比べると、まさしく別世界だった。

ふりふりした衣装の客引きをかわし、外国人観光客たちの間をすり抜け、翔さんはどんどん歩いていく。どこまで行くのかと不安になったあたりで路地を曲がり、細長い雑居ビルに入っていった。そのままエレベータへと突き進み、一度も後ろを振り向くことなく乗り込んだ。

私たちはエレベータの階数表示を見上げる。一、二、三……三階で止まった。

すかさず葉山さんがフロア案内を確認する。

「三階にあるのは、レンタルスタジオだな。このあと配信があるはずだから、タイミング的にはぴったりだが」

「やっぱり、そういうことなんでしょうか」

私の言葉に葉山さんは返事をせず、ただ「行ってみよう」とだけ言った。

受付を抜け、翔さんの居場所を探す。

……あっさり見つけた。突き当たりのスタジオの中だ。分厚い防音仕様のドアには、小さな窓が付いている。そこから室内をそっとのぞき見た。

広さは六畳ほどだろうか。正方形に近い部屋だ。

用途のわからない様々な機材やカメラが、狭い空間をさらに狭く見せていた。

向かって右の壁際には簡易テーブルとノートパソコン。そこから滝のように流れるケーブル類は、一本一本が違う機械に接続されている。奥のほうには壁掛けのモニターと、その上に小さなカメラが設置してあった。

部屋の真ん中に、こちらに背中を向ける形で翔さんが立っている。時々うなずいたりしていて、喋っているように見えるけど、他に誰かいるのだろうか。

ドアに手をかけ、一気に押し開ける。

「きみたち……」

葉山さんが声をかける直前、翔さんがハッと振り向いた。口を半開きにし、私を指さす。ついで翔さんの陰から、小柄な女子がひょこっと顔だけのぞかせた。

「あ」――まるで小鳥のような声。女子は葉山さんを見て、メガネの奥の丸い瞳をさらに丸くした。「葉山様だ……」

「えっ」「え⁉」

その言葉に驚いたのは、翔さんだけではない。私もだ。この女子は、メディアに掲載された写真とはまるで違う、鬱っぽくて重たくてモサい今の葉山さんを見て、その正体を見抜いたのだから。

「もしかして葉山さんと知り合――」

「そんなわけがないだろう」

「ですよね！」葉山さんの即答に、なぜか心底ホッとした。

一方で翔さんは、「マジかよ、これが葉山トモキ……このクソダサいオッサンが？

あの写真は『※イメージです』だったってことか」と、なかなか失礼な驚き方をしている。女子はそれに応えず、「何回行っても会えなかったのに。す、すごい……神様ありがとう」と半泣きでボソボソ喋っていた。

「はあ、もういつ死んでもいい。ああ葉山様、尊い……」

重めの前髪に隠れそうなメガネの下から、涙目で葉山さんをうかがっている。黒髪は後ろで無造作に束ねられ、可愛いピンだのシュシュだのはどこにもない。服装に黒以外の色が見当たらないので、夜になったら見えなくなりそうだ。

派手な翔さんとは対照的だ。翔さんの妹ではなさそうだけど、誰なのか。

謎の女子に、私は質問を投げかける。

「あなたは葉山さんに会いたかったんですか?」

女子は目も合わせずに、サッと翔さんの後ろに隠れてしまう。顔も見えない場所から、「わ、わたし、稲田《いなだ》みさきといいます……葉山様の大ファンで」と途切れ途切れに声が聞こえた。

みさきさんを守るように片腕を斜め後ろへ伸ばして、翔さんは「その前に、なんであんたたちはここへ来た。みさきが呼んだわけじゃねえだろ」

「実は、ひとつ確かめたいことがあって来たんです」

「確かめたいこと、って」

翔さんが全身を強張《こわば》らせるのがわかった。背後のみさきさんをチラリと気にするような素振りも見せる。そこに遠慮なく葉山さんが切り込んだ。

「もちろん、きみが大辛シムロの演者なのかどうか、についてだ」

翔さんは答えない。けれどシムロの名が出た途端、わずかに怯《ひる》んだ。

同時に私は思い出していた。この子たち、何度も喫茶ソウセキに来てくれていた常連さんだ。てっきりカップルだと思っていたけど、間近で接してみると兄妹のような雰囲気を強く感じる。

あれ。なんで常連さんにお店が攻撃されるんだろう。私が何かしたのだろうか。料理の味が気にくわないなら、別のお店に行けばいいわけだし。本当に、どうして……。

混乱しまくる私をさしおいて、葉山さんはぐいぐい攻める。

「否定しないということは、きみが大辛シムロで確定か。あの口調からしても間違いないが。ではもうひとつ聞くが、〝あれ〟をどこで知った？」

「な、何だよ、〝あれ〟って」

「先日の配信できみが得意げに披露した、次回作の構想とやらだ。あれは知人のアイデアと酷似している」

翔さんは「いや、知らないし、そんなの」と慌てて首を振るけれど、もちろん信じてもらえるわけもない。葉山さんが「話してもらう」と詰め寄ったところで、

「時間……」

みさきさんの声がぽつんと落ちてきた。弾かれたように翔さんが「始まるんで、配

信！　今日はこれで」と私たちを押しだそうとしてくる。

だけど葉山さんは頑《かたく》なにそこを退かなかった。翔さんと睨みあう形になり、私が割って入らねばダメかと覚悟したとき、「……準備」とみさきさんが呟いた。

再び、翔さんがビクッと肩を震わせる。

そして「音立てないでくださいよ」と怒気をはらんだ声で言ってから、てきぱきと機材のセッティングを開始。パソコンを起動し、何やらアプリのようなものをいくつも展開し、きびきびとカメラの角度をチェックする。

隅に置かれていた荷物から取り出されたのは……マイク付きのヘッドホン。いわゆるヘッドセットというやつか。翔さんが自分でつけるのかと思いきや。

ぽやっと立っているだけのみさきさんにそれを装着させ、「痛くないか？」と様子をうかがいながら、細かく幅の調整を始める。

「えっ、……え？」

私が驚くその横で、葉山さんもまた、目の前で起きていることを凝視していた。

だってつまりこれは——この光景が意味するところは、

「翔さんじゃなく、みさきさんが大辛シムロってことですか！」

みさきさんは相変わらず私たちと目を合わせないまま、真っ白い頬をほんのり紅《あか》く染めていた。

『今宵も大辛シムロの時間にようこそ、皆様』

みさきさんの唇がめいっぱい開かれて、張りのある豊かな声が朗々と響く。ここで聞こえるのはまぎれもなく少女の声だけど、それがボイスチェンジャーを通して男性の声に変換されているようだ。

『おや。楽しみに待って頂けたなどと僥倖《ぎょうこう》の至り。皆様の優しさによって生かされているも同然だね、この僕という存在は』

みさきさんがお辞儀をしたり手足を動かすたび、モーションセンサーがそれをとらえ、シムロの動きとして出力されるらしい。

翔さんはというと、パソコンで何かを打ち込んだり、謎の機械を操ったりで忙しそうだ。効果音やCGエフェクトをかけるのも、コメント欄のチェックも、ひとりで行っているのかもしれない。他人事ながら、ワンオペは大変そうだ……。

その間にも、〝大辛シムロ〟は楽しそうに語り続ける。

『――そのようだね、新刊は少し切れが悪かった。だが彼女の場合、次巻から再び盛り返してくるだろうという期待もある。どちらにせよ、楽しみにしているよ。僕は』

先ほどまでの小動物めいた雰囲気はすっかり消え失せ、カメラを見つめて笑みを絶やさず、今週の新刊について喋り続ける。驚いたことに台本などは何もなく、完全にみさきさんのフリートークで進行しているようだった。

私はそっとスマホを取り出して、大辛シムロのライブ配信にアクセスしてみた。やはり目の前で動き、喋っているみさきさんこそがシムロで間違いないらしい。コメント欄も「シムロ様今日もサイコー」、「だいすき」等、大賑《おおにぎ》わいだ。

みさきさんはいくつかのコメントに返事をしたのち、

『あまり長く喋っていられないんだ、今回はね。こう見えて、心の臓が破裂しそうなほどに緊張しているよ。何故《なぜ》だかわかるかね』などと思わせぶりなことを言う。

『実は、あの葉山先生がここにいらっしゃる。驚天動地とはこのことだね。次回は大先生との対談だ。諸君も一緒に考えておいてくれたまえ。大先生への質問を』

「そんなことはしない！」

葉山さんが大声で制止する。さすがに私の十倍ぐらい驚いたようだった。

「勝手に告知をするな。俺は対談など……」

しかし葉山さんの焦る声は、しっかりマイクに拾われてしまっていた。動画のコメント欄が、凄《すさ》まじい速さで流れ始める。「今の声が葉山？」「めっちゃ見たい！」「シムロ様神すぎる」……。

あろうことか、みさきさんは締めの挨拶をして、そのまま配信を終わらせてしまう。

葉山さんに一切の反論を許さないまま。

「お疲れ様」と翔さんの手でカメラのスイッチが切られ、ヘッドセットが外された瞬間、みさきさんはまたしても光の速さで翔さんの背後に隠れてしまった。

「対談したい……葉山様と」

彼女が呟いた瞬間、翔さんが折りたたみ式ガラケーのような角度で「そういうことなんで、よろしくお願いします！」と頭を下げてきた。

私もまた、「実は」と話を切り出した。

「ご存知だと思いますけど、シムロさんの影響で私のお店が嫌がらせを受けているんです。ゴミを撒《ま》かれたり、虫が出たってウソを言われたり、散々です」

みさきさんの反応はない。翔さんが青い顔で「そういう話は、今はちょっと」と止めに入るけれど、伝えるタイミングは今しかなかった。

「もう疲れてしまいました。なぜうちの店なんですか。私、何かしました？」

みさきさんに答えてほしいのに、彼女は黙って気配を殺している。らちが明かない。さらに問いかけようとするのを、翔さんが「みさきも疲れてるんで、やめてくださ い」と必死になって止めてくる。だけど、ここで理由を聞けなかったら、この先もずっと嫌がらせが続くかもしれないのだ。どうにかしないと……。

その矢先。「わかった」と、地獄の底から這《は》い上がってきた鬼のような声がした。

もちろん葉山さんである。

「対談を、受け入れる」

「本当ですかっ」

翔さんの目がキラッキラに輝きだしたけど、それも一瞬のことだった。

「俺が勝ったら悪質な嫌がらせをやめてもらうし、例の〝構想〟をどこで盗んできたのかについても語ってもらうぞ。それでいいな、大辛シムロ」

前髪ぼさぼさで瞳が見えなくなっていて、本当によかった。おそらく今の葉山さんは、地獄の閻魔《えんま》様をも射殺せそうな眼光を放っていたはずだ。


スタジオを出て、元来た道を引き返す。夜の秋葉原はぎらぎらとした光の洪水で、神保町と地続きとは思えない、陽気な騒がしさに満ちていた。

結局、最後までみさきさんは答えようとせず、翔さんはひとりで慌てふためいていた。今後どうなるんだろう。対談も平穏無事に進むような気がしない。

私には、ひとつだけ気になることがあった。

「葉山さん。対談に勝ち負けってありましたっけ」

「知られたくない情報を引きずり出せたほうが勝ちだ。決まっているだろう」

言い切られた。そういうものなのか……。

「でも、なんだか翔さんって、みさきさんの言いなりというか絶対服従みたいな雰囲気を感じました。なんででしょうか」

「さあな」

素っ気なく言って、そっぽを向く。葉山さんのメガネにも、秋葉原の光がキラキラちかちかと踊っていた。

「そんなことより、対談《たたかい》は三日後だ。彼らを完膚なきまでに叩き潰すぞ」

8

そうして、ついに対談の日がやってきた。

喫茶ソウセキは夕方から貸し切りとなっている。葉山さんが、この場所から対談に参加する為だ。

先日、翔さんから対談を持ちかけられた葉山さんは、「声だけの参加」で譲らなかった。もちろん自宅からの参加も拒否したので、妥協案で喫茶ソウセキが選ばれたというわけだ。

お店を貸し切るにあたって、店舗の賃貸料が割り引きされることになっている。私にとっても損はないはずだけど、どうにも不安が大きいのはなぜだろう。

私は、落ち着かない気持ちで店内を見回した。

すぐそこのテーブルには、翔さんが持参したノートパソコンがセットされている。大辛シムロの配信とは異なり、他に機器類は見当たらない。声だけの参加ということで、ノートパソコンのカメラにも黒いテープを貼り、律儀に塞いであった。

「こんなもんでどうですか」翔さんは、葉山さんにヘッドセットをつけている。仏頂面の葉山さんは、「問題ない」とだけ返した。

「あのー、本当に映しちゃダメですか。先生の顔」

なおも食い下がる翔さんを、葉山さんが眼球の動きだけで黙らせていた。でも実際の話、髪を切らなすぎて頭部がブロッコリーみたいになっている葉山さんを映したところで、あまり喜ぶ人もいないんじゃないだろうか。

シムロと葉山さんの対談の最中は、葉山さんのアイコンとして、爆売れしたデビュー作の表紙が映されることになっていた。

「じゃ、オレはあっち行くんで。今日はよろしくお願いします」

軽く頭を下げてから、翔さんが自転車で去っていく。例の秋葉原のレンタルスタジオで、みさきさんの準備があるのだ。

配信開始まで、あと二十分。どんな話になるのだろう。担当編集者さんも視聴すると聞いたし、葉山さんのイメージを崩すようなことが起きなければいいけど。

ソワソワし続ける私に、葉山さんが言う。

「きみに頼みがある。終わったら、すぐに新漱石カレーを食べられるようにしておいてほしい。俺は勝つが、ストレスが溜《た》まっているはずだからな」

「……なるほど。かしこまりました」

しかし、負けることを一ミリも考えていないのかと思いきや。葉山さんの眉間には深いシワが刻まれ、人差し指はコツコツとテーブルを叩いていた。

いよいよ大辛シムロのライブ配信が始まってしまった。

今日のBGMは、落ち着いた感じのピアノ曲。小説家との対談、という場面を意識しての選曲だろうか。

配信開始の時点で、視聴者数は前回の三倍だ。さらに増え続けている。小説家・葉山トモキの喋ることに、皆が注目しているのだろう。こんな状況で、葉山さんは大辛シムロ、もとい、みさきさんから情報を引き出すことができるのか。

シムロは視聴者に向かって一通り挨拶を述べた後、『こんばんは、葉山トモキ先生』と、どことなく甘さを含んだ声で語りかけてきた。

これを演じているのが稲田みさきさん……。〝天敵に見つからないよう巣穴に潜ったまま出てこなくなったハムスター〟みたいな、あのみさきさんだとは。今でも、やはり信じられない。

シムロも自身の配信画面を確認したのか、『おや』とまばたきする。

『映っていないのだね、葉山先生のご尊顔。……代わりに貴書の書影か。成る程、先生の才能をあまねく世界に知らしめた至高の一冊だ。この際ですし、どのように書き上げていったのかについてお話を少々』

「本題に入ってくれ」

冷たい葉山さんに、シムロは肩をすくめてみせる。

『おやおや、ご機嫌斜めでいらっしゃる。しかしここで諦めてなるものか。教えてくださいよ、創作の秘訣を。僕も作家を志す者として興味があるのです』

葉山さんは、マイクに拾われないよう慎重にため息を吐いてから、いつもよりも少し強めの声で語り出した。

「文豪の名作に触れるのは大事なことだ。いわゆる本物の文章は、頭の中の土壌に施す肥料となる。俺はそれしかしてこなかったが――」

『素晴らしい』シムロが微笑み、パチンと手を合わせた。

『それでは、名作を書くための土壌は整っているというわけですね、この僕は。何しろ大量の古典に触れてきましたし、文豪の書簡や原稿も持っている。……おや、それでは何故、いつまでも受賞ができないのだろうかね』

コメント欄がどっと湧いた。「シムロ様かわいい」など応援と讃辞《さんじ》が九割だが、その中からひとつのコメントをシムロが拾い上げる。

『シムロ様は文豪グッズ持ってるんですか、という質問が来たけれど、持っているよ。本物をね。夏目《なつめ》漱石の書簡や、放浪記の原稿など色々と』

瞬間、何か気になることがあったのか、葉山さんが「待て」と言いたげに口を開きかけた。しかし寸前でやめて、マイペースに話を戻す。

「古典も大事だが、経験も大切だ。できれば本を読むだけではなく、外へ出て、頭に風を入れたほうがいいと思っている。だが、きみが実行する必要はまったくない」

これはひょっとして、言外に「シムロに創作はできない」という意味を含んでいるのだろうか。シムロもそれを察したのか、『む……』と押し黙る。

その数秒の間で、葉山さんが攻勢に転じた。

「きみが語った『次回作の構想』、あれをどこで手に入れたのか教えてもらおうか」

『手に入れた、とは……ああつまり、いつどこであの素晴らしいインスピレイションを得て、あの形にまとめていったかという意味ですね。たしか――』

「とぼけるな。あれは俺の知人が考えていたものに酷似している。ストーリーライン、登場人物、タイトルまで全てにおいてだ」

シムロのアバターは、笑顔のままで沈黙している。けれど、みさきさんは相当焦っているかもしれない。流れるような喋りが、ここへきて完全に止まってしまった。

ざわざわと動揺するコメント欄を完全に無視して、葉山さんは一気に話を続ける。

「大辛シムロと名乗る者よ、教えてもらおう。『汚れた白銀』メインキャラクターである新聞記者の志門と、元サッカー選手の須藤、彼らの名前の元ネタは何だ？　当然知っているはずだな、きみが考えたアイデアならば」

元ネタって一体どういう意味？

画面の向こうまで届きそうな葉山さんの怒りだけど、それを知ってか知らずか、シムロは大げさに腕を組み、首を傾げてみせる。

『何を突然。深い意味などありませんよ。彼らという存在を思いついた時に、ふわりと降りてきた――それだけです』

「違う。志門博史の名はフィッツロイ・シンプソンというキャラクターが由来だ。英語圏において〃シンプソン〃は〃シモンの息子〃を意味することから、シンプソンを志門にした……と、知人からはそう聞いている。同様に、須藤丈もまた、ジョン・ストレーカーというキャラクターの名前をもじったものらしい。その元ネタであるふたりが登場するのがコナン・ドイル著の『シルヴァーブレイズ』、和訳では『白銀号事件』という」

白銀号って聞いたことがある。たしかシャーロック・ホームズの一篇《いっぺん》だ。

「きみが語った次回作の構想とやらは、その白銀号事件が大元のはずだ。本当に作者であるなら、なぜきみは答えられなかった？」

『……、……』

やはりシムロの表情はにこやかなままで変化がない。けれど今、たしかに、息を呑むような小さなかすれた声がした。

『つまり、こうおっしゃりたいのですか。ぼ……僕が、パクりをしたと』

葉山さんは何も言わない。それでシムロは勝手に追い詰められていくようだった。

『待って下さい、僕が糾弾されるのは間違っている。文豪たちは皆パクりをしたし、太宰だってパクり魔ですよ。他人の人生を丸パクりして発表したじゃないですか』

「それは『斜陽』のことか。それとも『女生徒』、あるいは『正義と微笑』……たしかにこれらは他人の日記から着想を得たものだ。だがパクリではない。日記を書いた本人たちに許可を得ているのだからな」

初めて知った。太宰治の小説に元ネタがあったなんて。

「パクり」、つまり盗作とは文字通り「盗む」こと。元ネタの作者の許可があれば、パクりには当たらないのだろうけど……シムロ自身はどうなんだろう。

「だいたい太宰は、借りた日記そのままではなく、自身の言葉に置き換えている。『正義と微笑』など、基になった日記ではマルクス主義が色濃く表れていたそうだが、まるごとキリスト教的な話に書き換えた。主人公の思考や話の筋を破綻させずに、そういうことをやってのけるのは、太宰治が天才だからだ」

葉山さんが冷静に言った。

しばらく沈黙していたシムロは、やがて『誰かの体験を基にして書くこと自体、それ自体がすでに……盗作になりますよ』とかすかに震える声で言う。

「誰かの体験を基にして書くことも許されないのならば、ミステリー作家は全滅だ。作中で殺人を書いた俺もまた、人を殺したことなどない」

ごく当たり前のことを言って、葉山さんは画面の向こうをじっと見据えた。まるでモニター越しにシムロと睨み合っているかのように、強く冷たく見つめ続ける。

「音楽の旋律は、バッハの時代にパターンが出尽くしたと聞いたことがある。現代の音楽は、それらを再編成しているだけだそうだ。文学も同様で、シェイクスピアの頃に、やはりストーリーの類型《パターン》が書き尽くされているらしい。つまり現代に生きる俺たちには、完全にオリジナルの話を創り上げることなど不可能で、必ずどこかに類似した話が転がっている。だが真の意味で創作者ならば、そのハンディを負ってでも、独自性のある物語を創ることはできるはずだ」

そこまで一気に語ってから、葉山さんは「ああ、そういうことか」と呟いた。

「決して創作者になり得ないきみだからこそ、恥ずかしげもなく他人のアイデアを丸パクりするしかなかったんだな」

ストレートですさまじい煽《あお》りに、私はもちろんのこと、大辛シムロもコメント欄もすべてがしんと凍りついていた。

『……やる』

シムロがこちら側を見つめたまま、低く唸る。え、と思った直後、

『死んでやる！』――そう叫んで、アバターがピタリと動きを止めた。

すぐに画面が切り替わり、『本日の配信は終了だ。また次回、お目にかかれたら恐悦至極』とテロップが出る。ピアノ曲もいつしか聞こえなくなっていた。

こ、これって大丈夫なのかな。

みさきさんはメンタルが強いほうには見えなかったので、なおさら心配だ。スタジオには翔さんがいるから、最悪の事態にはならないと思うけど。

私が戸惑っている間に、もちろんコメント欄も大騒ぎになっていた。「シムロ様死なないで！」「ハヤマが殺した」「てめーがシねよ葉山」……。

それを目の当たりにしているはずの葉山さんは、しかし、まるで気に留める様子も

ない。ヘッドセットを外し、冷め切ったコーヒーをのんびり啜《すす》っている。

「安心しろ。大辛シムロは絶対に死なない」

「なんでそんなこと言い切れるんですか」

「入水できる多摩《たま》川が近くにないからだ――という冗談はともかく、大辛シムロが大嘘つきだからだ。漱石の書簡はともかく、放浪記の原稿など持っているはずがない。つまり注目されたいがための死ぬ死ぬ詐欺に他ならない」

……そうなのだろうか。本当に。

けれど私がどれほど不安に思ったところで、配信は終わっている。翔さんにも連絡がつかない。みさきさんの無事を信じて、今は営業再開の準備をするしかないようだ。

翔さんのノートパソコンなどをバックルームに入れて戻ってくると、葉山さんはいなくなっていた。勝利のカレーを食べるんじゃなかったっけ。


その夜。

帰りの電車内で、私は『正義と微笑』をパタンと閉じた。ふう、と小さく息を吐く。なんて清々《すがすが》しい物語だろう。出てくる人々全員が、きちんと結末を迎えたことで、心の疲れが少し取れた感じもする。

本を膝の上に置いたまま、しばらく物語の余韻に浸る。やはり思い返すのはカレーの場面だった。

あのとき、どうして主人公・進は、カレーを食べたんだろう。そこに特別な意味はあったのか。それに、太宰治という人物についても知りたくなってきた。もしかしたら、新作カレーのアイデアに繋がるかもしれないし。

早速、カバンからスマホを取り出した。メモ帳アプリを開き、思いついたことをどんどん入力していく。

自宅の最寄り駅で降りそこなったのは、本当に久しぶりのことだった。

9

表は、冬が始まったかのような冷たい雨。

真っ暗な中に降りしきる雨は、昼間よりもずっと寒く感じられた。通りを行く人々も、真冬のごとき厚着をしている。

あの対談から早くも一週間が過ぎた。

大辛シムロ信者による嫌がらせは、依然として続いている。

シネとか爆破するとかそういう電話も多いし、ネット上でのクチコミもボロボロ。「ゴミを出してくるゴミの店」的な誹謗中傷《ひぼうちゅうしょう》が爆発的に増えた。今もバックルームで、宮城さんがどんどん削除申請を出しているところだ。よほど頭にきているのか、「なんだとこの野郎」とか「情報開示申請してやんぞ」などと独り言が聞こえてくる。

客足に変わりはないのが救いだけど、このしんどい状況はいつまで続くのだろう。大きくため息を吐きそうになるのを、寸前で止めた。ラストオーダー後の現時点で、店内にはまだお客さんがいるからだ。

そのお客さんこと葉山さんは、いつものカウンター席で、どんよりと何かを書いていた。どうやらプロットという作業が進んでいないらしい。門外漢の私に手伝えることなど何もないし、邪魔にならないよう、静かにしているのがいいだろう。

閉店まであと二十分。早いけど、厨房の掃除を始めようか。そう考えていたところへ、店の電話がピピピと鳴った。この番号は、翔さんだ。

受話ボタンを押すなり、翔さんは「あの」と切り出してくる。

「なんか色々迷惑かけちゃって、すみませんでした。この前とか。それでオレ、店長さんと葉山先生に謝りたくて。これから行ってもいいですか。お店」

私としても、断る道理はない。

「いつでもお待ちしています」そう返事をした直後、店のドアが静かに開いた。立っているのは、スマホを握りしめる翔さんだ。季節外れの寒さの中、ずっと表にいたのだろうか。翔さんは、頬も鼻も真っ赤になっていた。

「えっと……」と再び翔さんが何かを言いかけたところで、「やっと半分終わりっすよ」と宮城さんがバックルームから戻ってきた。だるそうにエプロンを外しながら、「もうキリがないんで、一度シムロ信者どもをシメたほうが――」

翔さんの存在に気付いた宮城さんは、「うわ、お客さん」とあたふたエプロンを着け直そうとして、「あっ」といきなり大声を上げた。

翔さんをびしっと指さして、「常連のストーカー男ッ」

「えっ」「え？」「え⁉」

私も葉山さんも翔さんも、皆が同時に驚いた。宮城さんは興奮気味に「こいつっすよ、こいつが例のダルいストーカー！」と、お客様に対して絶対に使ってはならない言葉を連発する。

「最近店長は心ここにあらずって感じだから覚えてないかもですけど、この男で間違いないっす。ほら、カップルで何度も来ては『葉山トモキはいつ来るんですか。なんで来ないんですか。どこに住んでるんですか。なんで教えてくれないんですか。どうすれば会えますか』ってしつこく問い詰めてきたストーカー野郎」

葉山さんが、信じられないといった顔で翔さんを凝視していた。

「きみが？」

「い、いやその、そういうつもりじゃ……、すみません」

翔さんが顔を真っ赤にしながら、慌てて頭を下げる。続いて、

「店長さんも、すみませんでした」

そう言って私にも深々と謝罪する。特に謝られるような覚えもないけれど……。

戸惑う私に、翔さんは封筒を差し出してきた。おそらく金銭が入っているであろう

それを前にして、ますます疑問が強くなる。

「ええと、これ、何のお金でしょうか」

すると翔さんは、顔を上げないままこう言った。

「オレなんです。ここのガラス割ったのは」

「えっ……、でも、あれはシムロ信者が――」

「だから、オレなんです。信者たちが暴走する前に何かやっちゃえば、それ以上ひどい事態にはならないんじゃないかって思って。実際みさきに『ファンが店の窓を割ってくれた』って話したら、ちょっと気が晴れたようだったし……。まあ、考えが甘すぎたんですよね。でもオレがやったことに変わりはないんで」

自嘲と苦しみの入り混じる声で、翔さんは必死に謝ってくる。

では、このお金は窓の修理代というわけか。そういうことなら、なおさら私が受け取るわけにもいかなかった。

「これは大家さんに渡してください。そこにいますので」

「大家がそこに……って」

翔さんが私の視線を辿《たど》る。その先にいるのは、もちろん葉山さんだ。

すべてを悟った翔さんの顔色が、赤から青へと変化していった。

「も、申し訳ありませんでしたっ」

土下座する勢いで謝り倒す翔さんに、葉山さんは何も言わない。むすっとしたまま封筒を受け取り──何かに気付いたのか「ん？」と封筒を軽く振る。

「中に、何かあるな」

言いながら封筒を逆さにすると、USBメモリがころんと落ちてきた。小指ほどの大きさをしたシンプルなものだが、葉山さんも私も心当たりはない。

何かと問う前に、翔さんがUSBメモリを指さす。

「シムロが言った『次回作』の元ネタです。オレは見てないんでアレですけど、中に沢山の〝アイデア〟が入ってたって聞いてます」

途端に、葉山さんの顔が強張った。

「イヅミさんのUSBメモリということか。これをどこで手に入れたんだ」

「そこです」翔さんは、葉山さんが立っている付近の床に指を向けていた。

「この店の、その席で。葉山先生こねーかなーって茶を飲んでたら、みさきが『なにか落ちてる』って拾い上げてて」

つまり、白浜さんが来店したということ？

「イヅミさんがこの店に……、いや、そんなバカな……、しかし」

逡巡《しゆんじゆん》する葉山さんが、パッと宮城さんに目を向ける。

「この席にイヅミさんは来たのか？」

「へっ？」帰ろうとしていた宮城さんだったが、いきなりの質問にうろたえる。

「そもそも白浜センセーがどんな人なのか知らないんで。じゃあそういうことで」

これ以上巻き込まれたくない気持ちを全身で表しながら、宮城さんはそそくさと店を出ていった。

「イヅミさんが本当にここに来たのか……なぜだ」

ゼンマイの切れたからくり人形のごとく、葉山さんは眉間に手を当てた状態で動きを止めてしまった。そんな葉山さんに、翔さんが再び謝罪する。

「対談のことも、すみません。

葉山さんは返事をしない。恐らくもう耳に入っていない。仕方がないので、私が話を引き受けた。

「あの後、みさきさんはどうされましたか」

「元気ですよ。普通に。かなり落ち込んではいますけど」

その返事に、心底ホッとした。翔さんはどこか遠い目になって、

「あいつ、デビューの時から葉山先生の大ファンなんですよ」と語る。

「もちろんオレ自身もそうなんですけど、あっデビュー作は四回読みました。ああいやオレの話じゃなくて、みさきは葉山先生と話してみたくてしょうがないって感じだったんですよ。で、あいつの願いを叶えるためにはああするしかなくて」

「ちょっと気になってたんですけど、どうして翔さんは、みさきさんの言うことをなんでも聞いちゃってるんでしょうか」

さりげなくカウンター席の椅子を引き、着席を促した。この話は聞いておいたほう

がいいと直感したからだ。そうすれば、大辛シムロを理解できるかもしれない。

私の意図を察したのか、翔さんも「失礼します」と会釈しながら椅子に腰掛ける。

そして、泣きそうな顔で語ってくれた。

「オレはみさきを裏切ったんです……二度も」

10

「オレとみさきは、保育園からの幼なじみなんです。みさきは三人姉妹の末っ子で、昔からオレのことを兄貴みたいに慕ってくれて。小中高から大学まで全部、オレと同じ学校になりました。

オレらは親が困惑するぐらい本の虫で。通学中も、学校から帰った後も、時には授業中でさえ本を読んでたんです。古今東西を問わず、面白そうな本は貸し借りして何でも読み漁《あさ》り、熱く感想を語り合ってました。

そんなだったから、もちろん中高では文芸部です。みさきは小説新人賞への応募を目指して、物語を書いてました。残念なことに落選したけど、オレは素人《しろうと》なりにアドバイスとかもしてました。みさきをめいっぱい応援したくて」

「思っていたよりも、ずっと親しかったんですね」

私の何気ない感想に、翔さんは気恥ずかしそうに下を向いた。

「あいつとはホント長い付き合いなんで。……その、オレの喋り方とシムロの話し方が似てるっていうのも、葉山先生から指摘されるまで気付かなかったぐらいで。

　でも大学に入るとき、オレはひとりで〝大学デビュー〟しました。たしか高二の終わりかな。たまたまネットで流れてた洋楽に魂ぶち抜かれたんです。重くてエモくて、ああオレもこういうのが演《や》りたい、誰かの心を揺さぶってみたいって思いました。でもバンドやってるような奴らってみんなオシャレだし、オレみたいなやつは話しかけるのも無理すぎた。だから頑張ったんです。

　メガネやめて身なりに気を遣って、コミュ障なんて思われないよう話のネタもストックしたし、『なりたい自分』に向けて仕上げて。そうしたら、いかにも学生生活をエンジョイしてる、いわゆる陽キャで同じ趣味の友達がたくさんできました。友達《あいつら》との時間はとにかく楽しいんですよ。ずっと洋楽の話してられるし、たまにギターで即興の合奏《ジャム》もできるし。大学生活サイコーでした。

　一応みさきと同じ文芸サークルにも入ってたんですけど……、だんだん文芸サークルなんかに時間を割くのが惜しくなって。それでオレは、みさきを裏切りました。

　みさきに内緒で、友達がいる軽音サークルにも入ったんです。当たり前ですけど、文芸のほうには全然行かなくなりました。

　それから少し経って、大学で友達と歩いてたとき、みさきと出くわしたんです。

　みさきはひとりぼっちで、建物の陰にあるベンチで読書をしていたみたいなんです

けど、なんでかニコニコ笑って、

『今度の部誌、何を書こうか迷ってるの。翔くんはどうする？』

それを友達が冷やかすんですよ。『え、なに、翔の妹？』『彼女だろ』とか。そんなんでもない言葉に、バカにされたような雰囲気を感じちゃって。いやもう完全に被害妄想なんでしょうけど、地味なみさきと、〝変わった〟はずの自分が同類だって見透かされたような気がしてきて……。だから、自分を守っちゃったんです。

『いや、ただの知り合い。関係ないし、全然』

そう言ってみさきに背を向けた瞬間、オレの心にもグサグサ刺さりました。ははは、何言ってんだかって感じですよね。自分で言ったことなのに。

もちろんみさきだって、すごくショックを受けたようです。あれ以来、大学に来ない日が増えていって……今は家に引きこもって講義にもほとんど出てきません。でもみさきは雑誌の記事を読んで、『あのお店に行きたい』って言い始めたんです」

「雑誌、というと」

飾り棚の文芸誌に視線をやれば、翔さんもまた、「あれのことです。葉山先生の行きつけのお店って記事、あったでしょ」とうなずいた。

「先生に会いたい一心で、みさきは頑張って外に出たんですよ。だけど、もともと人見知りでビビりのみさきには、ちょっとハードルが高すぎた。引きこもってたせいか、ひとりで表を歩くのが怖くなっちゃってたし、なんとか店の前まで辿り着けても、足が震えて引き返したりとかで。もちろん先生と会うなんて無理じゃないですか。それでみさきはオレに頼んできたんです。オレがいれば店内まで行けそうだから、って。そうやってなんとか中に入れたけど、それでもやっぱり先生とは会えなくて」

私は思わず、「そうでしょうね」と相づちを打ってしまった。

「雑誌には書いてないんですけど、葉山さんは超のつく夜型人間で、ラストオーダーの時間に『朝食はカレーに限る』とかなんとか言って来店するレベルなんですよ。真っ当な生活をされている方々とは、すれ違うのも至難の業でして」

「あ、やっぱりそういうことなんですか」翔さんは諦めたような笑みを浮かべる。

「オレたち何度も何度もここに来たんです。そのたび、さっきの店員さんに先生のことを聞いたんですけど、もちろん教えてもらえないですよね。そういうことがどんどん積み重なって、みさきは悲しんで、絶望が深くなって……」

「それで天誅を指示したということですか」

私の問いに、翔さんが泣きそうに目を伏せた。

「先生に会えない店なんて潰れてしまえばいい、って思ったみたいで」

「くだらない」

吐き捨てたのは葉山さんだ。いつから話を聞いていたのか、呆れ顔で腕を組む。

「だが彼女はもう、精神的に復活しているだろう。現に、大辛シムロを生き生きと演じることができている。本当にどん底ならば、あれを演《や》るという発想は出てこない」

葉山さんの容赦ない言葉に、翔さんは「えっと」と目を泳がせる。

「あれ、勧めたのはオレなんです……実は。

大学で酷いこと言っちゃってからも、SNSで時々話してたんです。もちろん『ごめん』って伝えたあとです。でも前みたいに普通に話すとかはできなくて……ぎくしゃくしてしんどかった。あいつが本について語りまくりたい欲を溜め込んでいるのはわかってたけど、もうオレは新刊とかも全然読んでないし、その時間をギターに使いたかったから、すごく負担になってきちゃって。

それで『ネットで喋ってみれば？』って提案したんですよ。あ、大辛シムロのアバター、あれはみさきの理想を詰めこんだんです。みさきは前から何度も言ってて……『今の自分がいやだ、捨てたい』って」

そうしてみさきさんは大辛シムロというアバター、もしくは新しい自分を手に入れ、画面の向こうに向かって語り始めたというわけか。

「みさきってすごい持ってるんですよ、本に関する知識。それに、あそこまで芝居が上手いとも思わなかった。あの太宰を意識したキャラと昔っぽい口調、視聴者にめちゃくちゃウケたんです。だんだん視聴者の相談に乗るようなことも始めたんですけど、みさきは文学の名言みたいなのを引用して、自分の考えを正直に語ってました。その一方で、オレみたいな陽キャと世間を毒舌で斬りまくって」

そうやってみさきさんに救われる人々が増えたけれど、同時に熱狂的信者も生まれてしまったということか。

「だけど多分、間違いだったんです。あんな犯罪やらかすような連中まで出てきて……オレもここの窓割っちゃったし。シムロするようになってから、みさきは笑うことも増えたけど、でも……きっとまだ怒ってる。だからもう八方塞がりって感じで……たまに全部捨てて逃げたくなるんです」

翔さんは、ぐしゅ、と鼻をすすりながら、明るい金色の前髪を指でつまむ。

「こういうのも全部元に戻して、地味なオレに戻って、またみさきと一緒に文芸やったら許してくれんのかなぁ」

切ない話だ。たしかに大学での翔さんの対応は良くなかったのだろうけど、翔さんが変わりたいと願ったのは悪いことではないはずだ。

心にトゲが刺さったような痛みを感じつつ、私は冷蔵庫のほうへ動く。

本当は明日にしようと思っていたけど、葉山さんもいるからちょうどいい。私は翔さんに向かって、意識的に温かい笑みを浮かべてみせた。

「外、寒かったでしょう。もうすぐ試作のカレーができますので、よろしければ食べてみてください」

冷蔵庫から取り出した、つやつやの鍋。この中には、玉葱《たまねぎ》、ニンジン、じゃがいも、リンゴを用いたシンプルなカレーが入っている。

玉葱とリンゴは弱火で炒め、じっくり甘みを引き出してあった。ヂヂヂ……と音を立てて泡になったバターが、具材に絡んで染みこんでいる。バターの焼ける豊かな匂いは、思い出すだけで幸せな気持ちになる。

ルウのベースは、牛骨から丁寧に取ったフォン・ド・ボー。ゆっくり煮込むことで染み出してくる牛のうまみが、ルウにふくよかな味わいを与えてくれる。

この大変まろやかで美味しいカレーを、冷えたままでココット皿に入れていく。宮城さんは帰ってしまったので、三人分だ。

「いつもより少ないように見えるが」と、葉山さんがすかさずチェックを入れてきた。

「まだこれからです。というか葉山さん、さっきカレー食べたばっかりですけど、食べられますか？」

「カレーは別腹だ。むしろカレーのおかずがカレーでもいい」

よくわからないことを言われたと同時に、オーブンが予熱完了のメロディを鳴らす。

さあ、ここからが肝心だ。

まず冷凍庫からパイ生地を取り出す。これはあらかじめ作ってあったもので、しっとりと凍っている。それを全速力でココット皿の上部にかぶせていくのだ。

店内のように暖かな場所では、パイ生地が溶けることがある。そうすると、うまく膨らまなくなったり、味も落ちてしまう。それを防ぎ、最高に美味しい状態で味わっていただくためにも、無駄な動きは一切許されない。

ココット皿にフタができたら、溶いた卵黄をささっと塗ってオーブンへ。これで調理自体はおしまいだ。食器や飲み物、付け合わせのマリネなどを用意していく。

　このカレーを食べて翔さんの心と体が温まったら、気持ちも切り替わるかもしれない。いや、そうに違いない。カレーには、きっとその力がある。

11

『正義と微笑』で、主人公・芹川進はカレーを食べている。

　それは、劇団の研修生オーディションの日のこと。早めに到着した進は、時間を持て余して食堂へ入り、ソーダ水とともにカレーを食べたのだ。

　なんでこの場面でカレーなんだろう。オーディションに向けて気合いを入れるためかと思ったけど、よく考えてみると、少し違うような気もする。

　むしろ「普段から食べているメニューで気持ちを落ち着けて、いつも通りに行動しよう」という気持ちだったのではないか。

　だからこそ、今。私が準備しているカレーもまた、翔さんにとって気持ちを落ち着けるための一皿となればいい。

　焼き始めてから十分少々。オーブンが高らかに完成を告げた。

重たい扉を引き開けた途端、得も言われぬ芳香が店内を満たす。それは小麦粉とバター、そして黄金色のフォン・ド・ボーが織りなすハーモニーだった。アツアツサクサクのうちに食べてもらいたいから、私は急いで料理を運ぶ。

「これは一体……？」葉山さんが料理を凝視する。

ココット皿にかぶせたパイ皮は、キノコの笠《かさ》のようにふんわりと膨らんでいる。表面はきつね色につやめき、見るだけでも舌の上に甘さが広がるようだった。

「とりあえず召し上がってみてください」

私の言葉に、葉山さんは「いただきます」と一礼。そしてパイの真ん中にスプーンを突き入れた。パイがくしゃくしゃと音を立てて崩落し、器の中身——焦げ茶色のカレーがちらりとのぞく。

「え、パイの下にカレー？」

翔さんがスプーン片手に驚いてくれた。予想通りの反応に、私も嬉しくなった。

「シチューポットパイという料理を、カレーでアレンジしてみました。名付けて、『太宰カレー』です」

ふたりが揃って食べ始める。

恐る恐るといった様子でスプーンを握った翔さんだけど、一口食べてから、ぽつりと「うわ、うめえ」。その一言だけで充分だ。葉山さんはというと、目の前のカレーを口に入れるのが忙しいようで、無言になっていた。

このカレーには、太宰の出身地である青森県の名産品・リンゴをたっぷり使っている。それも太宰の時代にスタンダードだった品種、「紅玉」を選んだ。

リンゴをカレーに入れれば甘くなるかと思いきや、紅玉は酸味の強い品種なので、バランスを取るのに苦労した。紅玉の味だけが強く出すぎないように、でもスパイスでごまかさないように。そうやってついに、ほんのり甘酸っぱくてスパイシーなルウが出来た。甘みのあるパイ皮と、とてもよく合う。

パイ皮にも、思う存分手を掛けている。サクサクパリパリの食感は、バターが溶けないうちにぎゅぎゅっと練り込むことで作られる。重労働このうえない製法だけど、丁寧に作ったパイ皮は、どれだけルウにまみれても儚《はかな》いパリパリ感を保ってくれるので、最初の一口目で感じた幸せが食べ終わるまで続くというわけだ。

翔さんは、皿の縁についたパイ皮をスプーンでこそげ落としては、どんどん口に運んでいく。その途中でふと手を止めて、

「さっき太宰って聞こえましたけど、もしかして何か意味があるんですか、このパイ」

「もちろんです」と私は解説を試みる。

太宰治、本名は津島修治《つしましゅうじ》。明治末期に、青森の大地主の家に生まれた。秀才とうたわれたが、実際には挫折の繰り返し。

けれど文壇デビューしてからの太宰は、一見して華やかな生活だ。

「この裏表の激しさこそが、最大の特徴なのかもしれません」

有名な『人間失格』を読んでみると、太宰が自分自身を客観視しながら「自分」を演じていたような雰囲気さえ感じた。もちろんナルシストでキザで女性にもてまくる「太宰治という自分」のことだ。

けれど芯の部分には、しっかり津島修治がいた。懇意の女性と衝動的に心中を図ったり、芥川賞が欲しくて審査員に賞をねだるような手紙を送ったり、賞に落ちたことで審査員への恨み辛みを原稿にしてしまう、何かと本能的で幼い津島修治が。

「そんな二面性が表現出来ればと思ったんですけど……」

「なるほど、考えたな」と葉山さんが目を細めてうなずいた。

「ふくらんだパイ皮が太宰治という虚飾であり、中身の熱いカレーが津島修治という本性を表しているのか」

「すげえ」翔さんまで、なぜか目をキラキラさせていた。ちょっと照れくさい。

ほどなくして、ふたりは「ごちそうさまでした」とスプーンを置いた。葉山さんにも翔さんにも、多少の生気が戻ったように見える。

一呼吸置いて葉山さんは、チラリと翔さんに目をやった。

「俺には、きみの気持ちがわかる。過ちと贖罪《しょくざい》か。辛いところだな」

葉山さんは自らの過去を重ねていたのだろう。それから、ゴーヤをそのままかじったような苦い苦い顔をして、「先日のことに関しては、俺も言い過ぎた」

どうやらこの前の対談について話しているらしい。

「大宰氏はたしかに自らの言葉を持っていた。いくつかの動画を見たが、文芸批評は誰かの受け売りではなかったし、現実に、大宰氏はその言葉を持って何人もの視聴者を救ってきたのだろう」

言われて、私も動画を思い返す。たしかにシムロは、視聴者の悩みに優しく寄り添い、真面目に答えようとしていた。あれは決して演技だけではなかったはずだ。

葉山さんは、少し言葉の速度を落として語る。

「大宰氏もまた、れっきとした創作者だ。その感性をもってすれば、自らの物語を書くこともできるはずだ。日々を生きる中で思ったことや感じたことを、自身の言葉に置き換えてみればいい。太宰と、同じように」

「葉山先生」と、翔さんが泣きそうに顔を歪《ゆが》めて立ち上がった。

「みさきも喜びます。先生が『みさきも頑張れ』と励ましてたって伝えたら」

「いや、そんなことはひとつも言っていない。きみはちょっと落ち着……」

「これならオレも許してもらえるかも！」

許す？　翔さんは何を許してほしいんだろう。それを初めて考える。

もしかしたらふたりは、すれ違っているのかもしれなかった。

「あの、ちょっといいですか」私は思いきって声を掛けた。

「翔さんは先ほど、『以前の自分に戻ればみさきさんに許してもらえるのか』というようなことをおっしゃってましたよね。でも、もしかしたらみさきさんは、翔さんが大学デビューしたり違うサークルでの活動を楽しんでいることについて、そんなに怒っていないんじゃないでしょうか」

「え?」思ってもみなかったのか、翔さんがぱちぱちと瞬《まばた》きを繰り返す。

「多分ですけど、みさきさんは、自分を認めてくれる唯一の理解者から『ただの知り合い』扱いされたことが悲しかったんだと思うんです」

みさきさんにとって翔さんは唯一無二であったのに、翔さんにとってはそうじゃない。数多くいる知り合いの中の、特別ではないひとり。そう認識されていることがわかったら、それはもう天地がひっくり返るような衝撃だったに違いない。

「なので、容姿やサークルについては戻す必要もないと思います。翔さんが今の自分を嫌いでないのなら、それはまぎれもなく、翔さんの新しい一面でしょうから」

太宰治にも大変な二面性があった。みさきさんが男性キャラのアバターで活動するのも、「こうありたい」自分像を持っていた。「正義と微笑」の芹川進もまた、理想の自分像を持っていた。

という理想を追い求めたからだろう。

翔さんがテーブルの上で握る拳は、かすかに震えていた。

「……だけど、オレは裏切ったんですよ。みさきのこと」

「それは事実かもしれません。でもきちんと償ったのならば、もうそろそろ前を向いてもいいのでは」

私が話すと、翔さんはぐっと唇を噛《か》んだ。やがて、泣きそうな声で、「そんなふうに考えるのもアリなんですね」と漏らした。

――実は今の話、半分ぐらい葉山さんに向けたものである。届いていたらいいな。

けれど葉山さんはそっぽを向いているから、その表情はわからなかった。

閉店時刻を大幅に過ぎてしまった。終電に間に合うだろうか。

私がシンクを片付け始めるのと同時に、翔さんが席を立つ。

「今日はどうもありがとうございました。美味しかったです、太宰カレー」

深々と腰を折ってから、「それと」と葉山さんのほうへ向き直る。

「葉山先生、みさきにサ」

「サインはしない」

言い終える前にお断りされ、翔さんは「これがプロの拒絶」と驚いていた。

「でも悲しむんですよ、みさきが」

「きみはその稲田みさきファースト思考をなんとかしろ」

葉山さんがブチ切れ、翔さんが「すみません」と縮こまり、私はそれを見てちょっと笑った。

これでこの事件はおしまい――ではなかった。喫茶ソウセキへの嫌がらせは、その後も延々と続いたのだから。

第2話　刻んで炒めて放浪記

1

「本当に、ここの子規カレーは傑作だ。月替わりなのが残念でたまらないよ。これ、次回はいつやるの。四月ぐらい？」

カウンター席でにこやかにカレーを食べているのは、古書亡羊の谷崎さんだ。厚みのある体格に日やけした顔、八割白髪のごましお頭。およそ本の街に似つかわしくない風貌なのに、古書店を開いているなんて、誰が想像できるだろう。ちなみに年齢は五十代であるらしい。この前「内緒だよ」と教えてくれた。

ランチタイムも半ばを過ぎ、店内には比較的まったりした時間が流れている。カレーを食べ終え、谷崎さんはアイスティーに三個目のシロップを入れた。

「よし、いつもの願掛けしてみよう。うまくいったらあの子にまた会える……と」

そう呟いて、ストローが入っていた紙袋をいじくり始める。

恐らく水引のように結びたいのだろう。けれど、あまり器用なほうではないらしく、あっさり紙袋がちぎれてしまった。そういえば、成功したのを見た覚えがない。

苦笑いした谷崎さんは「だめだね、今日も失敗」と紙袋をくしゃくしゃ丸める。

そこへ宮城さんが話しかけにいった。

「谷崎《ざき》さん、お久しぶりっす！　二週間ぐらい店で見なかった気がするんすけど、またどこかに旅でもしてたんすか」

「え？　あ……うん、ちょっとね。でも旅行みたいに素敵な体験じゃないよ」

珍しいことに、谷崎さんが言い淀《よど》んでいる。隠し事をしない印象があったけど、よほど話したくない出来事なのだろうか。

「宮城くんこそ、旅行とかしてるのかい」

「や、そんな暇ないっすよ。なんせ本番が近いもんで」

「そういえば、この前もそんなこと話してたね。大成功をお祈りしてるよ」

「何言ってんすか。谷崎さんも観に来てくださいよ！」

ふたりの談笑は、控えめな店内ＢＧＭの陰にまぎれてしまう。

一昨日から続く雨のせいだろうか。店内にお客さんは多くない。

だからこそ、変なことをする方々は余計に目立つ。奥のテーブル席に陣取る中高生ぐらいの三人組男子が、何やら怪しい動きをしているのだ。

「うまく撮れそう？」「バカ、聞こえるぞ」……聞こえてますよ。

彼らはカバンから何かを取り出し、テーブルの上でごそごそやっている。厨房《ここ》からではよく見えないけど、虫のオモチャか何かだろうか。それをひとりがスマホで撮影して、「シムロ様に届け」などと笑っていた。また大辛シムロ信者か。このあと数時間もしたら、ネットにアップされてしまうのだろう。

もはやため息しか出なかった。毎日毎日うんざりだ。

注意するため厨房から出ていこうとすると、先に宮城さんが動いてくれた。

「あと五秒で通報するんで、それがイヤなら帰ってくださいねー」

しかし三人組はニヤニヤ笑うだけで、宮城さんの言葉など聞こえていないかのよう。しまいには、誰かのスマホを取り合って、テーブルに身を乗り出すようにしてふざけ始めた。何かのイメージキャラクターをあしらったストラップが、さっきまでクリームソーダの入っていたグラスにぶつかり、キン、キン、と嫌な音が響いた。

仕方ない、通報しよう。重い腰をあげた、その時。

「若気の至りってやつかね。でもちょっとうるさいな」

のそりと谷崎さんが立ち上がる。芥子《からし》色のベレー帽を丁寧にかぶると、三人組のところまで静かに歩いていった。

「君たち、ちょっといいかい。あのね」後ろ姿からでも笑顔だとわかるぐらい、明るく穏やかに話しかける。何を言っているのかはわからないけれど、ある瞬間から三人組の顔色が変わった。慌ただしく荷物をつかむと、我先にレジへと走ってくる。

仏頂面の宮城さんによって速やかにお会計が終了し、三人組は逃げるようにして店を出ていった。

「すごい……」呆然《ぼうぜん》としている私に向かい、谷崎さんはパチンとウィンクしてみせる。

「あの根付け《ストラップ》に見覚えがあったんだよ。某私立校の文化祭で売ってたなあ、ってさ。それでカマを掛けてみたら運良く当たったんだ」

学校名を言い当てられたら、それはたしかに怖いかもしれない。中高生なら、進路にも響いてしまうわけだし。

「確実に勝つためには、相手をよく見るのが鉄則だよ」

そんなことを言いながら、谷崎さんは席に戻った。

「しかし大変だね、店長さんも」

「……申し訳ないです。お客様なのに、対応させてしまって」

「いいんだよ。僕にできることなら協力するからさ、遠慮しないでどんどん言いな」

優しいお言葉に、うっかり涙が出そうになった。

さっきのような嫌がらせは、今やシムロ信者に留まらず、便乗でやらかす人達が増えていた。普通に営業妨害だ。

けれど被害届を出しても立件できなければ意味がないので、通報などの対処療法だけで乗り切るしかない。このままじっと耐えていれば、いつかは彼らも飽きてくれるのでは――なんて後ろ向きなことさえ考えてしまう。

ちなみに大家である葉山さんはというと、敷地内にゴミをぶちまけられる・壁に落書きされるなどの被害に対しては、即座に被害届を出している。防犯カメラの増設も行ったらしい。そのうえで、「きみは甘い、手ぬるい」と私に怒ってくる。

そう言われても、どうしようもない。

翔さんも言っていた。先日、店まで謝りに来てくれたときのことだ。帰り際に、「信者に対して『ソウセキへの嫌がらせをやめろ』と話すよう、みさきを説得する」と。

だから、できればそれを待ちたかった。彼らが自発的に嫌がらせをやめてくれることを、心から願っていた。

とはいえ私も疲れ果ててしまったので、昨日から店の営業時間を短縮している。

当面の間はランチタイムの三時間と、ディナータイム三時間だけの営業にして、それ以外は休憩することにした。新作メニューを考えたり居眠りしたりぼーっとしたり、とにかく私が回復しなければヤバいからだ。

「じゃ、また来るね。美味しかったよ、ごちそうさん」

谷崎さんが帰り、他のお客さんたちもぽつぽつと席を立つ。

ちょうどいい。少し早いけど、ランチタイムを切り上げようか。

そこへ、ピピピピピ……と耳障りな電子音。店の電話に着信だ。ディスプレイには、発信者番号非通知の文字。またイタズラか。それでも、出ないわけにはいかない。

胃の辺りを押さえ、顔をしかめながら受話ボタンを押す。

「喫茶ソウセキを爆破しまーす！」受話器の向こうから、ゲラゲラ笑う声。

……もう本当に限界なのだった。

2

ドアに「準備中」の札をかけ、宮城さんは一旦バイトを上がった。夕方、ディナーの準備に入る頃、また出勤してくれるはずだ。

今日は持参の大きな弁当箱にカレーとごはんをぎゅっと詰め、「稽古《けいこ》行ってから戻りまーす」と謎の言葉を残して出ていった。稽古とは、やはり空手や柔道だろうか。仕事の日にも練習できるほどの体力は、純粋に羨ましい。

私は、というと。

「はぁ……」なんて大きなため息とともに、軽い昼食を取っていた。胃が弱っているのか、食欲が湧かない。小さめの塩むすびでさえ、完食できそうもなかった。

このあと、ディナータイムの準備が始まるまで何をしよう。本を読めるほどの気力もない。とりあえず少し寝ておこうか――そんなことを考えた矢先、裏口のドアがガチャリと開いた。葉山さんだ。こんな昼間に、珍しい。

葉山さんは私を見るなり、「買い物に付き合ってくれないか」と切り出した。

「あの『黒い影』が入ったんだ」

「はい？」

「以前にイヅミさんが教えてくれた、ホームズの和訳だ。今は読める気がしないが、いつまでも置いておくのは谷崎氏にも失礼だろう」

稀少な本を古書亡羊に注文していて、それがやっと入荷したから、引き取りに行くということかな。

よくわからないまま、一緒に外出した。晩秋の、少し薄くなったような日の光が、それでも目を焼くように照りつけてくる。

葉山さんは、ようやく髪を切ったらしい。ブロッコリー人間から、〝鬱っぽくて青白い人〟へと進化を遂げていた。それに、目にも多少の生気が戻っている。

私の視線に気付いたのか、「少し切り替えないといけないだろう」と独り言のように言った。

翔さんが店まで謝罪にきて、USBメモリを返してくれた後。

葉山さんはUSBメモリの中身を確認しないまま、編集部に託したのだそうだ。「これは白浜先生のものではないでしょうか」と言付けて。編集部からは「確認します」と言ってきたきり、コメントがない。

もしも別の誰かの落とし物だったなら葉山さんに返却されるはずだから、白浜さんのUSBメモリということで合っていたのだろう。ちなみに白浜さんからも、いまだ連絡はないらしい。

「なんで白浜さんの私物がうちの店に落ちていたんでしょうね」なんて問うたところで答えは返ってこないから、胸の中にしまっておく。

もうすぐ古書亡羊だ。今はお店の裏手を歩いているところで、次の丁字路を曲がって折り返せば到着する。

ふと、小さなスタンド看板が目に留まった。

『宅配カレー専門店　トーチカ　OPEN平日18↓22　土日祝11↓23　ご注文はサイトから』

この前来た時もチラッと見たような気はするけど、いつからあったんだろう。看板にはイラストも写真もなく、下の方に大きなQRコードが表示されているだけだ。カレー魔人こと葉山さんがスマホで読み込み、即ブックマークしていた。

良かった。カレー店情報をチェックするぐらいの元気は取り戻したらしい。

「きみのカレー店の新たなライバルかもしれないのに、何が嬉しいんだ」

葉山さんが、私を見て怪訝《けげん》な顔で呟いた。

週三日のみ開店する古書亡羊は、営業時間が十三時から二十四時とあって、夜型人間にとっては救いの神であるらしい。夜中に本と出会いたくなったとき、とても助かる――と葉山さんが以前に話していた。

その埃っぽさを感じる店名とは裏腹に、店内はピカピカだ。掃除が行き届きすぎていて、砂粒ひとつ落ちていない。古書特有の匂いはあるけれど、数台の空気清浄機がフル稼働しているおかげか、病院並みに清潔かもしれない。

そのうえ超明るい。間口が広く、奥行きもある建物なのに、そこらへんのコンビニよりも全然明るくて、本が探しやすい。

古書店にありがちな激安ワゴンセールや、査定待ちの本の山も見当たらず、売り物の全てがきちんと棚に収められている。その徹底した整理整頓ぶりは、新刊書店と間違えてしまいそうなほどだった。

「こんにち……ックショ、ハックションッ！」

引き戸を開け、一歩入ると同時に、葉山さんがクシャミを連発し始める。入り口近くの棚の上から、ふくよかな黒猫が私たちを見下ろしているのだ。

なあああ……と野太い声で鳴く彼、あるいは彼女は、私と葉山さんに構うことなくごろりと寝てしまった。

「黒猫も美しいな。きみも見たか、あのつややかな黒い毛皮。そして神秘的な黄金の瞳——ックシュン！」アレルギーゆえの鼻水と涙目でぐしゃぐしゃになりつつ、それでもそんなことを言える葉山さんはすごいと思った。

左手の壁に沿って配置されるのは、ガラス製の展示棚だ。古い書物だとか、名前を存じ上げない文豪の直筆原稿だとか、棚の本とは二ケタ以上価格の違うものが並んでいた。それを横目で眺めつつ、奥へと向かう。

「よう、一時間ぶりだね」と少し低い声が響いてきた。レジの向こうで、谷崎さんがニコニコと手を上げている。店の奥で何かの作業をしていたらしい。

一辺が一メートル半ぐらいある巨大な作業机が、谷崎さんの定位置だ。机には何種類かの刷毛《はけ》やらピンセット、数枚の小皿、針や糸、和紙を束ねた分厚いファイルなどがずらりと並べられていた。

店番と言いつつ、ここで色々作業していることがほとんどのようだ。今もまた、谷崎さんはヘッドルーペを着け、古い紙と向き合っていた。「ちょっとごめんな、これだけ終わらすから」とピンセットを掲げる。その細い先端でつまんでいるのは、向こうが透けて見えるほどに薄い和紙である。

「預かった原稿を直してるところなんだ。明治時代の、まったく有名じゃない作家だけど、依頼主のご先祖さんなんだって。簡単に繕う程度で構わないってことだから、こうやってちょちょいと補修してさ」

「その破れているところを、塞いでいくんですか」

「そういうこと。経年劣化で破れたとか虫食い程度なら、僕みたいな素人でもなんとかなるんだよね。こうやって綺麗《きれい》にできれば保存もしやすいし、売り物ならば少し高値をつけられる。誰にとっても悪くな――あっ」

谷崎さんが短く声を上げ、手を止める。

「糊《のり》が多すぎた……かな。ちょっとはみでちゃった」

「えっ⁉」

「いや、うん、大丈夫だよ。先月のに比べたら全然たいしたことないミスさ」

焦りを全面に押し出しながら、谷崎さんは席を立つ。

「先月もミスされたんですか」

心配と不安でついつい聞いてしまったけど、谷崎さんは「しちゃったんだ」と軽く

言ってのけた。奥の棚の前で、ごそごそと新たな和紙を探しながら、

「古文書の穴って、本来はどうやって塞ぐか知ってるかい。まず、和紙の原料繊維――楮《こうぞ》や三椏《みつまた》なんかを使って、もともとの紙と同じような質の原料液を作るんだ。そうしてできた液に古文書をひたせば、ほぼ同じ見た目で穴を塞げるってわけだが」

谷崎さんは和紙を取り出すと、作業机に戻ってきた。

デザインナイフを握りながら遠い目になって、

「あのときは、原料の配合比やら漂白の度合いを間違えちゃってね。それに気付いたのが、紙を原料液にひたしたあと。つまり、全部やり直し。まあよくあることさ」

「よくあってはいけないことですが……そういえば以前にも似たような失敗をされていましたよね。ひょっとしなくとも不器用なのでは？」

葉山さんの直球で失礼な言い草にも、谷崎さんは「言うねえ」と笑って返す。

「よく『下手《へた》の横好き』なんて言うけどさ、僕はまだ開店三年目のひよっこなんだから、ちょっとぐらい大目に見てよ」

そんなことを言ってパチリとウィンクしてみせてから、

「お客さんにもね、当店で行う修復はあくまでも趣味の域を出ませんので、本当に大切なものは専門家のところへお持ち下さい、って伝えてあるから大丈夫だろ」

なるほど、これは趣味でもあるのか。それなら不器用でも仕方ない気はする。

あくまでもポジティブな谷崎さんの姿に、葉山さんが呆れたように言った。

「そもそも一般的な古書店では修復なんて引き受けない。直したい本や紙類があれば、専門家に託すのが普通だ。趣味の域とはいえ、店主自ら直してしまおうだなんて、この店がおかしいんだ」

「たしかにねえ」などと笑って、谷崎さんは作業を進めていった。

……古書店とは、ただ昔の本を並べて売るだけではない。

買い入れの際には、まず明らかな汚れや破損の有無を丁寧に調べ、希少価値をチェック。市場の状況や相場を考えながら値を付けなければいけない。お客さんから「こういう本を探している」と依頼を請けることもあるそうで、独自の仕入れルートを持っていると強いらしい。

古書亡羊は、探している本が見つかりやすいと評判なのだそうだ。ネット上のクチコミにも、「十年探してた稀覯本《レア》が買えました！」と喜ぶ声がいくつかある。

私も、近くに頼りやすい古書店があるのはとても助かる。去年、正岡《まさおか》子規の本を求めていたときお世話になって、それ以来すっかり行きつけとなっている。

「それで」と葉山さんが切り出す前に、谷崎さんがレジの下から包みを取り出した。

「これだろ」

無造作に、ぽんと渡してくる。葉山さんは中身を確かめることもせず、カードで支払いを済ませ、入り口近くの棚のほうへ戻っていった。黒猫を見に行ったらしい。

その背中を見つめながら、

「葉山くんも、ちょっとは調子が戻ってきたのかな」と谷崎さんが言う。

「だけど、無理しないでほしいね。電話くれれば、いつもみたいに届けてやったのに」

……いつもみたいに？

つまり葉山さんは、自発的に「外に出よう」と考えたのか。

家にこもらなくなったのは良いことだけど……もしかしたら、この店の黒猫に会いたかったのだろうか。文学マシンのような葉山さんでも、そういう熱い感情を持ち合わせているなんて。そう考えたら、顔がにやけるのを止められなくなった。

店を出ると、「きみはさっきから何がそんなに嬉しいんだ」と、葉山さんが困惑しきりに呟いた。

3

喫茶ソウセキに戻ってくると、なぜだか葉山さんも一緒について入ってきた。

「営業再開までには帰る」

そう言ってカウンター席に座ると、カバンから小さなノートを取り出し、書き物を始めてしまった。それからふと思い出したように、さっきの包みを掲げてみせる。

「悪いが、少し預かっておいてくれないか。まだ読めそうにないから」

白浜さんがオススメしてくれた本だとは聞いていた。白浜さんとの仲が回復していない今、本を手元に置いておくのは少し気が重い、という感じだろうか。その気持ちはわかるし、断る理由も特にない。ただ古書亡羊でのお会計時に、ゼロが四つか五つ並んでいたのが怖いけど。

「読みたくなったら、言ってくださいね」と丁寧に本を受け取り、うやうやしくバックルームへとしまいに行く。

少し早いけど、ディナータイムの準備をしようか。そう思ったところで、店のドアが勢いよく開かれた。お客さんだ。

準備中ですと声を掛ける前に、飛び込んできたのは翔さんだった。

「すみません店長さん、葉山先生の連絡先とか教え——あっ、いた!」

「またきみか……」

心底うんざり顔で、葉山さんがノートを閉じる。帰ることにしたようだ。

その様子に翔さんは慌て、「違うんです、オレじゃなくてみさきが大変で」と騒ぐ。翔さんの後ろから、みさきさんが顔だけをちょこんとのぞかせた。

「葉山様、助けてください……。わたしの放浪記、本物だって言ってください」

「放浪記?」葉山さんが振り向いた。みさきさんは半泣きで、

「本物なのにニセモノだって言うから……わたし、葉山様に」

「待て、どういうことだ」

さすがに葉山さんもわけがわからないようだった。

翔さんがみさきさんの話を要約してくれたところによると。

みさきさんの家には、林芙美子による『放浪記』直筆原稿があるのだという。それは、以前に大辛シムロとしてライブ配信でも語っていたことだ。しかしつい先日、他の文学系VTuberから「大嘘つきの大辛シムロ」と嘲笑されてしまったらしい。そんな原稿《もの》あるわけがない、と。

みさきさんは憤慨し、すぐに古美術商へ持ち込んだけれど、見もしないで「ニセモノですよ」と突き返された。

「それで、本当に本物だっていうことを確認してほしいらしくて。本に詳しい葉山先生なら絶対確実なんだそうで」翔さんも困っているらしい。眉をハの字にして、みさきさんをチラチラ見ている。

ご指名を受けた葉山さんはというと、ますますうんざり感を強く出してきていた。

「VTuber同士のもめ事を持ち込むな。俺たちには何も関係がない」

「そこをなんとかお願いします！」

必死になって頼み込む翔さんに、葉山さんは大変渋い顔をしつつも、「放浪記の原稿とやらは、第何部のものか教えてくれ」とみさきさんに尋ねた。

みさきさんはハッとして、「あの、ええと、第一部の……」

しかし言葉の途中で、葉山さんのひんやりした声が遮った。

「ニセモノだ」

「えっ？」あまりの速度に、翔さんがたじろいでいる。もちろん私も驚いた。

「葉山さん、見ないでわかるってどういうことですか」

「林芙美子の『放浪記』は第三部まで執筆されている。最後となる第三部の原稿は現存するが、第一部と第二部のほうは、いまだ草稿も原稿も一切見つかっていない」

「ご本人が捨てちゃったとか？」

「その可能性もあるだろうし、林芙美子が誰かに気前よくあげてしまったのかもしれない。とにかく、仮に第一部の原稿が見つかったとしたら、テレビや新聞で報道されるほどの大ニュースだ。資料的価値も高いし、それこそ研究者ではない一介の民間人が入手出来るとは思えない」

　そういう理由があったのか。納得できた私とは逆に、みさきさんは食い下がる。

「で、でも、ひかりちゃんは大学の研究者だったし、ちゃんとした古本屋さんで買ったんだから」

　涙目のみさきさんを「落ち着け」となだめながら、けれど翔さんもまた、

「なんかちょっと胡散臭い感じはあるけどな。それ、どこの古本屋だよ」

「コショ・ボーヨーっていうところ。羊がなくなるみたいな名前のお店……」

　――え？

　聞き間違えたかと思ったけれど、それにしてはあまりにも具体的だ。「羊がなくなる」なんて店名、ひとつしか思い浮かばない。古書亡羊のこと、だろうか。

葉山さんも軽く動揺しているのか、「ちょっと待て」と目をつぶる。

他に同じ名前の古書店があるのだろうか……検索してみてもヒットしない。

「谷崎氏が『放浪記』の原稿のことを知らないはずがない。何かの間違いだと思うが」

葉山さんの言葉に、私もうなずいた。

「仮にニセモノだったとして、谷崎さんならすぐ見抜いてくれそうですし、ニセモノと解っていて売るはずもないですよね」

私は葉山さんと顔を見合わせた。ひょっとしなくても本物なのでは――。

みさきさんは、大きなトートバッグから風呂敷包みを取り出した。A4よりも少し大きい、長方形の何かが収められているようだ。多分、件《くだん》の原稿なのだろう。風呂敷を紐《ひも》解けば、黒い額装と、そこに収められた原稿が露《あら》わになった。

「は、葉山様、これをどうぞ」

みさきさんは額入りの原稿を、葉山さんの胸に押しつける。

「調べてほしいんです。葉山様なら、これが本物だって証明してくれるはず」

彼女の白く細い手は、小刻みに震えている。

それを目の当たりにしながら、葉山さんは拒絶した。

「バカを言うな。俺は専門家ではない。真贋《しんがん》鑑定などできるわけが――」

「もしも」と、みさきさんが凛《りん》とした強い声で言う。

「……これが本物だと証明してくれたら、このお店への嫌がらせをやめるよう、みんなにお願いします」

ものすごい提案だ。取引材料としての強さが半端ない。私にしてみれば、是非ともやり遂げたいところだ。けれどその一方で、葉山さんの言うとおりだと解っていた。私たちはドのつく素人だ。本物かどうかなんて、判断できるはずがない。

「みさきさん。本当に申し訳ないのですが、そういうのは」

私が丁重にお断りしようとしたのを、「いや、やるぞ」と葉山さんが遮った。

「できる範囲で調べてみよう。このまま嫌がらせが続けば、きみが倒れてしまう。そうなると、もうカレーが食べられない。それは死活問題だからな」

葉山さんの目に、やる気の炎が燃えている。カレー大魔王の、食欲もといカレー欲に点火された瞬間だった。

翔さんたちは、何度も何度も頭を下げながら引き揚げていった。

残された私たちはというと、テーブルに置いたままの風呂敷包みを前に、なんとなく沈黙していた。

「ひとまず、谷崎氏に話を聞きに行ってみるか」

葉山さんがぽつりと言う。

「その前に、一度よく見てみませんか」

なにしろこれは、本物ならば、文豪・林芙美子の肉筆だ。こんなに間近で見られる機会、二度と巡ってはこないだろう。

私の提案に、葉山さんも「そうだな」と同意してくれた。

さっそく包みをほどき、ドキドキしながら額の中身をのぞきこむ。

茶色っぽくてシミだらけの原稿用紙だ。ひどく古いもののようで、元は赤っぽい色だったと思われる枠線も、退色が激しい。枠線の上部には、波形の飾り——葉山さんによると「飾り罫《けい》」——があって、昭和レトロなんて言葉が思い起こされた。

「林芙美子さんって昭和生まれの方でしたっけ」

「明治生まれだ。昭和になって、大ベストセラー『放浪記』を出版した」

とすると、この原稿は、書かれてから百年ぐらい経っているかもしれないのか。百年前の文字と百年前のインク。急に厳かな気持ちになる。

原稿の左下には、小さく「波久堂謹製原稿用紙」と印刷されていた。どう読むのかわからないけど、この原稿用紙を作ったお店の名前だろうか。

原稿は、「夕方になると」という文章から始まっていた。

〈夕方になると、朝から何も食べない二人は暗い部屋にうづくまつて、當のない原稿を書いた。

「ねえ、洋食を食べない……。」

「ヘエ！」

「カレーライス、カツライス、それともビフテキ？」

「金があるのかい？」

「ええ、だつて背に腹はかへられないでせう、だから晩に洋食を取れば、明日の朝まで金を取りにこないでせう」

始めて肉の匂をかぎ、ヂユウシイな油をなめると、めまひがしそうに嬉しくなる。一口位ひは残しておかなくちや変よ、腹が少し豊かになると、生きかへつたやうに私達は思想に青い芽をふかす。

全く鼠も出ない有様なんだから——。

蜜柑箱の机に凭れて詩歌をかき始める。

外は雨の音、玉川の方で、ポンポン絶へ間なく鉄砲を打つ音がする。〉

癖《くせ》の強すぎる字でまったく解読出来なかったけど、葉山さんが読んでくれたところによると、そんな文章であるらしい。

「あ、ここにカレーライスって書いてありますね」

「放浪記第一部の一場面だ。金持ちの家まで金の無心に行ったが断られ、朝から何も食べていない主人公の女性は、同棲《どうせい》している男に『何か食べよう』と提案する。その選択肢にカレーが出てくるんだ」

「知らない人のところに、お金をくださいと頼みに行ったんですか……？」

意味がわからない。それほどまでの貧乏生活だったということか。

葉山さんは楽しそうに原稿を眺めながら、

「林芙美子の筆跡は、何度かしか見たことがないが、たしかにクセの強い字だったな」

頭の中の文章が消えないうちに、上から下へと流すように書き綴ったことが想像できるような、丸みを帯びた文字である。葉山さんが、「ふ」の文字は「小」、「る」は「d」のように書かれていると教えてくれた。それも林芙美子の特徴らしい。

「修正中の文章だな。自主的に直した跡がある」

葉山さんが、スッと指をさす。「ここと、ここ、それからこれ」

それらの箇所は、文字の上から二重線で打ち消してあり、近くに新たな書き込みがされていた。会話の中の「ええ」が「うん」に。「詩歌」が「童話」に。そして「ヂユウシイな油をなめる」という箇所も。

この「ヂユウシイな」に二重線が引かれ、すぐそばに赤字で「ジユンジユンした」と直されている。たしかに「ジユンジユンした」のほうが「うまみのある脂をたっぷり含んだご馳《ち》走《そう》だ！」という雰囲気がよく伝わる。

原稿から目を離さないまま、葉山さんは、

「『放浪記』は雑誌掲載後に単行本として出版されたんだが、どうもこの原稿は、その雑誌に載せるために書かれた最初期のものであるらしい」

「どうしてそんなことがわかるんですか？」

「単行本化にあたって、林芙美子は文章を書き換えている。詳しく調べてみないとわからないが、この原稿の文章は、初出のもののように思える」

葉山さんによると、初めて掲載された『女人藝術《にょにんげいじゅつ》』という雑誌では、該当箇所が「ジュンジュンした油」となっていて、後に改造社から出た単行本では「ずるずるした油」に書き換えられているのだとか。

なるほど……。もし本物ならば、まさに〝最初に書かれた放浪記〟というわけだ。ものすごく貴重なモノということになる。絶対に指紋やら埃やらつけてしまわないよう、私は神経を張り詰めて原稿を見つめる。

「あ、何か裏にくっついてますよ」

ごまつぶのようなものが、用紙の裏側にあるようだ。それが紙の表面を少しだけ盛り上げていた。……なんだろう。

葉山さんと協力して慎重に額を外し、原稿用紙をひっくり返してみる。用紙の裏には、原稿用紙とは別の古ぼけた紙が貼り付いていた。和紙だろうか。繊維のようなものが紙のあちらこちらに見えている。

「なんだ、これは」呟きながら、葉山さんは原稿用紙を光に透かした。二枚の間に挟まっているのは、三、四ミリぐらいの小さな虫の死骸だった。原稿用紙を和紙に貼り付けたとき、運悪く押しつぶされてしまったのかもしれない。

「シバンムシか」葉山さんは落胆の色を隠さない。

「よく古本に巣食う虫で、本に穴を開けてボロボロにしてしまうから、アナログの読書家にとっては天敵だ」

葉山さん自身も嫌な目に遭っているのか、シバンムシを見下ろす目が冷たかった。

私たちにわかるのは、それぐらいだった。やはりプロに聞くしかなさそうだ。

後日改めて古書亡羊を訪ねることに決めて、葉山さんは自宅へ戻っていく。

そろそろ私も、ディナータイムの準備に入らなければ。

「ただいま戻りましたー！」

折よく、宮城さんも帰ってきた。手ぬぐいを頭に巻きながら私を見やり、

「なんか死ぬ寸前に見えますけど、大丈夫っすか」

「そういう宮城さんは、いつもながら大変お元気ですね」

「ついさっきまで発声練習してたんで、今なら当社比一三〇％の美声っすね」などと、宮城さんはどや顔で胸を張る。発声練習とは、コーラスでもしているのだろうか。

よくわからないけれど、とにかく元気なのは本当にありがたいことだ。

さて。今日もまた、後半戦がスタートする。

4

善は急げ、という言葉がある。

先延ばし癖のある私であっても、今はその言葉に同意する。

例の原稿を預かった翌日、喫茶ソウセキの休憩中に、私と葉山さんは連れだって古書亡羊へと向かっていた。

店の今後がかかっていること、そして葉山さんがやる気になっていることもあり、この機を逃すわけにはいかなかったのだ。

どちらともなく早足になり、無言で古書亡羊を目指す。谷崎さんから詳しく話を聞ければいいけど……。林芙美子の直筆原稿が入ったエコバッグはやたら重たくて、肩に食い込んでくるようだ。

かすかな不安を胸に、お店に入る。

谷崎さんは、今日もまた、何かを修復していたのだろう。私たちを見てヘッドルーペを外し、「よう！」と嬉しそうに笑った。

手短に事情を話して、例の原稿を谷崎さんに差し出した。

一目見るなり、谷崎さんはフッと微笑み、「花の命は短くて……か」と、どこか切ないことを言う。それから、

「こいつはまた、良いものを持ってきたね。たしかにうちで扱った品だよ」

「では、詳しい来歴もご存知ですか」

葉山さんが聞くけれど、谷崎さんはちょっと困ったように首を傾げた。

「実はこれ、僕が買い取りやったわけじゃないんだよね。発見した人がうちに連絡くれて、何度か電話で話したり実物を見に行ったりしたんだ。そのうち『本物かも』とピンときたんで、こういうのが得意な知り合いの店に任せたわけ。で、この原稿だけを僕が売らせてもらったんだよ。手数料的な意味でね」

「……発見、というと」

「これさ、長野の古い家から見つかったんだ。他にも何枚か一緒に出てきたんだよ」

そんな谷崎さんの話を聞きながら、葉山さんは私に視線を向けてくる。「信じられるか？」とでも言いたげだ。

先日、葉山さん自身が話してくれた。林芙美子の原稿が見つかったとするならば、新聞に載るような大ニュースだと。それが、複数枚見つかっていたなんて。

私たちの疑問を察したのか、谷崎さんが「普通はまあ、疑うよなぁ」と顎をさする。

「本物だよ。間違いなくね。うちもプライドがあるから、しっかり鑑定したんだ」

「ですが、報道されていませんね」

「他のもまとめて、師匠が隠匿したのさ。もっと高く売るために、ね」

谷崎さんの話をまとめると、つまりこういうことだった。

直筆原稿が見つかったことが新聞やテレビなどで大々的に報道されてしまうと、その文豪ゆかりの方々や研究者、記念館などが飛びついてくる。だから、貴重なものを希望する値段で売りたい時は、まず発見されたことをひた隠しにする必要がある。そのうえで、より希少価値を高めるため、少しずつ裏のルートで売りさばく……。

「まあ古美術あるあるだよ。特にヨシヤの師匠、えげつない人脈を持ってたから」

「ヨシヤさん、ですか」

その人が原稿を買い取り、真贋判定を行ったということだろうか。

「おっと店長さん、そんな顔しないでくれよ。商売ってのはこういうもんさ」

谷崎さんは軽く笑って、「他の原稿の行き先も、僕にはちょっとわかんないな。多分、全国の蒐集家《しゅうしゅうか》や文豪ファンが隠し持ってるはずだけどね」

部屋のどこかで、なああと猫の声がした。

「先ほどもお話ししましたが」と、葉山さんが仕切り直す。

「知人から、この原稿が本物であるかどうか調べてほしいと頼まれたんです。こちらの原稿は鑑定されたとのことですが、一体どちらに依頼されたのですか」

徐々に胸の鼓動が大きくなった。谷崎さんがどこまで知っているか、どこまで話してくれるか。これはひとつの賭《か》けだった。

けれど私の緊張をよそに、谷崎さんはあっさりと「外注だね」とうなずいた。

「ということは、ええと、林芙美子の研究者にお願いしたとか？」

「いや、人間《ひと》なんか当てにならないだろ、いくらだって騙《だま》せるんだから。葉山くんは放射性炭素年代測定ってのを知ってるかな。結果だけ言うとね、その原稿は林芙美子が生きていた時代、つまり戦前のもので間違いなかったよ」

ほうしゃ……何？　瞬時に、脳が理解を放棄した。そんな私を見て取ったのか、谷崎さんが「うんうん、普通は知らないよな」と説明してくれた。

「放射性炭素年代測定ってのは、どのぐらい昔に作られたのかを調べる検査なんだ。まず紙や土なんかの有機物に含まれる『炭素14』っていう物質《もの》の数を調べるんだが、これが多いか少ないかで年代が判る。特に、第二次世界大戦末期――日本で原爆が炸裂《さくれつ》したのを境に、炭素14の数値は大きく変動したらしくてね。だからこそ、戦前か戦後かに関してはハッキリ判定できるわけだ」

なるほど。私が感心するのをよそに、

「戦前のものと判っただけでは、本物かどうかの証拠にはなりませんね」と葉山さんは冷静に続けた。たしかに、それもそうだ。

「おお、いいねえ。さすがに作家先生は疑り深い」

谷崎さんが嬉しそうに腕を組む。

「師匠に話を聞きに行くかい？　ちょっとぼけてきてて……どこだったかな、都内の施設にいるんだけどさ。この原稿のことなら、きっとまだ覚えてるはずだぜ」

古書亡羊を出ると、空は重たい雲に覆われていた。雨になりそうだ。

客足が落ちるなぁとぼんやり考えながら、黙々と帰り道を歩く。

葉山さんも何も言わない。ただ、エコバッグの中で眠る原稿のことを強く意識していたはずだ。

どこかで車のクラクションが鳴っている。大通りのほうだろうか。パ、パ、パーと三回、誰かの怒声のようだと思った。

「もし」――ぽつりと葉山さんが言葉を落とす。けれど、その先は聞こえない。私たちの足音、それとも雲の上を行くヘリコプターか、どちらかの音にまぎれたらしい。

私も話したいことはあった。

もしニセモノだったらどうしましょう、とか。一度でも口に出してしまえば、本当のことになりそうで、なかなかその勇気が出てこないけど。

林芙美子の研究者を探して、鑑定をお願いすればいいのだろうか。でも、きっとそれなりの時間が必要だ。

ニセモノであっては困るけど、本物だという証拠もない。胸の中にも、雨雲が湧き出るようだった。

「困りましたね」と呟くと、葉山さんもまた、「困ったな」と返してくれた。

5

せっかくご縁があったので、林芙美子の『放浪記』を読んでみることにした。

帰宅してお風呂に入り、小さな棚の奥から紙袋を持ってくる。中には、文庫より一回りぐらい大きい、函《はこ》入りの本が入っていた。

昭和初期に出たという『改造社版　放浪記』の復刻版である。実はだいぶ前に買ってあったものだけど、重たい話のようなので、手を出せずにいたのだ。

お茶を淹れ、時を経て黄ばんだページをそっと開く。この物語も日記形式になっているけれど、同じ日記形式である『正義と微笑』とは違ったリアリティをもって、私の心を冷やしにくる。

恐らく大正時代の頃だろうか。上京してきたひとりの女性が、工場やカフェで働きながら、作家になりたいという夢のために頑張る話。……と、そう言ってしまえば簡単だけど、彼女の毎日は、地雷だらけの戦場を匍匐前進《ほふくぜんしん》するようなものだった。

以前に葉山さんから、私の子ども時代について「現代版・放浪記」呼ばわりされたことがある。けれど本作はそんな生ぬるいものではない。

主人公はとにかく貧乏だ。その日暮らしに近い状況で、食べるものにも事欠く有り様。そのうえ同棲している男性からは殴られたり捨てられたりで、もうボロボロ。辛く悲しい現実を「こんちくしょう」と罵《のの》っては、どうにか再起を繰り返す日々。

重くて暗い話なのに読み進めてしまうのは、主人公が強くしなやかで、どんな目に遭っても自分の夢だけは諦めないからだろう。いつか彼女が成功して、美味しいものをお腹いっぱい食べている場面が見てみたい――私はそんな気持ちで読んでいた。

この物語は本人の日記が基になっているという。つまり本が売れるようになるまでは、林芙美子も悲惨でみじめな生活を送っていたのだ。

そういえば、谷崎さんの言っていた「花の命は短くて」というのも、林芙美子の詩であるらしい。

〈花のいのちはみじかくて　苦しきことのみ多かれど　風も吹くなり　雲も光るなり〉

切ない中にも一筋の希望を感じる、美しい文章だ。人生を達観したかのような、林芙美子の感性がすごい。一体どんな人生を送ってきたら、こういう作品を思いつくのだろう。急に興味が湧いてきた。

私はメモ帳とスマホを手元に引き寄せる。そうして林芙美子のことを調べながら、カレーのアイデアを一気に書き出した。同時に、次に読みたい本もリストアップしていく。新作カレーを作り出すには、まだまだ情報が足りなかった。

……うちはカレー屋ではない。断じて違う。けれど新作カレーのことを考えているのは、ちょっと楽しい。それがちょっと悔しい。

それから数日後。

私が出勤すると、またもや葉山さんが店の脇から姿を現した。身を切るような寒風の中、その手にはほうきとゴミ袋。

「まただ」

「またですか……」

もはやそれだけで通じてしまう。

喫茶ソウセキは、というか葉山さんの所有するこの建物自体も、シムロ信者と思しき連中から依然として攻撃を受け続けていた。今回は、どこかから持ってきたらしいゴミがぶちまけられていたという。

紙パックやら黒ずんだパン切れなどをせっせとゴミ袋にかき入れながら、「彼らのおかげで、俺もずいぶん掃除の手際が良くなった」などと、あくびまじりで皮肉を言う。ゴミをまとめて集積所に放り込み、葉山さんは振り向いた。

「掃除の礼にカレーが食べたいんだが」

「もちろんです。いつもすみません……」

「それから」軍手とマスクを外してポケットに突っ込み、白い息を吐き出して、葉山さんはこう言った。

「次の定休日、ヨシヤ氏のもとを訪ねてみないか」

6

東京都・目黒区。地名として知ってはいるけれど、区内の駅で降車するのは初めてのことだ。

私は葉山さんと連れだって、介護施設へと向かっていた。駅から少し距離があるので、当たり障りのない会話をしながら歩いていく。

近くに巨大な公園があるとかで、ずいぶん空が広く感じられる。その公園利用者をターゲットにしているのか、道すがら何軒ものオシャレなカフェを目にしてきた。こういう立地も素敵だなあと思う。喫茶ソウセキの二店舗目は是非ともこういうところに……なんて妄想も膨らむけれど、当たり前ながら夢は夢である。

やがて木立の向こう側に、茶色いタイル貼りの建物が見えてきた。スマホのナビと照らし合わせて、間違いないことを確認。この施設にヨシヤさんが暮らしている。

入り口付近まで近付くと、「よう！」と聞き慣れた声がした。谷崎さんだ。車の鍵《かぎ》を胸ポケットにしまいながら、「こっちも今来たところだよ」

私たちを先導して、谷崎さんが歩き出す。

「もう話は通してあるから、師匠も待っててくれてるはずだぜ」

そんなことを言って、迷うことなく進んでいく。内部は、淡いオレンジと白色をベースにした造りとなっている。その明るくて優しい色合いに、緊張が緩むようだった。

ほどなくして、中庭に面した一室に到着。「談話室」とプレートの付いたその部屋に、谷崎さんは入っていく。

最奥のテーブル席で、車椅子の老人が眠るように座っている。まばらに生えた白髪、枯れたように細い手足、ぼんやりした瞳。これがヨシヤさんか。

「よう、師匠。元気にしてたかい」

谷崎さんに肩を叩かれ、ヨシヤさんがゆっくりと顔を上げた。

「あのな、このふたりが放浪記の原稿について知りたいんだと」

「……放浪」

起きながら寝ているかのようなヨシヤさんに、谷崎さんはなおも語りかけた。

「長野の古民家から出てきたやつのことさ。覚えてるだろ？」

「ああ、あんたはいつも頑張ってくれたね。助かるよ」

ヨシヤさんがのんびりうなずいた。

いまいち会話が成立していないようにも感じるけれど、大丈夫だろうか。

葉山さんもまた、困ったように腕組みしていた。もしもヨシヤさんからお話が聞けないとなると、手がかりがなくなってしまう。

しかし谷崎さんは頑張ってくれた。今日と昨日と明日がごちゃ混ぜになっていそうなヨシヤさんに対して、根気強く問いかける。

「なあ師匠。放浪記の原稿さ、あれ全部で何枚あったかな。八枚だっけか」

「そう、だな。そんぐらいあったかもしれん」

「初めはうちの店に電話があったんだよな。ふすまを買い取ってくれ、ってさ。それで、すぐ師匠に伝えて」

「ふすま……」

「おう、師匠の大好きなふすま古文書だよ」

途端に、ヨシヤさんの目に光が宿る。

「ふすま古文書なら、ウチに任せとけ。今度ぁ何枚だ？」

急に口調がしゃっきりするヨシヤさんに、谷崎さんは「プロだなぁ」と苦笑した。

「ごめんな、葉山くん。店長さん。師匠は昔からふすま古文書に関しては超一流だったんだ。剥《は》がすのも目利きもね。最後のほうは僕が引き継いだんだけど」

「その前に、ふすま古文書ってなんですか？」

答えてくれたのは葉山さんだった。

「昔ながらの日本家屋で見られる〝ふすま〟だが、その中から何らかの紙類が発見されることがあるんだ。それをふすま古文書と呼ぶらしい」

「さすがに葉山くんはわかってるね」嬉しそうな谷崎さんが、顔の前で両手を重ねてみせた。「ふすまってのはさ、何枚もの紙を重ねて、木の枠に貼り付けたものなんだ」

私たちが普段目にする、一番表側の面を「上張り」というらしい。その下に重ねて貼るのが「下張り」。昔は、要らなくなった紙類を下張りに使うことも多かったとか。新聞紙を始め、ちょっとしたメモや家計簿、それに書き損じた手紙や原稿――。

「太宰治の原稿も、いくらかは下張りに使われたと聞いたことがある。太宰亡き後に、美知子《みちこ》夫人が剥がして保管していたのだそうだ」

葉山さんの解説で、私もようやく納得できた。せっかくの原稿をふすまの下張りに使ってしまうだなんて、驚くけれど、昔はよくあることだったのか。

ヨシヤさんが満足げにうなずいた。

「なんだってウチに任せな。安政の頃の帳簿だって扱ったんだぜ」

「そうとも。師匠は日本で一番ふすま古文書を見てきたに違いないよ。……で、放浪記の原稿はどこから出てきたんだっけか。長野か？」

「うん、長野、長野だったね。間違いねえ。あんたがウチに知らせてきて、あんたがひとりで買い付けに行って――」

「そうそう、長野のカミバヤシだったな。僕も何度か見に行ったけど、わりと山奥だしさ、あれ外して運ぶの苦労したんだよ」

どうして長野県から放浪記の原稿が出てくるんだろう。不思議に思ったけれど、後で聞けばいいか。今はおふたりの話に集中するべきだ。

谷崎さんは顎をさすりながら、「それでさ」と話を続ける。

「あの原稿、本物で間違いなかったかな」

「ん……？」

「もしかしてニセモノだったりするのかい」

直後、ヨシヤさんが「バカか、おめえ」と唾を飛ばす勢いで口を開く。

「ウチがニセモンなんて売るわけねえだろが。この道一筋五十年だぞ。古書・古美術買い入れで名高いヨシヤの看板をなんだと思って――」

「……だ、そうだよ」

苦笑して、谷崎さんがこちらに向き直った。

「こんなもんでいいかな」

「ありがとうございます、大体のところはわかりました」

お礼を述べる私に、谷崎さんもまた、「そりゃよかった」と相好を崩した。そして、ヨシヤさんの顔をチラッと見てから、私たちのほうへと身を乗り出す。

「実はあの原稿な、相場よりも高値で売ったんだ。いつもの師匠のやり方なんだけど」

「そ、そうなんですか」

「その代わり、いずれ手放したくなったら当店にご連絡ください、って伝えるのさ。もし連絡がきたらそこそこの値段で買い取って、欲しがってる人や団体に繋ぎをとる。これなら誰にとっても損はないし、原稿があるべき場所へ戻る確率も上がるだろ」

たしかに、故人が大事にしていた貴重なものがリサイクルショップなどに叩き売られたり、ゴミに出されてしまう可能性を考えると、いい仕組みなのかもしれない。

「貴重な原稿だの古書だのは、分不相応な者が持っててもしょうがないからね。ホント、師匠もうまい手を考えついたもんだよ」

ニコニコと笑う谷崎さん。その隣でヨシヤさんは「おお……」とうなずき、また白昼夢の中に帰ってしまったかのようだった。

谷崎さんと別れ、私たちは元来た道をのんびりと戻る。さすがに気疲れしたので、駅近くのカフェで一休みすることになった。

葉山さんはコーヒー。私はミルクティを片手に、先ほど聞いた話を整理した。ヨシヤさんが語ったことは、そう多くない。けれど、いくつかの重要そうなポイントが確認できた。私はメモ帳に書き留めた内容を読み上げる。

「まず、あの原稿は長野の古いお宅から出てきた、ってことでいいんですよね」

「そういうことらしいな。家の持ち主がふすまの中に何かあると気付いて谷崎氏に連絡、ヨシヤ氏の鑑定によって本物と判断され、全国の好事家に高値で売られた、と」

所有者からの電話が四年前。ふすまから慎重に剝がしたうえで鑑定し、商品として扱ったのが三年前だという。

「たしかに林芙美子は一時期、長野県で暮らしていたはずだから、原稿の来歴として矛盾はないが」

「超一流だというヨシヤさんが鑑定されたのなら、間違いないのでしょうし」

ようやく重荷を下ろせるかもしれない。私はちょっと嬉しくなって、温かいマグカップを握りしめた。

「でも、ふすまの下張りに作家さんの原稿を使うなんて贅沢《ぜいたく》ですよね」

「あの原稿は下書きや書き損じというわけでもなさそうだし、本人が自ら使ったとしても、たしかにもったいないことをして……、……」

葉山さんが言葉を止め、コーヒーに目線を落とす。

「何か違和感がある」

「えっ」

ドキッとした。それはつまり、本物ではない可能性がまだ残っているということ？

葉山さんはコーヒーを口に含み、何度か首を左右に傾げてから、

「俺の考えすぎかもしれない。カレー成分が足りなくて、頭が回っていない」

その言葉に、思わず安堵《あんど》の息を吐く。

「とにかく、思っていたより本物の可能性が高そうですよね」

「たしかにな。だが、まだ確定ではないし、今のままで稲田氏に伝えるわけには……」

再び葉山さんが上の空になった。何を考えているのか、眉間にシワが寄り始める。

「そう——やたらスムーズだったよな」

呟く葉山さんのメガネには、くるくる回る天井のシーリングファンが映っていた。

7

ヨシヤさんを訪ねてから、一週間が経っていた。

早くも十二月後半に突入だ。もうすぐ今年が終わってしまう。

それなのに、みさきさんのことも、シムロ信者のことも解決していない。

このままでいいのかという焦りは強いけれど、私にはどうにもできないのは事実。

だからもう、とにかく短縮営業で耐えるより他にない。

ディナータイム前の夕方、今日も今日とて葉山さんはカウンター席に座って、何やら調べ物を続けていた。右手側にペンとメモ帳、左手側にはタブレットやら林芙美子の著作やらの資料がどっさりと置かれている。そして、もちろんあの原稿も。

「どうやら本物っぽいし、みさきさんには『本物でした』と伝えてしまおう」という思考にはならないようで、白黒つくまでは何も言うなと釘《くぎ》を刺されていた。

カレー鍋をくるくるかき混ぜながら、私は密かにため息を吐く。いつまでも本物と確定できなかったら、どうなるんだろう。

と、そのとき。

ピピピと店の電話が鳴った。確認しに行くと、ディスプレイには「中野翔」の表示。慌ててコンロの火を消し、私は電話機に飛びついた。

「あっ、もしもし、中野ですけど……あの、どうなりましたか。例の原稿」

不安げな翔さんが、ボソボソと喋り出す。私はつとめて明るく返事をした。

「あの原稿、本物かもしれないですよ」

葉山さんにチラッと目線をやるけれど、特に何の説教も返ってこない。

翔さんは、「つまり、ニセモノの可能性も充分残ってるってことですか?」

そして続けざまに、

「お願いします。もしニセモノだったとしても、みさきには本物だと伝えてほしいんです。そうしないとあいつ……、お願いします！」

話が長くなりそうだ。私は電話を握りしめたまま、鍋に蓋をして、オーブンの予熱を一旦止めた。

「何かあったんですか」と私が聞くやいなや、翔さんは苦しそうに言葉を絞り出す。

「あの原稿……〝ひかりちゃん〟のためにも、本物じゃなきゃいけないんです」

みさきさんは三人姉妹の末っ子だという。ご両親は世界を飛び回るご職業ゆえに、年がら年中忙しく、彼女の成育にはあまり関わることができなかった。

代わりにみさきさんの相手をしていたのが、母方の叔母である〝ひかりちゃん〟という女性だった。彼女は日本文学の研究者であり、みさきさんの文学好きなところは、その叔母様から影響を受けたものらしい。

みさきさんと叔母様は、まるで姉妹のように仲が良かった。けれど叔母様は昨年、病で早世。みさきさんに宛てて、漱石の書簡など文豪ゆかりの品々を遺《のこ》したが、その中のひとつが例の原稿だった。

「みさきの叔母さんは、自分でも調べたらしいんですよ。あの原稿を。オレも詳しくは聞けてないんですけど、大好きな叔母さんが『原稿は本物』って言ったから、みさきも本物だと信じてるみたいで」

「そうだったんですか……」

ちょっとだけ、しんみりしてしまう。

「ていうか、何年か前の話ですけど、みさきの叔母さんは研究に行き詰まってたみたいなんです。で、そんなときにタイミング良くあの原稿を買うことができたんだって、みさきもすっげえ喜んでて」

みさきさんのあの言動、すべては自分と叔母様を守るためだったのか。

「なるほど、みさきさんの気持ちもわかります」

しかし翔さんは暗い声で「や、わかんないんですよ全然」とこぼす。

「だって大切な人の形見なら、なんだって大事な宝物になるじゃないですか。別にニセモノでもなんでも構わないじゃんって思うし。でもみさきは今すごく憔悴してて、眠れないし食べてもいないようだし……心配で」

私は受話器を強く握りしめた。そうしないと、みさきさんの心境を思って涙が出てしまいそうだったから。

「でも、よかったです。本物の可能性高そうだし、みさきにウソつかないで済む」

さっきより明らかに温度の高い、翔さんの声。私も「そうですよね」と同意した。

でも、どうしてだろう。なんで私は、こんなに緊張しているんだろう。

ディナータイムの開始まで、残すところ一時間。

再び出勤してきた宮城さんも加わって、料理の準備に精を出す。

葉山さんはといえば、やはり調べ物を続けている……と思いきや、頬杖《ほおづえ》をついて固まっていた。寝てはいないようだけど、メモ帳を睨んだまま動かない。

大丈夫だろうか。気分が悪いのかもしれない。

「あの、葉山さ――」

突然、表から奇声が聞こえた。

窓ガラス越しに外を見れば、若者グループがたむろしている。窓にべったり顔をつけて店内をのぞきこんだり、スマホで撮影を始めようとしたり。すごい音量で曲を鳴らしているのか、ズ、ズ、と店内にまで重低音が伝わってきた。

またシムロ信者、もしくは便乗犯か。

もはや手慣れたもので、宮城さんが電話機を片手にグループを追い散らしに行った。通報をほのめかしてお帰りいただいたのである。

うんざりした様子で店内に戻ってきた宮城さんは、「今ので思い出したんすけど」と話し出す。

「今日このあと、シムロが何か重大発表するみたいっすよ」

「そうなんですか」と返事したけど、なぜか自分の声が小さく感じた。コンロで三つ同時に火を使っているし、オーブンも動いているから、それで聞こえなかっただけか。

でも、なんだか肌寒い。空調が故障したとか？

それに店内が薄暗く見える。悪いことって重なるものだから、電球も切れちゃったかもしれない。

「電球、取り替え……」

あれ？　唇がうまく動かない。なんで、と思った直後、視界が真っ黒く覆われた。叫ぶ宮城さん、それから葉山さんの「どうした！」と焦るような声。大丈夫ですよと言いたいのに、返事ができない。私の時間は、そこでぷつんと途切れてしまった。

暗くて温かくて、ちょっとひんやり。深海《ここ》はものすごく心地よい。さながら私は、海底でまどろむ深海魚のようだ。ずっと眠っていたかったのに、突然、漁船へと引きずり上げられてしまう……。

そんな気持ちで嫌々ながら目を開けると、視界いっぱいに店の天井。意味がわからなくて、とりあえず辺りを見渡してみる。窓の向こうは真っ暗だった。

……しまった。もうディナータイムだ。お鍋はどうしたっけ。オーブンは——。

急いで体を起こすと、額から何かが落ちていく。テーブルを拭くための台ぶきんだ。それで、ようやく理解できた。

疲れすぎて、私は厨房で倒れたらしい。客席をいくつも繋げたうえに寝かされていたようで、お腹のあたりにはお客さん用の膝掛けが掛けられていた。

なんとも恥ずかしい気持ちで辺りを見回すと、葉山さんと目が合った。向こうのテーブルで、宮城さんとタブレットを囲んでいたようだ。

「だ、大丈夫か」と葉山さんが転びそうな勢いで駆け寄ってきた。もう本当に、恥ずかしくてたまらない。

「店長、これ」宮城さんは、お水を持ってきてくれた。

「すみません。ご心配おかけしまして」

立ち上がろうとするのを、宮城さんに止められた。

「店は臨時休業にしたんで、もっと休んでて大丈夫っすよ」

「いえ、そういうわけには」

言いかけて、葉山さんが私を睨んでいることに気がついた。静かに怒っているらしい。体調管理がなっていない（とカレーが食べられなくなって困る）ぞ、とか、そういうことかと思いきや。

「弁護士を手配した。徹底的にやるぞ。シムロ信者と便乗犯をまとめて叩き潰す」

「えっ、いや、ちょっと待ってください！」

私は慌ててなだめにかかる。

「放浪記が本物だとわかったら信者の方たちを説得するって、みさきさんが言ってくれたじゃないですか」

「ここまでされて、なおも待てというのか。甘いぞ。バーモントカレーの甘口よりもアンパンマンカレーよりもまだ甘い」

変なたとえが出てきた。というかアンパンマンカレー、食べたことあるんだ……。

「まあまあ、センセーも店長も落ち着いて」

宮城さんが、葉山さんにもお水を差し出した。

「せっかくだし、シムロの配信でも観ませんか。もうすぐ時間なんすよ」

そういえば倒れる前、重大発表があるとか言っていたような。シムロ、もといみさきさんは、一体何を発表するつもりだろう。

ちょっと気まずい空気のまま、私たちは席に着く。三人で、タブレットを囲むようにのぞきこんだ。


まもなく大辛シムロのライブ配信が始まった。シムロはいつも通り、極めて優雅に
『今宵も僕のショウをご観覧いただき、恐悦至極』と頭を下げるけれど——。

今日はいつものBGMが聞こえてこない。不思議に思っていると、シムロはスッと真顔になった。しっかり背筋を伸ばしてから、

『申し訳なかったね、諸君。僕の一言で、無用な迷惑をかけてしまった』

まさかの謝罪が始まった。

『聞いてくれ、僕の話を。……かの店、つまり喫茶ソウセキおよび関係者を責めるようなことは、もう金輪際やめてほしい。頼む。後生だから』

深々と頭を下げた後、シムロはこちらを見据えて話を続ける。

『僕は官憲に捕らわれるのも至極当然、しかし諸君はだめだ。手が後ろに回るようなことがあってはならない。取り返しのつかぬことをしないでくれ。諸君は、僕という

愚かな阿呆《あほう》に踊らされただけなのだ』

配信を見つめたまま、私たちは沈黙していた。

このまえ翔さんと電話したとき、私は『本物かもしれない』なんて言ってしまった。

ひょっとして、みさきさんはそれを知って、信者を説得にかかったということ？

葉山さんは少し疲れた様子で、

「俺たちに一体どうしろというんだ」そんな言葉を呟いた。

「まさか調査がうまくいってないんすか」

恐る恐るたずねた宮城さんに、「手詰まりだ」と首を振る。

「これ以上、調べられることが何もない」

宮城さんは「あちゃー」と頭をかく。

「だいたい専門家でもないセンセーに頼むこと自体、おかしかったんすよ」

「それはその通りなんでしょうけど……」

つまりあの原稿については、本物かどうかわからないまま、みさきさんに返却するより他にない。そう考えると、気持ちが暗くなるようだった。

「もういいじゃないすか。古本屋の谷崎《ざき》さんもそのお師匠さんも本物だって言ってたんなら、そのまま本物ってことにしちゃいましょうよ」

「そういうわけにはいかない。これに関しては白黒つけるべきだ」

葉山さんが、元いた席のほうを険しい顔で見つめる。そこには、あの原稿が置かれたままになっていた。

「たとえそれで何かが壊れたとしても、やるべきなんだ。それに、ニセモノだとしたら、また騙される者が出るかもしれない。次の被害者を出してはいけないだろう」

そうだ。葉山さんはこういう人だった。以前にも、「もう少しでほどけそうな紐なら、そのままにしておきたくない。それで紐がちぎれてもいい、行動してから後悔したい」的なことを言っていた気がする。けれど今、私たちは袋小路《ふくろこうじ》にいるわけで……。

見えない何かに押しつぶされるかのように、私もうなだれた。と、落ちた視線の先では、シムロの話が続いていた。

『実は現在、例の原稿について真贋鑑定をお願いしているところでね。万が一にもあれがニセモノであった時には……僕は降りるつもりだよ。この舞台から、ね』

舞台から降りる、つまり「大辛シムロ」をやめるということ？

シムロは悲しそうに微笑んだ。

『もしかしたら諸君に会えるのも、次の配信で最後となるかもしれない。だから、頼む。最後くらい、穏やかに迎えさせてはくれまいか』

その必死の訴えは、私の心にも刺さるものがあった。みさきさんは、そこまでの覚悟をしているのか。

コメント欄も大騒ぎだ。「待って早まったらダメ」、「シムロ様がいなくなったらこの世の終わり」、「やめないで‼」等、ファン達の悲鳴が超高速で流れていく。

「辞めちゃうんすかぁ、この子」宮城さんが呟いた。

「むかつくけど、めちゃくちゃ芝居うまかったっすよね。腹から声出てるし。台本があるとしても、ここまでべらべら喋れるのは才能だと思うんすよ」

「そんなことまでわかるんですか？」

不思議に思って問いかけると、宮城さんは「まあ、そうっすね」と謎に胸を張る。

「自分、劇団やってるんで。ていっても、大道具メインのモブっすけど」

バイトの休憩中に「稽古」だの「発声練習」だの、なんだろうと思っていたけれど、劇団員なら納得だ。

続けて宮城さんは、「ああ大宰シムロ、本当にもったいない。すごい役者になりそうなのに」とため息まじりに言う。

そうか。すっかり忘れていたけれど、シムロというキャラクターはみさきさんのお芝居なのだった。

「でも、どうしてああいう独特の言葉遣いなんでしょうね」と私が問えば、

「シムロは太宰をフィーチャーしてるわけだから、太宰が生きてた頃の言葉を意識してるんじゃないすかね」と宮城さん。

その直後、葉山さんが弾かれたように立ち上がる。

「……言葉の時代性か」

メガネの奥の双眸《そうぼう》に、力強い輝きが見えた。

「違和感の正体がわかった気がする。あの原稿、もう一度よく確認するぞ」

8

十二月も、残すところ数日となった。

まさに師走《しわす》という字面がふさわしい、ちょっと忙しい年末のその日。開店前の喫茶ソウセキには、翔さんとみさきさんの姿があった。

放浪記の直筆原稿をお預かりしてから、というか強引にお預かりさせられてから、およそ一ヶ月。

「いやぁ寒かったよな」とダウンジャケットを脱ぐ翔さんには、強張った笑顔が貼り付いている。みさきさんもまた、がちがちに緊張しているようで、コートのボタンを外す指がもつれていた。

テーブル席の椅子にコートをかけ、思い切ったようにみさきさんが顔を上げる。

「……こ、このお店への攻撃、まだあったりしますか？」

「あれ以来、ぴたりと止まったんですよ」

私の言葉に、みさきさんは「よかったぁ」と花が咲くような笑みを浮かべた。

例の謝罪配信の後。驚くことに、嫌がらせの類いはほぼゼロとなっていた。あれほど頻繁だったイタズラ電話や架空注文、店内での大騒ぎ、ゴミのぶちまけもほとんどなくなった。

「みさきさん、どうもありがとうございました」

「い、いえ、わたしが悪いんだし……元はといえば」

それはまあ、たしかにそうなんだけど。

「それで、ええと」立ったまま、翔さんが店内を見回す。

「葉山先生ってどこに」

言葉の途中で、裏口がガチャリと開いた。葉山さんだ。

「遅くなった」とだけ言って、いつものカウンター席に腰を下ろす。その手には、例の大きな風呂敷包みだ。

「葉山様！」みさきさんの瞳がキラキラした。自分の願いが叶ったことを信じて疑わないような、喜びに満ちた顔。

「あのっ、こ、今回はどうもありが——」

「礼をするかどうかは話を聞いてから決めたほうがいい」

テーブル席のほうへ背中を向けたまま、葉山さんは淡々と喋る。

「残念ながら、あの原稿は真っ赤なニセモノだ」

「……え」

みさきさんが大きく肩を震わせた。目も口もぽかんと開けたまま、硬直する。そして翔さんもまた、声にこそ出さないものの、顔を歪めて唇を噛んでいた。

ふたりに少しでも落ち着いてほしくて、私は着席を促した。厨房から紅茶を運ぶ間にも、葉山さんによる説明が始まっていた。

「そもそも、この原稿は来歴がおかしい」

谷崎さんとヨシヤさんから聞いた話では、この『放浪記』直筆原稿は、長野県の古民家からふすまの下張りとして出てきたということだったけど。

「たしかに一時期、林芙美子は長野で暮らしていたようだ。だが調べてみると、それは放浪記が大ヒットしてからずいぶん経った後のことで、しかも理由が『戦争からの疎開』だ。そんな状況で、大ベストセラーの原稿を使ってふすまを張り直すなど――」

「や、待って下さいよ」

翔さんが手のひらでテーブルを叩けば、ティーカップの中に波が立つ。

「原稿を近所の人とかにあげて、その人がふすまに使っちゃったのかも」

懸命に反論する翔さんだけど、葉山さんから「ありえない」と一蹴された。

「たとえばきみは、誰でも知っているような人気作家から直筆原稿をもらったとして、それを雑に扱えるのか」

「あ……」言葉に詰まり、翔さんが悔しそうに顔を歪めた。

葉山さんは「では、次にいくぞ」と原稿を取り出し、ある一点を指で示した。

「決定的なのは、ここだ」

〈始めて肉の匂をかぎ、ヂユウシイな油をなめると、めまひがしそうに嬉しくなる。〉

主人公と男性が出前をとり、一緒に食べている場面。その「ヂユウシイな」という単語を、葉山さんは指でなぞった。

二重線で打ち消され、横に赤字で「ジユンジユンした」と書き込まれている。

「この『ヂユウシイ』、つまり『ジューシー』という言葉は、昭和初期には食べものの形容詞として使われていなかった」

それが「言葉の時代性」というものらしい。

言葉には流行り廃りがあり、どんどん新語が生まれる一方で、使われなくなる言葉も多い。そして、その言葉が出来た当時とは違う使われ方をする言葉もたくさんある。

たとえば、私たちがよく使う「ありがとう」もそのひとつ。元々は「滅多にない、珍しい」という意味だったのが、いつしか「感謝」を表す言葉になった。

葉山さんは、そこに着目した。林芙美子が放浪記を書いた頃に、その言葉がその意味で使われていたのかどうか。原稿に出てくるすべての単語について、徹底的に調べ上げたのである。

「原稿《これ》を書いたのは林芙美子ではない。だからこの原稿は、れっきとしたニセモ……」

「あのっ」葉山さんの言葉の途中で、みさきさんが声をあげる。

「ひ、ひかりちゃんが言ってました。放射性ナントカでも調べてあるから大丈夫って

「……人間より機械のほうが確実だから、って」

私もその言葉、谷崎さんから聞いた気がする。

けれど葉山さんは「無意味だ」と一蹴した。

「放射性炭素年代測定でわかるのは、測定に使った試料、つまり原稿用紙が製造された年代だけだ。古い紙を用意すれば、結果などいくらでもごまかせる」

「そんな……」みさきさんはぶるぶる震えながら葉山さんを見つめる。

「インクの鑑定をすれば、違う数字が出るかもしれない。明らかに現代のものだ、と」

「待ってくださいよ！」翔さんが必死になって嚙みつく。

「戦前って大昔でしょ。原稿用紙なんか残ってるわけないじゃないですか」

そこは私も同感だ。第二次世界大戦の前というと、今から八十年以上も昔。そんなに前のものが無傷で残っているとは考えにくい。

けれど葉山さんは、特に動じることもない。

「残念だが、存在する。たとえば、閉店したまま長いこと放っておかれた文房具店の倉庫。とうの昔に亡くなった作家の土蔵や押し入れ。きみが思う以上に、〝大昔のもの〟はそこら中に在る」

小さなうめき声とともに、翔さんは顔を真っ赤にしてうつむいた。

あとで聞いたところによれば、実際に海外ではそういう事件があったらしい。田舎のほうの売れていない雑貨屋を回って、古い絵具を買いあさった人物が、『古い絵』

を造って高額で販売したのだ。

　葉山さんは怒りを閉じ込めたような険しい顔で、

「この贋作原稿を造った人物は、そうとう手練《てだ》れで悪質だ。仮にこの〝ヂユウシイ〟がなければ、この先もずっと本物として存在し続けたかもしれない」

「…………」

　みさきさんが胸の前で握った拳に、ぽた、ぽたと涙が落ちていく。

　そんなみさきさんを前に、私も辛くなってきた。何かフォローしてあげたいけれど、今は何を言ってもウソっぽく聞こえそうだし、彼女には届かないような気もする。

「でもさ、みさき。オレ、考えたんだけど」

　翔さんが立ち上がり、むりやり笑顔を作ってみさきさんに語りかける。

「配信《ライブ》では『本物でした！』って言っちゃおうぜ。他の誰も原稿を見たわけじゃないんだし、ニセモノだなんてわかるわけないから」

　そういえばみさきさんは、原稿がニセモノなら引退すると宣言していたのだった。

　今やＶＴｕｂｅｒをすることは、彼女の生きがいらしい。それをやめてしまうなんて、この先何が起こるかわかったものではない。だから翔さんは焦っているのだろう。なんとしてでも、みさきさんと大辛シムロを守りたい――。そんな強い決意が、翔さんの背中に見える気がした。

　だけどみさきさんは、「できないよ、そんなこと」と首を振る。

「ウソはつけない。つきたくない」

それから、かすれた声を絞り出し、

「わたしがあんなこと言ったから、ひかりちゃんは騙されてしまった。ぜんぶ、わたしのせいなんだ」

「あんなこと、って……」

戸惑う翔さんに、みさきさんは小さな小さな声で言葉を紡ぎ始めた。

9

「ひかりちゃんは、わたしにとってはお姉ちゃんでお母さんで先生みたいなひとだったんです。保育園の送り迎えも、親子遠足に来てくれたのも、宿題を見てくれたのも、受験の付き添いもひかりちゃん。インフルエンザで何日も熱が出て寝込んだとき、ずっとそばにいてくれたのもひかりちゃんでした。冷たくてすべすべの手で、燃えるように熱い頬をなでてくれたこと、ずっと忘れない。

わたしが小学校高学年ぐらいの頃から、週末を一緒に過ごすようになりました。ふたりで神保町の書店をまわって、買い込んだ本をひかりちゃんのマンションに持ち込んで読みまくって……。

晩ごはんは、いつもひかりちゃんが作ってくれました。でもひかりちゃんは研究以外のことは全然ダメで——あ、今のはひかりちゃんが自分で言ってたことなんですけど、たしかにお料理は八割失敗でした。カレーライスだって、カレーかどうか怪しい感じの……薄い色水みたいなやつが普通で。それでもわたしにとって、ひかりちゃんと食べるカレーライスは、世界で一番美味しいものでした。

お父さんたちはほとんど家にいないし、おねえちゃんたちとも顔を合わせる機会が少なかったから、ひかりちゃんのことが本当に好きだったんです。

たぶん三年ぐらい前かな、ひかりちゃんはすごく焦ってました。研究に行き詰まってたんだと思います。このままでは大学にいられなくなるって、いつも悩んでて。

だから、新しい資料を必死に探してました。わたしも手伝ったんです。国会図書館に通って、ふたりで手分けして雑誌や書籍を調べるとかして。

そんなときでした。一ヶ月ぶりに会ったお父さんが、リビングで電話してたんです。

わたしはそれを、なんとなく聞いてました。『……の七宝《しっぽう》焼きに、ホーローキの原稿？　いやいや、なんですか原稿って。地味だなぁ。そういうのはちょっとね』……美術品の営業だったみたいです。

でもわたし、びっくりしたんです。

まさかホーローキって『放浪記』？　その原稿を売っているなんて。

わたしはすぐに、お父さんから話を聞きました。そのままお部屋に戻って、すぐひかりちゃんに電話したんです。ひかりちゃんもすごく驚いてて、電話越しにも泣いてるのがわかって。

それから少し経って、ひかりちゃんは原稿を見せてくれました。顔を真っ赤にして、見たことないぐらい喜んでた。

『すごいよ、みいちゃん！　この一枚で、きっと色々なことがわかるはず』

わたしたちは、原稿が手に入ったことをお祝いしました。

ちょっと高いケーキを買ってきて、『おめでとう！』とか大声で叫んで、乾杯してハグもして。久しぶりにひかりちゃんが心から笑ってくれたので、わたしもすごく嬉しかった。ひかりちゃんの役に立てたことが本当に幸せで、誇らしく感じていました。

だけど詳しい調査を始める前に、ひかりちゃんは倒れちゃったんです。それからすぐ、原稿を本物だと信じたまま、空への橋を渡ってしまって……、……」

みさきさんはしきりに涙を拭いつつ、なんとか話を続けようとした。

でも、ダメだった。

「ひかりちゃんはニセモノに騙された。だけどそれを買わせてしまったのは、わたし。もうこの世界にいないひかりちゃんに、どうやって謝ればいいのかわからなくて」

だからみさきさんは、本物かどうかにこだわっていたのか。私の胸まで痛くなる。

「もしひかりちゃんが生きてて、原稿がニセモノだってわかったらすごくショックなはずだし、お仕事だってやめなきゃいけないかもしれない。だから、どっちにしろ原稿のことなんか教えなければよかったんです。わたしが浅はかだったから、こんなことになっちゃった。きっとひかりちゃんも、空の上でわたしのことを恨んでる」

「みさきさん……」

何をどう言えばいいのか、わからない。長く付き合っている翔さんでさえ言葉を失っているのだから、私になんかわかるわけがない。もちろん葉山さんも黙り込み、少し辛そうに目を細めている。

けれど、同時にこんなことも考えた。もし私がみさきさんでも、きっと同じ選択をした。悩むひかりさんに、原稿のことを教えたはずだ。

いまこの場で、私には何ができるんだろう。

「あの」と声に出してみる。緊張しすぎて、ちょっと声がかすれてしまう。

「もしよろしければ、新作カレーを食べてみてほしいんです」

「えっ？」

思いきり困惑を滲《にじ》ませながら、翔さんが振り向いた。みさきさんの返事はない。

ま、間違えたかも……。でも今さらだ。悩んでたって仕方ない。少しでもふたりを元気づけてあげたい。突き進むしか、ない。

「まずお腹だけでも温めてみませんか。悲しくて弱った心が、少し元気になるかもしれません」

10

冷蔵庫からスープの入った鍋を取り出して、さっそく火にかける。

——ここまで作り上げるのがなかなか大変だった。日頃なかなか扱わない材料ばかり出てくるからだ。

まず始めに、タマネギやセロリ、パプリカなどの香味野菜をしっかり炒めた。自家製ガラムマサラを入れていくので、それが打ち消されないようにニンニクは控えめ。じゅわじゅわと美味しい音を立てて、香味野菜が甘くやわらかくなったら水を加え、じっくり煮込む。そうして出来上がったのが、黄金色ですばらしく香りがよい、カレー風味のスープだった。この段階でも美味しい料理になるけど、今回はさらに美味しく仕立てていく。

次に登場するのは、アナゴ。こんがり炒めてうまみを最大限まで引き出し、先ほどのスープにそっと追加。ちなみに、このときの油はチリインオイルを使う。甘くて辛い調味油で、タイ料理によく使われるものだ。これでスープは完成。

今から、いよいよ仕上げていく。

新鮮な卵をボウルに割り入れ、ココナッツミルクを少量追加してから、ササッとかき混ぜた。それを、気持ち程度にとろみをつけたスープに回しかける。ここでためらってはいけない。ためらいは失敗の元である。思い切って一気にいくのだ。回し入れたらすぐに蓋をして、すぐに火を止める。余熱で卵に火が通り、ちょうどよく半熟に仕上がるのだ。

こうして出来上がったのが、今回の新作カレーだった。翔さんとみさきさん、そして葉山さんの前にカレーを運ぶ。黄金色に輝くスープにはアナゴを浮かべ、それを薄黄色のふわふわ卵でとじたカレーだ。別添えのご飯を、スープカレーのように浸していただく。

カレーへの感想は、三者三様だった。まず、みさきさんが泣き出した。

「ひかりちゃんの大失敗カレーにそっくり……。うっすい黄色い水みたいなカレーで、あんまり味がしなかったの」

「マジですげえな、みさきのおばさん。見た目だけでもプロみたいなカレー作れるなんてさ」焦りに焦った翔さんは謎のフォローを入れてから、

「でも、なんか見たことあるな、こういうの……あ、そうか、かき玉汁だ」

ひどく納得したように「かき玉カレーか」と呟いた。

葉山さんはというと、さすがにカレー大魔王なだけあって、

「タイ料理のプーパッポンカリーではないんだな？」とプロならではのコメントをいただいた。さすがに世界のカレーに詳しくていらっしゃる。

「仰《おっしゃ》るとおり、プーパッポンカリーをベースにアレンジしたものです。名付けて『林

芙美子カレー』でどうでしょう」

プーパッポンカリーとは、魚介類をチリインオイルで色よく炒めてカレー粉を加え、卵やココナッツミルクでとじてある、甘辛まろやかな一品だ。タイ語で、プー＝蟹《かに》、パッ＝炒める、ポンカリー＝カレー粉、を意味するらしい。

タイ料理のお店ならだいたいメニューにあるし、スーパーに行けばレトルトタイプやカップ麺としても売られているほどに知名度は高い。

「何がどう林芙美子なのか見当もつかないが……とりあえず、いただきます」

一礼して、カレーを口に運ぶ葉山さん。最初の一口で、目が丸くなった。

「すごいな。〝っぽくない〟見た目なのにもかかわらず、しっかりカレーの味がするよ、良かった。

翔さんも、「あれ、かき玉の味じゃない⁉」と驚いている。

「オレあんまり詳しくないけど、林芙美子って『放浪記』の人でしょ。すげえ苦しい貧乏生活の話で有名になった人。どうして林芙美子がこのカレーになるんですか」

その質問が翔さんから来るとは思わなかった。葉山さんもまた、興味の目を向けてきている。私の中のイメージをうまく説明できるか心配だけど、やってみよう。

「林芙美子さんは、明治時代後期に山口県で生まれたようです。小さい頃は、お母さんと義理のお父さんとともに、行商して各地を回っていたとか」

一箇所に留まることのない、流浪の毎日。

　女学校の頃から文才を発揮していたが、文章ではなかなかお金にならない。卒業後に上京した芙美子は、三人分の生活費を稼ぐために夜も休日も働いていたようだ。この頃の日記を基にして、『放浪記』が執筆されたといわれている。

『放浪記』で流行作家となってからは、パリへの一人旅を敢行したり、日中戦争に従軍して記事を書いたりと、本当に様々な経験をしている。そして、それらすべてを原稿として仕上げるのが常だった。とんでもなく強くてしたたかな女性である。

「好物は、年代によってどんどん変わっていくんですけど、基本的には野菜がお好きだったみたいですね。だから野菜がメインのカレーに……」

「待て。林芙美子といえばウナギだろう。このカレーにはアナゴが入っているが」

　葉山さんの鋭いツッコミが冴え渡る。

　そう。晩年の林芙美子はウナギを愛していたらしい。亡くなる前日にも食べていたほどだ。しかしウナギはコストがバカ高いうえ、加工も難しい。

　それを説明するより先に、葉山さんが勝手に納得する。

「だが悪くないな。アナゴであっても、庶民派だった林芙美子にはよく似合う」

　そこに、みさきさんがおずおずと「あ、あの」と割り込んできた。

「じゃあ、謎のふわふわ卵にも何か意味が……？」

　もちろんだ。

「『放浪記』を読んだとき、卵の印象が強かったんです。イライラしてゆで卵をぶつけて割ったとかですね。後年に書き足されたほうでも、〝玉子〟はご馳走扱いされることが多かったので、なんとしても卵を使わなければと決心しました」

林芙美子本人に聞いたら、「卵なんか好きじゃない！」と怒るかもしれないけど。カレーに落とし込むにあたっては、ゆで卵を添えるだけではつまらないので、一手間かけてみたというわけだ。

「それにしても、透き通ったカレーも綺麗だな」

ごはんをカレー風味スープに浸しながら、葉山さんはうっとりと眺める。

最大限まで濁りを少なくしたのは、林芙美子という人物が、ひたすら自分自身に正直だと感じたから。脚色を加えたとはいえ、自身の赤裸々な心の内をそのまま文学として発表してしまう大胆なところに、強く惹《ひ》かれた。

けれどこのスープでカレーの味を出すのには苦労した。ガラムマサラにターメリックを入れ、カレー独特の香りを作るスパイスを慎重にブレンドし、スープが濁らないよう何度も試作を繰り返した。

人間の味覚は、嗅覚に頼っている部分が多い。だからカレーの芳香を強く感じさせることができれば、そこまでカレーの味が強くなくても、カレースープだと錯覚してもらえるはず。そして幸いなことに、私の目論見《もくろみ》は当たったのだ。

「よくわかんないけど、美味しいです！　でも辛い。でも美味しい」

翔さんがばくばく食べるその横で、みさきさんもまた、スプーンにごはんを大盛りにして黙々と食べ続けている。葉山さんは、とうの昔に完食していた。

私もホッとして、林芙美子カレーを一口食べた。

とろとろでスパイシーなスープが絡んだ、ココナッツ風味の半熟卵。口に入れるとまろやかな後味を残してスッと消えていく。後からスープのうまみが口中を席巻《せっけん》する――タマネギやセロリの甘味、ニンニクの力強さ、パプリカの爽やかさ、そして嚙まずとも崩れるふわっふわのアナゴが渾然一体《こんぜんいったい》となって、交響曲を奏でていた。

さらにそれを、つやつやの炊きたてご飯がまとめあげてくる。これを至福と呼ばずして何と言おう。

ただ現時点では、コストと手間がかかりすぎていた。もう少しどうにかして、喫茶ソウセキで出してみたい。うちは決してカレー店ではないけれど、たまにはこういう変わり種も楽しいかもしれない。

カレーを食べながら、私はしみじみ口にした。

「林芙美子さんにとって、カレーとはどういう料理なのかを考えたんです。たぶん貧乏だった頃には『心を元気にしてくれる素敵な料理』でしたよね」

『放浪記』は、林芙美子の実体験が基になっている。つまりあの主人公が体験したことは、ほとんどそのまま林芙美子の体験だと思って間違いはなさそうだ。

たとえば、主人公がみじめな思いをして帰宅すると、女友達がカレーの用意をして待っていてくれた場面。主人公は皆とカレーを美味しく食べて、明日もまた頑張ろうという気力を得る。

　そしてニセモノの原稿にも登場した、同棲している男性と出前を取る場面だ。この直前、極貧にあえぐ主人公は、友達と酒を飲むために敷き布団を売ってお金を作っている。それでもお米は買えないので、うどん玉をひとつだけ買って、みんなで分け合って食べるほどだ。そして金持ちの家に『助けてください』とお金の無心に行くけれど、当然のように追い出されてしまう。そんな自分がみじめで、悔しくて……。朝から何も食べられず、暗い部屋にうずくまって原稿を書くしかない。そういったしんどい状況で、主人公は出前を取ろうと決意する。

『カレーライス、カツライス、それともビフテキ？』

　この直後『肉の匂をかぎ、ジユンジユンした油をなめ』と書かれているので、きっとカレーではなくビフテキを注文したのだろう。お腹が満ちたことで『生きかへったやうに』なったふたりは、また新たに創作する気力が湧いた。

　心と身体《からだ》を労《いたわ》るための選択肢に「カレーライス」が登場したのは、この頃の林芙美子にとって、カレーが特別な料理であったことを意味するんじゃないかと思った。

「それが後年、カレーの扱いが変わってくるんです。『戦線』というルポ作品があるんですが——」

　そこまで話すと、葉山さんがびっくりしたように私を見つめる。

「きみは『戦線』まで読んだのか。あれは日中戦争のルポルタージュだから、楽しいものではないと思うが」

「読みましたよ。古書亡羊の谷崎さんが、これにもカレーが出てくると教えてくださったので」

『戦線』とは、林芙美子が日中戦争に従軍して書いた迫真のノンフィクションだ。前線の兵隊と行動を共にし、自身が見たこと・体験したことをありのままに描いている。その中に、カレーライスが登場するのだ。

「前線の衛生車にはコーヒーや汁粉やライスカレーを作るための炊事道具が備え付けられており、それは疲弊した兵隊たちを励ますために使われる」というような一節がある。ここでは、ライスカレーという料理が「日常を感じさせるための」料理として用いられているようだ。

兵士たちにも日本で食べていたのと同じようなものを食べてもらって、リラックスさせようと、そういう意識を林芙美子は感じ取ったかもしれない。

そして後期の小説にも、やはりカレーは登場してくる。主人公たちがその辺の店で普通に食べる、普通の料理として。この頃の林芙美子にとってカレーは特別なものではなく、日常や平和の象徴へと変わっていたのだ。

あるものの扱われ方が、その時々で変化する。きっとカレーライスに限らず、何についても同じことだろう。

私はそんなことをざっくりと話して、

「たとえあの原稿がニセモノであったとしても、本質的には何も変わらないと思うんです」と、勇気を持って、みさきさんをまっすぐに見つめた。みさきさんの泣きはらした目、その奥まで私の気持ちが届くように。

「悪いのはニセモノを作った誰かであって、みさきさんに責任はないはずです。ひかりさんが今もご存命で、手に入れた原稿がニセモノだとわかって大学にいられなくなったとしても、みさきさんには感謝したと思います」

だからもう、自分を責めるのはやめてほしかった。

「そうだよ、みさき」翔さんも同調してくれる。みさきさんの顔をのぞきこむようにして強引に視線を合わせると、

「ニセモノも本物もたいして変わんないよ。逆に、今は本物だと思われてるものだって、何十年かしたらニセモノ扱いされてるかもしれないだろ」

「ウソつかないで。あるわけないよ。そんなこと」

みさきさんが、翔さんを軽く突き飛ばす。翔さんが「うおっ」と揺れた。

そんな光景を横目に、葉山さんはのんびりとマグカップを傾ける。

「印象派の巨匠、モネの絵の話を思い出した。視力〇・〇五の人物が裸眼で見たかのごとき睡蓮《すいれん》の絵で有名な、あのモネだ」

やけに大きな独り言だ。「もね?」「モネ……?」翔さんたちが振り向いた。

構わず、葉山さんはマイペースに語る。

「ドイツの美術館で、五十年間展示されているモネの絵があった。今世紀に入って初めて研究調査が行われたが、その結果、ニセモノであることが判明したのだそうだ」

「五十年も本物扱いされ続けて、誰ひとり疑わなかったということですか？　いくらなんでも、そんなことって」

　思わず私がツッコむと、

「……そんなことが本当に起きるのだから、不思議なものだな」

　そう言って、葉山さんは一気にカフェオレを飲み干した。

　思わぬ形の援護射撃に、翔さんがホッと息を吐く。

「だからさ。大辛シムロを辞める必要なんかないし、考えてみようぜ。色々と」

　みさきさんはそれに答えず、初めて私のことを見つめ返して、

「カレー、本当に美味しかったです。もっと食べたい……もっとください、大失敗みたいな大成功のカレー」

　まるで子猫のようにふにゃっと笑った。

　カレーを食べ終え、一息ついた頃。

　みさきさんは「大辛シムロを辞めます」と語った。

「やっぱりウソはつけないから」

　吹っ切れたような、あるいは憑《つ》きものが落ちたような顔で椅子から立ち上がる。

翔さんもまた、「そっか」と、どこか寂しそうに笑って席を立った。

やにわにみさきさんが頭を下げてくる。

「このお店に嫌がらせとかいっぱいあって、ごめんなさい。もう何もないと思うけど……もしもまた何かあったら、そのときはきちんと償います。わたしの命で」

「いやいやいや、だから死ぬとか言うなって！」翔さんが慌てふためいていた。

と、そこに電話が鳴り響く。発信者は非通知。嫌な予感が膨れ上がるけれど、無視するわけにもいかない。私は覚悟を決めて、受話ボタンを押した。

こんにちはとか、もしもしとか、そういった挨拶は一切ない。まるで機械音声のような冷たささえ感じる女性の声で、

『カレー五十人前、配達をお願いできますか』

「えっ」

受話器を手にしたまま、動けなくなった。

「カレーを、ご……五十人前ですか⁉」

嫌がらせは終わったと、そう思っていたのに。

私は、ゆっくりとふたりのほうへ振り向いた。みさきさんと翔さんの顔から、血の気が引いていた。

第3話 桜の森の満開の下で煮込んだら

1

『ちょっと、聞こえていますか。カレー五十人前をお願いしているのですけれど』

女性の声は、電話の向こうでそう繰り返す。

というか、五十人前って。そもそも出前はしていないし、わけがわからない。

私が戸惑っている間にも、受話器の向こうから「お待たせしました、ご注文を……」と小さな声が漏れ聞こえてくる。一体なんだろう。どこかのお店から電話を掛けてきているということ?

それはそれとして、きちんとお断りしなければ。

「申し訳あ」

りませんが、と言うことはできなかった。いきなり通話を切られたからだ。

新手の嫌がらせだろうか。肩こりがひどくなった気がして、軽く腕をまわしながら戻れば、みさきさんが再び涙目になっていた。

「すみません……死にます」

それを翔さんが必死になって止め、私もまた、焦りに焦った。

「今のはシムロさんのファンではなさそうですよ。相手の年齢層が高めというか、五十人前という注文が冗談ではないような雰囲気もありましたし」

ふと翔さんが首を傾げた。

「そういや、ちょっと前にオヤジも怒ってました。変な電話があった、って。カレー五十人前をテイクアウトしたいとか」

「うちと一緒ですね……」

本気なのかイタズラなのか、どちらにしろ意図がわからない。

葉山さんが、どこか楽しそうな響きを含ませて言う。

「坂口安吾《さかぐちあんご》の起こしたカレー百人前事件を思い出すな」

「さかぐちあんご、ですか」

誰だっけ。名前だけは聞いたことがある。教科書には載っていない系の文豪かな。

すると、みさきさんがおもむろに口を開いた。

「無頼派の文豪ですよ、坂口安吾。二十代の頃に笑劇《ファルス》的作品『風博士』で文壇から注目を浴び、戦後になって『堕落論』などで一躍人気作家となりました。その後はミステリーなども多く手がけ――」

みさきさんはこれまでの様子が嘘のように、生き生きと、流れるように語り続ける。

「安吾は太宰とも親交が深く、林芙美子とも面識があったんです。昭和時代前半の文学を語る上では絶対に外せない天才です」

「か、解説をありがとうございます」

戸惑う私とは対照的に、葉山さんはクマのひどい顔をちょっとゆるめて、「さすが

文学系だな」とみさきさんを褒めた。そのうえで、

「きみも調べてみればいい。安吾は面白いぞ」

そう言い残して、ふらふらと勝手口から出ていってしまう。さすがに疲れたらしい。

どうぞ安らかにお休みください、と胸の内で手を合わせてしまう。

「オレたちも帰ります。みさきも眠ってないんで」

翔さんは何回も頭を下げながら、みさきさんを引き連れて帰っていった。

入れ違いで、宮城さんが出勤してくる。

「おはようございまーす！」と一番鶏も驚くほどの豪快な挨拶をかまし、バックルームに荷物を入れにいく。直後、またもや電話が鳴った。

今日は厄日かな。胃が痛むような気がする。のろのろと電話のほうに歩みを進めると、「自分が出ますよ」と宮城さんが走ってくれた。

ありがとう、ありがとう宮城さん。今日のまかないは好きなだけお肉を盛っていってください。そんなことを考えながら胸の内で拝み倒していると、

「あッいつもお世話様っす」と受話器片手に宮城さんが明るく言ってのけた。どうやら電話の相手は食材業者の平山《ひらやま》さんだったらしい。なんだ、びっくりした。

安堵の息を吐きつつ厨房へ戻ろうとすると、

「え、いや……え？」明らかに宮城さんが困惑している。どうかしたんですか、と目線で問いかければ、宮城さんは「？」を頭上に浮かべつつ、スピーカー通話モードに

切り替えた。途端に、平山さんのマシンガントークが店中のガラス製品を震わせる。

『いや、おめでたいね。うん。うちも長年この商売やってるけど、順調な店ってあんまりないから。八割ぐらいは二、三年で消えてっちゃうから。うんうん、よかったよかった。でさ、花輪はどこ宛てに送ればいいのか教えてよ』

何のことを話しているんだろう。まったくわからない。

「お世話になっています。緒川ですが、何のお話でしょう」と返事をしてみると、

『だからさ、二号店のことだよ』

二号店⁉

「あの、ちょっと待っ……それはどういうことでしょうか！」

『え、参ったなぁ。しらばっくれちゃう？』

平山さんは、まるで参ってなさそうな調子でお喋りを続ける。

『うちのスタッフがさ、このまえ宅配で漱石カレーみたいなカレー食べたんだって。味はものすごく似てるけど、見た目ちょっと違うし、店名も違ったたって言うから、二号店だねーめでたいねーって話してたところ』

「ち、違いますよ。誤解です。そんなお金、ありません」

『てことは、レシピをどこかにパクられたかねぇ。ま、よくあることだし、あんまり気になさんな。でもさ、ニッチなカレーを追求し続けてよかったね。パクられるほど人気出たもんね。目指せ二号店、ってわけだ。そいじゃあ、お疲れさん。また明日配

達行くからー』

明るく通話を切られそうになった。私は慌てて「待ってください」と電話機にすがりつく。

「その似てるカレーですけど、お店のお名前は」

『なんだったかな、塹壕《ざんごう》とかバリケードとかね、そういう系』

じゃあね、と今度こそ通話が切れてしまった。

「店長、これどういうことっすか」宮城さんが心配そうに眉を寄せる。私としても、「どういうことでしょうね」と返すより他になかった。

……以前、うちで出している「思ひ出カレー」という料理について、老舗《しにせ》フランス料理店のパクリだと疑われたことがある。

でも今回は逆に、どこかの店にパクられたかもしれないなんて……。

本当に、もう勘弁してほしかった。そろそろ胃に穴が空きそうだ。

2

みさきさんの件も決着し、少しゆったりとした気分で年始を迎えることができた。

喫茶ソウセキは一月五日から営業していたけれど、大雪の影響もあって、客足は鈍い。だけどそれは些《さ》細《さい》なことである。イタズラ電話も嫌がらせ動画もアップされないし、百人前の注文も来ない。そんな平和な毎日が、ただひたすらありがたかった。

一月も半ばになり、梅のつぼみがいよいよ大きく膨らんできた頃。

何事もなくランチタイムを終え、私はひとりで古書亡羊へと向かっていた。ディナータイムの準備に費やす時間を考えると、あまりのんびりはしていられない。

そろそろ営業時間を元通りに戻せるかもしれない。いや、春まで様子を見るべきか。そんなことを悩みながら歩いていく。

古書亡羊の近くまで来ると、店から誰か出てくるのが見えた。お客さんだろうか。黒いコートを羽織った高齢の男性だ。大きくて平たい包みを抱えている。男性は辺りを見回しながら通りを進むと、そこで待たせていたらしいタクシーに乗り込んだ。

タクシーが走り去るのを見届けてから、「こんにちは」とお店に入る。すぐそこに、谷崎さんの背中があった。

「おっ⁉」びっくりしたように振り向く谷崎さん。私の姿を認めるや否や「なんだ、店長さんか」と笑みを浮かべた。ほんの一瞬だけど、なんとなく焦ったような感じがしたのはなぜだろう。

谷崎さんはいつも通り朗らかに、

「売れたんだよ、原稿。そこのガラスケースに入ってたやつな」

なんとなく覚えがある。多分、二ケタ万円の恐ろしい値札がついていた原稿のことだろう。私は名前さえ存じ上げないけれど、大正から昭和初期にかけて活躍した文豪のものであったらしい。

「開店以来ずっとお茶挽《ひ》いてたから、どうしようかと考えてたところでさ。いや、嬉しいもんだ」

その割に、声が嬉しくなさそうだ。顔色も優れないし、体調が悪いのかもしれない。ちょっと心配になりながらも、話を切り出してみた。

「あの、今日は坂口安吾の本を――」

「ごめんな」

乾いた音を立てて、両手を顔の前で合わせる谷崎さん。

「悪いが、今日はこれで店じまいなんだよ」

その手には、猫用おやつの細長いパウチが握られていた。そういえば、今日はいつもの鳴き声が聞こえない。

「あの黒猫さん、どうかされたんですか」

「いなくなっちまったんだよ」

はぁと大きなため息を吐いてから、「まったく、ふらっとな」

「サトコって名の女はみんな黙って消えちまいやがる」

察するに、お店の黒猫はサトコというお名前なのか。

谷崎さんは作業場のほうに顔を向けて、

「あっちの奥に裏口あるんだけどさ。埃っぽい空気しか入ってこないもんで、半年ぐらい閉めきってたんだ。それが今朝、ちょっと掃除しようと思って開けた瞬間、サトコちゃんがするするっと出ちゃってな」

「そうだったんですね……」

「サトコちゃんは箱入りの令嬢でビビりだし、今まで店から出ようとしなかったんだよ。なのに、こんなことになっちまって」

谷崎さんは、「どこか暖かいところに居てくれりゃあいいんだが」と、寂しそうに肩を落とした。

「きっと帰ってきますよ」なんて軽率なことは言えなかった。黒猫のサトコちゃんは結構なお歳《とし》に見えたし、寿命の近付いた猫が家出して二度と戻らない、という話を聞いたことがあるからだ。

谷崎さんは上着のポケットから一枚の写真を取り出すと、「見つけたらよろしくな」と言って、私の手に握らせる。言うまでもなく、サトコちゃんの写真だ。美しい金色の瞳に、お手製らしき赤い縮緬《ちりめん》の首輪がよく似合っている。

余白には「サトコ」とマジックで書かれ、ついでに電話番号も載せている。

「もしチラシを作られるんでしたら、うちの店にも貼りますよ」

そう申し出てはみたものの、谷崎さんはどこか寂しそうに微笑んで、「気持ちだけで充分さ」と首を振った。

「そうそう、坂口安吾か。わかりやすいのは『桜の森の満開の下』や『白痴』あたりだろうが……店長さんが太宰をいくつか読んでるなら、『不良少年とキリスト』も泣けるぜ。序盤はびっくりする流れだが、親友・太宰の死について語った名作だ」

うちで探してやれなくてごめんな、と谷崎さんは何度も私に謝った。

大事な存在が突然いなくなってしまったら、私だって、店を開けるどころではないだろう。

「見つかるといいですね」

小さな声でそう伝えるのが精一杯。表へ出ると、谷崎さんが見送りに来てくれた。

「ごめんな」と再びそう呟いて、古書亡羊のシャッターが下ろされていった。

坂口安吾の本は、三省堂《さんせいどう》本店で探すことにした。今は本店が建て替え中のため仮店舗での営業となっているけれど、それでも品揃えと探しやすさは素晴らしい。葉山さんが絶賛しているのもよくわかる。

しかし、検索機に「坂口安吾」と入力したら、相当な量の書籍が表示されたので驚いた。まさか、こんなにたくさん書いている文豪だったとは。

文学に関して疎いことが、とても恥ずかしくなってきた。この程度の知識で、よく漱石の名を冠した喫茶店など開けたものだ……。

坂口安吾については、葉山さんも気になることを言っていた。たしか「カレー百人前事件」だっけ。昭和の文豪・坂口安吾に一体何が起きたんだろう。

検索機で表示された場所まで、本の密林を探検しながら歩く。本を探すのは、楽しい。なんだか、急に目の前が拓《ひら》けてきたような気持ちになった。

3

「ニッパチ」という言葉がある。

飲食店にとって、二月と八月は閑散期にあたるので経営的に苦しくなる……という意味らしい。

たしかにその通りだ。いつもならディナータイム開始から十分もすれば満席になっている。けれど二月中旬である今日は、土曜なのに空席が目立つ。こんな状態があと二週間ぐらい続くとは……毎年のことながら、ちょっと頭を抱えたくなる。

そんな中、

「漱石ふたつとぉ、サイドサラダは和ドレふたつ。あとチーズケーキ、くるみのパイ。ティーはミルクとレモンひとつずつでーす」

厨房には、のんびりした注文《オーダー》が届いていた。

私の従姉妹《いとこ》的な存在、冬子《とうこ》さんだ。稽古で遅れる宮城さんの代わりに、店を手伝いに来てくれていた。大学生の冬子さんは、くるんと巻いたキャラメル色のボブを弾ませて、実に無駄なく動いている。

およそ二年前に私たちは知り合ったけれど、母の形見である『三四郎』をめぐって、ちょっとした事件があった。

現在、冬子さんは喫茶ソウセキの常連であり、月に何度かバイトとして手伝ってくれる。その理由として「まかないのカレーが美味しすぎるからですよぉ」と言ってくれたけど、恐らく本音は別にある。

彼女の行動の根っこには、やはり例の事件があるのだろう。

正直に言えば、私だってもやもやした気持ちが無くはない。不慮の事故とはいえ、うっすら死にかけたし。

だけど、あれはもう終わったことだ。冬子さんとは良い関係でいたい。今や彼女は、唯一の親族といってもいい存在なのだから。

「千晴さん、今のうちにチャイ作っときますねぇ」

注文が一段落したのを見計らい、冬子さんが厨房にやってきた。私よりも少し背の高い冬子さんは、シンク上の棚から、いとも簡単に琺瑯《ほうろう》の片手鍋を取り出す。

茶葉をざらりと鍋に入れ、

「で、葉山先生はお店にいらっしゃいますかねぇ」とヒソヒソ声で聞いてくる。

彼女もまた、葉山さんの大ファンなのだった。私も声を潜めて、

「たしか今日は、出版社で編集者さんと打ち合わせがあるとか」

「えっ残念、実は面白い話があって……先生にも聞いてほしかったのに」

なんだろう。葉山さん絡みとなると、文学的な話なのかもしれない。

「でも、今はお客さんがいて守秘義務がアレっぽい感じなので、また今度ですねぇ」

それは口外してもいい話なのだろうか。少し不安になるけれど、冬子さんはまったく気にしていないようなので、逆に聞きにくい。

「あ、いらっしゃいませぇ」

ドアベルが鳴るより先に、冬子さんがパッと顔を上げた。私も遅れて声をかけるけれど、お客さんの反応はない。

あの特徴的なニットキャップとスタジャンは、常連の男性だ。私と同い年くらいだろう。大柄ではないけれど、彫りが深く険のある風貌で、どこか近寄りがたい雰囲気を感じてしまう。

この男性は来店の十割がテイクアウトで、週に二、三回ほど十人前を持ち帰る。プラ容器を準備しながら「今日も十人前でよろしいですか」と私がたずねると、男性は「できたら三十人前で」

さ、三十人――。一体どうやって持ち帰るんだろうという疑問はおいといて。

「すみませんが、ちょっと無理な感じっぽいです」

冬子さんがやんわり断ってくれた。けれど男性は鍋のほうに視線をやりながら、関西出身と思しきイントネーションを滲ませつつ、

「その鍋、三十人分ぐらい入ってそうに見えますけど。あきまへんかね」

「申し訳ございませんが、そこまでの量が残っていなくて」と、私は謝りつつ頭を下げる。男性は「じゃ、十人前でええです」と納得してくれた。

私と冬子さんで手分けして容器にカレーを盛り付け、男性に渡す。会計を済ませた男性は、両手にカレーの入った重たい袋を提げて、足早に出ていった。これで新漱石カレーはほとんど空っぽだ。あと一人分がせいぜいといったところか。

「十日間カレーってパラダイスじゃないですかぁ」冬子さんが呟いた。

「いえ、会社の皆さんで食べているようですよ」

以前に宮城さんと男性が、そう話していたのを覚えている。すると冬子さんは、

「カレーお好きな人が多い会社なんて最高」とため息を吐いた。

そういえば冬子さんは就活していないようだけど、どうするんだろう。やはりお父さんの会社に入るのだろうか。それはそれで、大変そうだ。

そこへ、宮城さんが出勤してきた。着替えながら冬子さんと短く挨拶を交わし、

「店長。今のお客さん、いつものヒトっすよね」と小声で確認してくる。それから、ドアのほうをしげしげと見つめ、

「バイクの前カゴにNAKANOZのでっかい袋が積んであったんすよ。あれは相当なカレーマニアじゃないすか」

「ひょっとして、皆さんでカレーの食べ比べパーティしてるのかもですね」

……なんて。その時は私も、そんなふうにのんきなことを言えていた。

まさかあんなことが起きるなんて、思っていなかったから――。

4

ディナータイム終了と同時に冬子さんは引き揚げ、さっき宮城さんも帰っていった。

ラストオーダーも近いこの時間に、血相を変えて駆け込んできたのは葉山さんだ。

「ソウセキのカレーがパクられたぞ！」

開口一番、とんでもない発言が飛びだした。私は固まり、危うくお皿を取り落とすところだった。

「カ……、パ……？」

「落ち着け。俺は担当編集者から食べてカレーを朝食としてカレーしたんだが」

「葉山さんこそ少し落ち着いてください」

ひとまず、水の入ったコップを渡す。それを一息で飲み干した葉山さんが、呼吸を整えながら語ってくれたところによると。

――葉山さんは近くにある出版社で、担当編集者さんと打ち合わせをしていたらしい。時刻は午後六時、ちょうど夕食の時間帯に当たるため、担当さんは『ご一緒にいかがですか。ここ美味しいんですよ』と宅配でカレーを注文してくれた。

それがうちの新漱石カレーとそっくりだった、ということのようだ。

「いや、違う。そっくりというか一緒なんだ。同一だ。フライドオニオンやらコルニッションやらレーズンやら余計なものが足されていたから、誤魔化されそうになったが、どう考えてもあれはこれだ。俺は騙されない」

そんな説明を聞きながら、私はどんどん冷静になっていった。

少し前に、食材業者の平山さんも話していた。うちとそっくりのカレーを出す店があると。

「レシピを真似《まね》されて、そっくりのカレーを作られたってことですよね」

「違う。そのものだ」

「そのもの……？」

どういうことだろう。やはり意味がわからない。

「それで、葉山さんはそのカレーについてどう思ったんですか」

「もちろん驚いた。編集者に、『この店は一体何なんですか』と聞いたんだが」

するとと担当さんはこう答えたという。

『最近はやりのデリバリー専門店で、メニューは日替わりカレーしかないけど、どれも美味しい』と。担当さんが食べているのは新漱石カレーではなかったが、やはり葉山さんには見覚えがあったようだ。

「俺にはわかる。あれは御茶ノ水駅のほうに去年オープンした店のものだ。昼しか営業していないが、素朴で美味いカレーなんだ。なのに余計な揚げ野菜をトッピングしてあった。こんな邪悪な行為が許せるものか」

さすがカレー大魔王である。この人の血管には、きっとカレーが流れている。

私の胸は、にわかにざわざわし始めた。

「そのデリバリー専門店のお名前は」

「《トーチカ》というらしい。ロシア語で、攻撃もできる防御陣地という意味だな」

「あれ、その店名はどこかで見たような」

葉山さんがうなずいた。

「ここの近くだ。古書亡羊の裏手にあたる」

スマホを手にした葉山さんは、以前に保存していたQRコードから、トーチカのサイトを呼び出した。

表示されたのは、ごくシンプルなページだった。真っ黒な背景に白い文字で「カレー専門店トーチカ　この道一筋の料理人による、本当に美味しいカレーをどうぞ」

写真も何もなく、注文フォームへ飛ぶボタンと電話番号だけがぽつんと書かれている状態だ。メニュー一覧のページも存在しない。ページ中央に、「日替わり気まぐれカレー　¥二〇〇〇　数種類あります。何が届くかお楽しみに。売り切れ次第終了」とだけあった。

「高っ！」

思わずツッコミを入れてしまった。うちで出している値段の一・五倍以上である。

ネットの評価は高く、「本格的な味！」「なかなか同じカレーに出会えないけど、どれもおいしかった」などと絶賛されている。

「実物を見てみたいです。頼んでみませんか」

「そうだな」と葉山さんが早速スマホをタップする。「俺の住所で注文しよう」

その間に、私もタブレットでトーチカのサイトを眺めていた。この店は、各種デリバリーサービスも利用不可となっていて、自前の宅配員が届けに来てくれるようだ。そんなことが、サイトの一番下に小さく書かれている。

さあ、鬼が出るか蛇が出るか。窓の向こうでは、街灯が不規則に明滅していた。


およそ三十分後。

葉山さんの家に、トーチカの日替わりカレーが届けられた。それはどこからどう見てもＮＡＫＡＮＯＺのカレーだった。

ざく切り香味野菜と揚げた魚介類がごろんと入った、赤みの強いピリ辛カレー。そんなインパクトの強い見た目に、なぜかゆで卵とピクルスが添えられ、さらに生クリームを回しかけてある。

以前に中野さん本人が『うちには業務用のラッキョウしかない』ということを話していた。ＮＡＫＡＮＯＺではカレーの付け合わせやトッピングが存在しないのだ。

それなのに、このカレーは……。

店《ここ》まで運んできてくれた葉山さんも、そしてもちろん私も、しばらく黙ってそれを見つめた。降り出した雨は強く、窓に当たっては、パッ、パッ、と音を立てて弾ける。

「同じですね」と私が呟けば、「同じだな」と葉山さんも腕組みをした。

「これは中野氏が作ったものだ。それを、そのまま転売している」

今日、宮城さんが話していた。十人前をテイクアウトした常連さんが、NAKANOZの袋も持っていたと。もしかしたら、それは……。

「このトーチカという店、いつ開業したかわかるか？」

急に葉山さんが問うてくるけれど、即答できるわけもなく。

「あのスタンド看板に気付いたのが秋の終わりぐらいで、でも、もっと前からあったんじゃないかというような気がするようなしないような」

考え込む私を差し置いて、葉山さんはスマホを取り出した。トーチカのサイトを表示させてから、何やらぽちぽちいじっている。

「タイムスタンプを見つけた。それによると、サイトの公開は去年の夏だな」

トーチカはデリバリー専門店だ。

開店前から各種SNSで告知を始めるのが一般的だろうけど、遅くとも開業と同時にサイトを公開しない限り、お客さんから認知されないので注文も来ない。だからサイトの公開日こそがトーチカの開業日なのではないか、と。葉山さんはそう考えたのだ。ということは、うちのデータも確認する必要がある。

私は慌ててタブレットを手に取った。指がもつれて誤タップしながらも、店の帳簿アプリを開く。

このアプリはレジと連動していて、お客さんのおおまかな属性情報——性別や年代、人数などと一緒に、注文個数も記録される仕組みだ。十人前テイクアウトの常連さんを探して、注文個数でソートしてみる。

「ああ、やっぱり……！」

常連さんの初来店は、トーチカのサイト公開日と同じ日付だった。一気に動悸《どうき》が激しくなる。

「こ、これ、どうしましょう。警察に通報……じゃダメなんですよね、きっと」

「罠《わな》を張るしかないな」

葉山さんは目を閉じると、疲れたように息を吐いた。

5

寒風吹きすさぶ二月の宵の口、

「本日ディナータイムはご予約で満席となっております！　テイクアウトはやってるんですけど……そうっすよね、やっぱ店内で食べたいですよね。すみません！」

ダウンコートとネックウォーマーで完全防寒装備の宮城さんは、店の前で延々と謝り続けていた。その声は、店内まで聞こえてきている。

「またのご来店を心よりお待ちしておりますねッ！」

ガラス窓の向こうを、女性のふたり組が去っていく。前に来たとき、パイが美味しいと褒めて下さった方達のようだ。申し訳なくて、私は厨房から頭を下げた。

店内に、現在お客さんは四名。テーブルに文庫本を積み上げて読書にいそしむカップルと、髪をくるくるいじりながらスマホを見ている若い女性。それからノートを広げて何かをぐねぐね書いている不審な男性。

水分を飛ばしすぎたカレールウのごとく、もったりとした時間が流れる。

……そろそろかな。私は時計に目をやった。土曜日は、いつも十八時前の来店だ。

と、店のドアが静かに開く。ニットキャップを目深にかぶった男性だ。

来た。心臓が、どくんと跳ねた。

今日はあなたの為だけにお店を開けていたんです。そう言いたいのを我慢して、いつも通りに挨拶した。表から、宮城さんが心配そうにこちらを見ている。大丈夫ですよという意味で、私は小さくうなずき返す。

ニットキャップの男性はレジのほうまでスタスタ歩いて、「漱石カレー十人前、テイクアウト」と、ぶっきらぼうに言葉を投げてきた。私はいつも通りに容器を準備し、カレーを盛っていく。会計をしながら、なんとなく声を掛けた。

「いつもありがとうございます」

「……いや」

キャップの下から、男性の瞳が私を見ている。なぜだろう、その視線にあからさまな敵意を感じてしまった。

袋を渡すと、男性は即座に店を出ていった。その姿をじっと目で追う。

男性は両手にカレーを提げたまま、店の前に停めてあるバイクにまたがる。

バイクの前カゴからチラリとのぞくのは、他のカレー店の袋だろうか。あの特徴的な色合い、見たことがある。

ほどなくしてバイクが走り出す。直後、ものすごい速度の自転車が、その後を追っていった。もちろん宮城さんだ。

バイクの音が完全に聞こえなくなってから、

「やっぱり、いつもの常連さんですよねぇ。ああ、なんだかショック」

そんなことを言って、スマホをいじっていた若い女性、もとい冬子さんが顔を上げた。ほとんど同時に、読書中のカップル——翔さんとみさきさんもまた、大きく息を吐いた。ノートを広げた不審者こと葉山さんは、やはり外を見つめていた。

皆には、通常営業であることを装うために集まってもらった。テイクアウトのみの営業ということにしても良かったけど、いつもと異なる営業形態にして、万が一にも警戒されてしまっては元も子もない。

「カレーのパクリ屋……今の人が……許せない」みさきさんがボソッと呟いた。

また〝天誅〟とか言い出しそうな、暗く怒りのこもった声だ。私は焦って「いえいえ」と手を振った。

「まだ確定してないですよ。どうか間違いであってほしいんですけど」

しかし無情にも、ポケットの中でスマホが震えた。宮城さんから着信だ。

『店長の言うとおりっす。さっきの客、カレーを持ってビルに入りました』

「近くに看板はありますか」

『看板？』

宮城さんの声が、一時的に遠くなった。辺りを見回しているらしい。

『トーチカってのが出てまーす』

思わず言葉に詰まり、うなだれる。

私の様子から察したのか、店内がしんと静まりかえった。

「どうするんですかこれ。警察、いや保健所に通報？」翔さんがうろたえている。

それに答えず、葉山さんが「行こう」と席を立つ。

ノートをしまい、コートを羽織って、店のドアに手をかけた。

「自分の目で確かめないことには、話にならない」

「ですよね……」

私はのろのろと閉店のプレートを出し、店の鍵を冬子さんに渡す。もうすぐ宮城さんも戻ってくるだろうから、閉店作業は安心して任せられる。

「ちょっと行ってきますね。皆さんでカレー食べていってください。それから――」

葉山さんが「あまり時間はないぞ」と急《せ》かしてくる。

わかってます。わかってます……けど。行きたくない。自分のカレーが転売されている場面を、この目で確かめたくなんか、ない。

私は足を引きずるようにして表へ出た。

体中に重苦しい気持ちが詰まっているようで、一歩を踏み出すのも大変だった。


トーチカは、古書亡羊すぐ裏手の雑居ビルに入っている。

といっても、ビル入り口のフロア案内にはトーチカなどと書かれてはいない。いくつかの会社のオフィスが入っていることは判っても、そこまでだった。

ふたりしてビルを見上げてみる。土曜の夜ということもあってか、どこにも灯《あか》りがついていない。カーテンを締め切っているのかもしれない。

細くて暗い階段を、息を潜めて上っていく。五階まであるようだけど、トーチカはどのフロアだろう。しかし二階に来たところで、葉山さんが「ここだ」と断言した。

「カレーの匂いがする」

「します、か?」

「する」

目を見て大真面目に言われてしまったので、本当にそうなのだろう。

ただ、やはりこのフロアも暗い。営業中ならドアから光が漏れているかもしれない、と甘い期待をしていたけれど、本当に甘かった。ふと隣に目をやると、葉山さんは目を閉じ、顔をあちらこちらに向けている。そして、

「あっちのほうだな。だんだんカレーの匂いが強くなる」

もはや麻薬探知犬ならぬカレー探知人だ。葉山さんの後について、凹型のフロアを私も恐る恐る歩き出す。

そこへ、誰かが階段を上ってきたようで、トントントンと軽快な足音が近付いてくる。とっさに、私たちは曲がり角の奥へと身を隠した。二階にやってきたのは、ジャケットに身を包んだ人物だ。まっすぐ奥のドアへと小走りで駆けていった。四角くて大きなリュックを背負っていた気がする。

「お疲れ様」とかすかに声が聞こえるけれど、ここからでは何も見えない。

ほどなくして、先ほどの人物が再び階段へと向かう。ずっしりと重そうなリュックを背負い、スマホに何かを入力しながら。前も見ないで暗い通路を駆け抜ける様は、この場所に慣れていることの証《あかし》でしかない。きっとトーチカの配達員なのだろう。

私たちは、いよいよ疑惑のドアの前に立つ。

ドアの横にモニター付きインターフォンはあるけれど、嘘かまことか「故障中」と書かれた紙が貼ってあった。でも、中に誰かいるのは確実だ。

「営業中のようですね」

「このドア、鍵は掛かっていないな。さっきの配達員が出入りするからか」

私たちは一瞬黙って、それから視線を合わせてうなずいた。

「行くぞ」

葉山さんが、一気にドアを開け放った。


「え、あっ⁉」

葉山さんの向こうで、誰かがガタンと音を立てた。恐らく立ち上がったんだと思う。

「入ってこられたら困ります、うちは宅配専門やさかいに……」とかなんとか大声で喋りながら、その男性はこちらに詰め寄ってくる。

その隙に、葉山さんの陰から、私は室内を観察した。

そこは事務所のような空間だった。

長方形をしていて、広さはだいたい十二畳くらい。飾り気のない壁とパネルカーペットの床は、ひどく無機質な印象だ。天井には蛍光灯が二列に並んで、外の風にも負けない寒々しい光で私たちを迎える。

奥の壁には扉がふたつ。お手洗いと給湯室、かな。

表に面した壁は一面ガラス張りになっているようだ。けれど三組の遮光カーテンでぴっちり閉じてあるので、少なくとも外の様子はまるで見えない。

床まで届くカーテンの下から、コードが二本出ている。窓際に何かの機械があるということか。謎のコードは、部屋の隅の大きなパソコンに接続されている。

とてもカレー屋とは思えない、変な光景だ。飲食店としてもあり得ない。なぜそう感じたのかは、わからないけど。

そして部屋の中央には、真四角のテーブルが二台。その周りには三脚のパイプ椅子があって、座面にくたびれたカバンが転がしてあった。

テーブルの上には電子レンジと、フライドオニオンやピクルスなどが入ったいくつもの容器。何種類かの使い捨て容器が山脈を成し、そして何よりも――

「う、うちのカレー！」

先ほどテイクアウトされた新漱石カレーが、ドンと積まれていたのだった。

葉山さんに詰め寄っていた男性が、私の声に振り返る。

「あっ……」

しまった、とでも言いたげにサッと目をそらす。いつもの、あの男性だ。カレー好きな会社にお勤めのはずの、常連さん。

全ての音が遠ざかり、自分の鼓動だけが耳の中で跳ね返る。

ああ……やはりそういうことだったんだ。

もう、認めるより他にない。このトーチカという店は、他店で買ってきたカレーを〝アレンジ〟のうえで転売しているのだ。

6

「責任者を出して下さい。喫茶ソウセキのカレーを使って商売している件について、伺いたいことがあります」

葉山さんが、怒りを押し殺した声で男性に迫る。男性も負けじと、「お帰りくださいね」と葉山さんに立ち向かう。私のカレーが悪用されているのだから、私が戦わなければいけないはずだ。しかしふたりの間に火花が散りすぎていて、入るに入れない。

と、そのとき。

「騒がしいですね。どうしました?」涼やかな声だ。

奥のドアから出てきたのは、生真面目《きまじめ》そうな印象の女性だった。私よりも少し年上のように感じられる。

すらりとした体型に、喪服みたいな色のジャケットとパンツ。黒髪は後ろでまとめあげてあって、まるで隙がない。できるオフィスワーカーという雰囲気だけど、メイクでもカバーしきれないほどにクマが目立っていた。疲れているのだろうか。

女性は私たちを一瞥《いちべつ》して、

「うちの店に立ち入らないでいただけますか。警察を呼びますよ」

「そちらこそ、うちのカレーを勝手に使わないでくれますか。通報しますよ」

私は全力で女性を睨む。けれど女性はまったく気に留めていない様子で、ふう、と小さくため息を吐いた。

「〝うちのカレー〟とは、一体どういう意味でしょうか」

「そこの」私はテーブルを指さしてみせる。

「その黒い容器に入ったカレーは、私の店、喫茶ソウセキで提供している商品です。転売しないでください」

「あら。お店の方でしたか」と言って、女性は面倒くさそうに小首を傾げた。

「私は清水《しみず》と申します。一応、ここの代表をしておりますけれども。当店の営業方針に関して何か問題があるのですか？」

「だから、カレーの転売をやめてください」

「きちんと代金を支払って購入したものですので、所有権は私たちにあります。所有物をどう扱おうと、所有者の自由でしょう。残念ですけれど、料理やレシピに著作権はありませんよ」

地団駄を踏みたい衝動を必死になって堪《こら》える私に、清水さんは涼しく言ってのける。

「あなたのカレーがここに在ることの、何が問題なのですか。だいたい、私たちは転売などしていません。そこの彼がひとりで十人前を食べているのですから」

そ、そんなわけあるか！

頭が噴火しそうだ。まるで埒が明かない。私の言葉も気持ちもまるで届いていなくて、清水さんの言い分からもおかしいところが見つからない。

でも、たしかにこの人たちは悪いことをしている。

悔しさに歯がみする私を見つめ、

「私の言っている意味がおわかりですか？　そろそろお引き取りくださいね」

その一言で我に返ったかのように、ニットキャップの男性が再び動き出す。「はいはい、すんませんね。転売に悪気はあらへんのですよ、ホンマにね」と棒読みで謝りながら、私たちをぐいぐい押してきた。このままドアの外へ追い出すつもりだ。

しかし葉山さんも負けてはいなかった。

「おかしいな」

普段よりもゆっくり丁寧に発音されたその言葉は、部屋中の空気を変えていく。

「この店には、決定的に足りないものがあるようですが。こんな状態で、よく営業できますね」

言いつつ、なぜか葉山さんは私にチラリと視線を向けた。何か気付いたことがあるのだろうか。気になった私は、もう一度、室内をじっくり見回した。

……そういうことか。

この場所を見たとき「あり得ない」と感じたのは、飲食店の営業要件をまるっと無視しているからだ。

急に体が熱くなってきた。でも、本当に指摘していいのだろうか。もしそれが間違っていたら……、いやいや、間違ってはいない。何しろ私はプロなのだ。

気付いたことを頭の中でまとめあげ、せーの、と勢いづけて口を開いた。

「ふたつのシンクはどこにあるんですか。このお部屋が厨房だとすると、どうやって床をお掃除するんですか。冷蔵庫はどこですか。食品衛生責任者はどなたですか。それから……保健所の営業許可証を見せてください！」

飲食店として開業するには、必ずシンクがふたつ以上必要だ。それから、きちんと温度管理がなされた冷蔵庫も。これはデリバリー専門店でも同じだったはず。そして厨房の床は耐水性が高く、汚れを水で流しやすい材質であることも必須。パネルカーペットなんて、絶対に許可されない。

食品衛生責任者とは、飲食店にひとり以上存在しなければならない資格者だ。喫茶ソウセキにおいてはもちろん私だけど、意外なことに、宮城さんも資格を持っている。

設備も含めて開業に必要な要件をすべて満たし、保健所のチェックを経て、初めて交付されるのが営業許可証である。この店は、確実に無許可のはずだ。

「本当に許可を得ているのなら、ありますよね。営業許可証」

「…………」

清水さんが口ごもる。まばたきの回数も倍増し、必死に何か反撃の糸口を探そうとしているようだった。

「その、あー、資格は自分が取ることになってて」ニットキャップの男性が言い訳を並べるけれど、それを葉山さんが一蹴した。

「資格の話だけではない。この空間は、調理をする場所としては不適切きわまりないんですよ。カレーに対する愛もない」

そうしてスマホを取り出すと、

「保健所に友人がいます。この店について、今すぐ確認してみましょうか。そういったことに詳しい弁護士でもよさそうですね」

清水さんたちに見せつけるかのように、電話帳アプリを開いた。私からはよく見えないけれど、ずらりと連絡先が並んでいる。

「俺は昔からこの街に住んでいます。このビルのオーナーも、もちろん知り合いです。彼に連絡してもいいですか？　あなた方にはダメージが大きそうですが」

葉山さん、すごい。本当に助かる。なんとなく、友人どころか知人もいなそうだと思っていたけど、人は見かけによらないものだ。私は大変に反省した。

でも、「ダメージが大きい」とはどういう意味だろう。この人たちは、よその料理で荒稼ぎしている転売屋というだけではない、と言いたいのか。

清水さんは、ちらちらとニットキャップ氏を気にしている。あなたも何か言いなさいよ、という感じだろうか。けれど当のニットキャップ氏はというと、「もう無理ちゃいますか」と呟き、諦めたように肩を落とした。

けれど、そのとき。ほんのかすかにだけど、重たい足音が聞こえてきた。誰かがこの部屋へ来ようとしているらしい。

直後、派手な音とともに、ドアが勢いよく蹴り開けられる。振り向けば、すぐそこに大柄な男性が立っていた。

「はぁキツかった、やっとスチール成功。これであいつもオシマイってわけで……」

ドア枠上部に頭をぶつけそうなほどに背の高い男性で、肩幅も広くてがっしりしている。その耳が、まるで餃子《ギョーザ》のように膨れているのが目に付いた。

男性は、動物用と思しき大きな金属製のケージを抱えていた。その中にいるのは、一匹の黒猫だ。金色の瞳を光らせ、なぁぁ……と低く唸っている。

「まさか、サトコちゃん⁉」

私の声に、葉山さんも振り向いた。と同時に「ックショ！」とくしゃみをひとつ。

ケージを抱えた男性が、「なんだ？」と警戒しながら後ずさる。

とっさに清水さんが叫んだ。

「行ってくださいっ」

ケージを抱えたまま、男性は方向転換して走り出した。その体格からは想像もできない素早さで、あっというまに角を曲がって階段を駆け下りていく。

「ま、待て！」

葉山さんが後を追って走る。色々な意味で大丈夫だろうか。心配になりつつ、私は清水さんに詰め寄った。

「あの猫《こ》は知り合いの猫なんです、今すぐ連れ戻してください」

「私たちは野良猫を保護しただけです」

「野良じゃないんです、飼い主さんがずっと捜してるんですよ。この近くの——」

「別にどうもしませんから。どこかの施設に預かってもらうだけですので」

「だから、そういうことじゃなくて！」

谷崎さんのことを伝えたいのに、まるで宇宙人と会話しているかのように言葉が通じない。どうして話を聞いてくれないんだろう。さらに何か言わなければと焦っていると、ニットキャップ氏が疲れ顔で私を睨む。

「これ以上、邪魔せんでください」

葉山さんがいないことで強気になったのか、清水さんも私の肩をぐいぐい押してくる。この場から、私をむりやり排除しようとしている。

「そろそろお引き取りくださいますか。カレーの件はご心配なく。きちんと対応させていただきます」

「し、心配なくって、何をどう対応するつもりなんですか！」

ここで引き下がってはいけない。私は全力で踏ん張ろうとした。しかし結局、突き飛ばされるようにして通路へと追い出されてしまう。

背後で、無情な音とともにドアが閉められた。

7

唇を噛み、階段を下りていく。冬独特の鋭さをもった空気と、カッカッと響く靴音が、心細さを際立たせるようだった。

カレーの件も悔しいけれど、サトコちゃんのことも本当に酷い。どうしてあんなことをするんだろう。

建物を出ると、向こうから葉山さんがよろよろと戻ってくるところだった。両肩がすごい勢いで上下していて、頬は真っ赤だ。メガネも白く曇っていた。

「大丈夫ですか、葉山さん！」

「……すまない。途中までなんとか追いかけたんだが、相手はバイクで」

はあ、はあと大きな呼吸を繰り返す葉山さん。すぐに駆け寄ろうとしたら、足が何かを踏みつけた。

赤い、布製の輪っか。サトコちゃんの首輪だ。

すうっと血の気が引いていく。一刻も早く谷崎さんに教えてあげないと、大変なことになってしまうかもしれない。

「さっきの人達、サトコちゃんを施設に預けるって言ってたんです。あの、しょ、処分とかはないですよね」

「本当に施設へ預けるなら、それはないだろう。本当に預けるのならば、な」

「嫌な言い方はやめてくださいよ……」

「あ、いや、猫の保護施設は多くないと思うので、近いところから一軒ずつ地道に電話すれば見つかると思う。そう時間もかからないんじゃないかと思う」

葉山さんがフォローしてくれたけど、「と思う」が多すぎて安心できなかった。断言することを避けたいあまり、柄にもなくふわっとした言い方になってしまうようだ。

不安ばかりが、どんどん膨らんでいく。

「さっきの話に出てきた、葉山さんのお友達に助けてもらうことはできませんか」

「……俺に、友人はひとりしかいない」

「じゃあ早速その方に連絡を取っていただいて——」

「えっ」なぜか葉山さんは私を凝視したまま固まってしまった。その目に悲哀のようなものが浮かんで見える。

「失礼なことをお伺いしますが、さっき言ってた保健所の友人だとか知り合いのビルのオーナーとかって存在しなかったりします?」

おずおずと尋ねてみれば、葉山さんは少し気分を害したように、

「味方が多いと思わせたほうがいいだろう。実際、彼らも怯んでいた」

たしかにそれはそうかもしれ……いや、そうかな。ますます不安になってきた。

「もしかして葉山さん、『この店には足りないものがある』って言ったのも」

「半分ぐらいハッタリだ」

威張らないでほしい。清水さんたちに、こんな内情がバレなくてよかったけれど。

「いや、違和感はあったんだが、何がおかしいのかについては自信がなかった。だがきみならば、より正確に指摘できるはずだと考えた。俺の勘は正しかっただろう」

なぜか誇らしげに語ってから、「それよりも」と葉山さんはトーチカの看板に目を向けた。

「あの文言、気にならないか」

『宅配カレー専門店　トーチカ　OPEN平日18→22　土日祝11→23　ご注文はサイトから』……

「先日はなんとも思わなかったが、この営業時間は――」

「平日が夜だけの営業ですし、ひょっとしてダブルワークしてるんでしょうか」

先ほどの三人、それぞれが本業を持っているということか。

「中心的人物は平日十七時上がりで、土日は完全に休みの仕事かもしれないな。そして、恐らく勤務先もここからそう遠くない。公務員の可能性もある」

「もし本当に公務員なら、たしか副業って禁止されてるはずですもんね……」

葉山さんが「通報」と言った際、彼らの動揺が激しかったのも理解できる。

「だけど、副業するにしても、もっと儲《もう》かりそうなことをすればいいのに。なんでカレーの転売なんてリスクが高そうな商売を」

そんなことを呟くと、葉山さんが「たしかにな」とうなずいた。

「彼らはただの転売屋というわけでもなさそうだ。あの空間、〝カレーは二の次〟とでもいうような雰囲気を感じた」

私は大きくうなずいた。あの店は、どこか異様だった。完全に覆われた窓といい、そこから伸びるコードといい……。

ふたりして、なんとなく、トーチカがある部屋の窓を見上げる。

「何かある」不意に、葉山さんがそう言った。

葉山さんの指さすあたりで、何か小さな光がチカ、チカ、と点滅している。

「監視カメラか。外《こちら》に向けられているようだが」

「ど、どうしてそんなものが」

辺りは暗くてよく見えないけれど、そのカメラは、ちょうど私たちを見下ろすような角度で設置されているらしい。こんな道を撮ったところで、何が面白いというのか。疑問に感じて振り向いてみる。

私たちの背後には、細い路地が見えていた。建物の隙間、さらに奥のほうへと伸びている。路地の入り口には、小さな鉢植えが置かれていた。

「ここって古書亡羊の裏手ですよね」

「位置的に考えて、店の裏口に通じているのかもしれないな」

「偶然でしょうけど、監視カメラで見られているようで気持ち悪いです」

私が言うと、葉山さんは「偶然……」と繰り返す。

「……いや、本当に偶然なのか？　なにしろ、猫のサトコ氏のこともある」

葉山さんは路地と監視カメラを交互に見やり、独り言のように話を続けた。

「たまたま猫を保護した、それがたまたま谷崎氏の愛猫だった。そう考えるよりも、すべては逆だったと考えるほうが合理的じゃないのか」

どういう意味だろう……急に胸の鼓動が早くなる。ついでに私もまた、嫌な言葉を思い出していた。

「そういえば、サトコちゃんを捕まえたひとが『これであいつも終わり』みたいなことを言ってましたね」

「終わり、か」

「サトコちゃんを人質にして谷崎さんを脅そうとか、そういうことなんでしょうか」

葉山さんの顔が、みるみる険しくなっていく。

「その可能性は大いにあるだろうな。猫を巻き込むなど、非道にもほどがある」

けれどその呟きは、背後からの突風にまぎれて散ってしまった。

8

『サトコちゃんが捕まった⁉』

谷崎さんが電話の向こうで絶句する。

トーチカから店に戻った私は、すぐさま谷崎さんに連絡した。サトコちゃんがトーチカの三人組に捕らわれたこと。そしてどこかへ連れ去られてしまったこと。ついでに葉山さんが言っていた『まず保健所、次に保護施設の順で、近いところからどんどん電話』という捜索方法も。

それを伝えたところ、『なるほど、ありがとうな！』とすごい勢いで通話がブチ切られてしまった。

トーチカの人達に見張られているかもしれません、彼らはあなたを脅すためにサトコちゃんを捕まえた可能性もあります、なんて言えなかった。彼ら――清水さんたちの目的もわからないし、必要以上に不安を煽ることもない。

ただひとつ、気になることがある。帰り道で、葉山さんは不穏なことを言っていた。

古書亡羊を監視するために、あの店を始めたんじゃないか、と。

谷崎さんとトーチカとの間には、何かの因縁でもあるのだろうか。

トーチカは料理人を冒涜《ぼうとく》するような悪人集団だし、どんな悪事を企んでいてもおかしくはないけれど……。

帰りの電車でも、そのことばかり考えてしまっていた。保健所への通報は葉山さんがやってくれるようだけど、今後どうなるんだろう……。谷崎さんも心配だ。頭の中がもやもやで埋め尽くされ、気持ちもどんどん沈んでいく。

こんなときは、そう。読書をするのだ。葉山さんと出会って以来、読書で気分転換するというライフハックを覚えてしまった。そんな自分に戸惑うけれど、楽しみが増えるのはいいことだとも思う。

帰宅するなり、私は荷物を床に下ろして本棚へと走った。そわそわと、一冊の文庫本を取り出す。三省堂のカバーが掛けられた、岩波文庫刊・坂口安吾作『桜の森の満開の下・白痴　他十二篇』である。

どちらも坂口安吾の代表作であり、谷崎さんもおすすめしてくれていたから、間違いなく面白いのだろう。ただ表紙とタイトルからは、内容がまったく想像できない。桜の木の下には死体が埋まっている、というお話だっけ。いや、違うか。

とにかく表紙を開いてみる。物語の世界に引き込まれていく——。

昔々、あるところに山賊がいた。彼は旅人を殺しては金品や女を奪い、自由気ままに生きていたけれど、山の桜だけは怖かった。桜は人を狂わせると信じていた。

あるとき山賊は、美しい女を捕らえて八人目の女房にした。女の美しさの虜《とりこ》となった山賊は、彼女の言うことならなんでも聞くようになる。女のためにと都へ移住もしたけれど、やがてその生活にもうんざりしてしまう。そして山賊は、ついに山へ戻ることを決心。しかし山は、恐ろしい桜の季節で……。

息もつかせず読んでしまった。

美しくも恐ろしい話に、この春から桜を見る目が変わってしまいそうだ。

結局、山賊はどうなったのだろう。物語の意味を考えることがやめられない。他のお話も読んでみたいし、カレー百人前事件のことも調べてみなければ。

新作カレーの構想が止めどなく湧いて出るから、書き留めるためのメモ帳を取りに行った。メモ帳にペンを走らせながら、ひとりで笑う。これではまるでカレー屋だ。

玄関に置きっぱなしだったカバンの中で、スマホがぴこぴこ鳴っている。冬子さんからLINEがきたらしい。

『こんばんは、またカレー食べに行ってもいいですか？　このまえも言った面白い話、やっぱり聞いてほしくて』

9

梅も、そろそろ盛りを過ぎようとしている。小さな白い花弁がはらはらと落ち、それに代わって紅いガクが花のように見え始めた頃。

喫茶ソウセキのカウンター席には、冬子さんの姿があった。

「この席で飲むと、いつものココアも五倍美味しく感じられますねぇ」

ご機嫌な冬子さんは、両手でマグカップを握りしめている。

「で、さっきの話の続きですけど。もう、本当に大混乱みたいですよぉ……責任の押し付け合いで冷戦が起きてるとか」

「そうなんですか。どこも大変ですね」

そんな相づちを打ったものの、正直なところ、あまり話を聞いていなかった。冬子さんの友人の大学で、……なんだっけ。言い訳になるけど、私の頭は、目の前にある新作カレーのことでいっぱいだ。

そしてもうひとり、冬子さんの話に付き合わされている人がいた。

葉山さんである。額を手で支える形で、テーブルに両肘をついている。その目は固く閉じられ、ときおり眉間を指で揉《も》んでいた。

「新作カレーができたと言うから来てみれば、なぜこんなことに」

「カレーに関しては、マニアじゃない人の意見も必要だと思ったんですよ」

もちろん本音である。ただし心の底には、「試食も冬子さんのお話も一緒に済ませてしまえば楽だなぁ」という、もうひとつの本音もある。

「騙された……」

葉山さんの徹底的な塩対応に、冬子さんが「え〜」と唇を尖《とが》らせた。

「先生も楽しいでしょ。大昔の本とか大好きじゃないですかぁ」

「ある大学でニセの生物学資料を摑《つか》まされていたという話の、一体何が面白いんだ」

「だって古い紙に書かれた古い文書だし、お好きだと思ったのに」

「生物学には興味がない。ニセモノだろうが、どうでもいい」

葉山さんがストレートに切り捨てた。

たしかに、みさきさんが持ち込んだ「放浪記の原稿」の一件以来、私たちはニセモノだの本物だのといった言葉に対して敏感になっていた。できれば、しばらくの間は聞きたくない。

だけどそんな事情を知らない冬子さんは、不服そうに頰を膨らませた。

……さて、そろそろカレーも美味しくなった頃だろう。私はふたりに声をかけた。

「坂口安吾カレー、ご試食をお願いしますね」

安吾はお正月になるとカレーを作り、友人達にふるまっていた……と、そんな話を見かけた。だけど残念ながら、どんなカレーなのかは調べても出てこなかった。

なので私は、安吾の好んだ料理から探っていくことにした。幸いにも安吾本人が『わが工夫せるオジヤ』というタイトルで、自家製スープストックの作り方を書いていたのだ。

〈雉骨《キジガラ》、雉肉、ジャガイモ、人参、キャベツ、豆類などを入れて、野菜の原形がとけてなくなる程度のスープストックを使用する。三日以上煮る。〉

ちなみに、おじやに入れる具はキャベツとベーコンだけだったようだ。そこに塩とコショウで味をつけていったらしい。

もうひとつのヒントは、同じエッセイの中にあった。安吾の故郷である新潟県の郷土料理・焼魚トーストだ。それを参考に、カレーを組み立てていく。

まずは、新鮮な鮭。大きめに切ってからバターでじゅわじゅわと炒めておく。こんがりめのカリカリ食感を目指して、丁寧に火を通した。

安吾は胃を悪くして以来、固形物を好まなくなったという。でも、やはり固形物がないと食べ応えに欠けるので、しっかり入れさせていただいた。安吾に心で謝ってから、しめじやエリンギなどのきのこ類および根菜も、ざくざく切って火を通す。

きのこにはうま味成分・グアニル酸が大量に含まれている。それを、同じうま味成分のひとつ・グルタミン酸を含む鮭と合わせるのだ。美味しくないわけがない。

こうして炒めた具材を、先ほどのエッセイに出てきたスープストックで煮込む。最後にカレー粉を入れ、追加でスパイスを少々。これだけで完成だ。

つやつやの炊きたてご飯の上をとろりとこぼれ落ちていく、昔ながらの黄色いカレー。雪を見ながらこたつで食べたくなる、見ただけで体が温まるような色合いだ。

「スタンダードな日本のカレーだな」葉山さんがにやりと笑った。冬子さんもまた、

「昭和レトロな感じ。甘そうでいいですね～」と嬉しそうだ。

しかし一礼して口に運んだ途端、冬子さんの丸い目がさらに丸くなっていった。

「え、辛い！」

そう。このカレーは見た目の甘い雰囲気とは裏腹に、辛口スパイシーな仕上がりとなっている。

基本的に、カレーの色はほとんどスパイスに由来する。赤っぽいときはトマトやパプリカパウダー、緑のカレーなら青唐辛子。そして黄色いカレーはターメリックが多い。以前に作った内田百閒《うちだひやっけん》カレーも、仕上げはターメリックだった。

今回の安吾カレーでは、そこに少量の青唐辛子を加えてあった。グリーンカレーでお馴染《なじ》みの青唐辛子なので、もちろん辛い。

——坂口安吾の人生もまた、そう甘いものではない。

新潟県の資産家の家に、十二番目の子として生まれたのが安吾だ。

母から愛されなかったという強い孤独感を抱え、親しい友人や芥川龍之介《あくたがわりゅうのすけ》の死にショックを受けては、たびたび神経衰弱に陥った。今でいう鬱だろうか。

　戦後には人気作家となったものの、薬物を乱用するようになり、さらに盟友・太宰の自死が追い討ちをかける。

そんなとき、安吾ファンには有名な「ライスカレー百人前事件」が起きるのだ。

競輪にはまっていた安吾は、あるレースで不正があったのではないかと疑い始めた。様々な証拠を集めて裁判を起こしたけれど、安吾の望む結果にはならない。

当時の競輪には、ヤクザが絡んでいたらしい。それで安吾は、自分はヤクザに狙われていると信じ込んでしまう。

そうした被害妄想が極まって、ついに安吾は行動に出る。友人の家に居候していたとき、いきなり『ライスカレー百人前持ってこい！』と言い始めたのである。結局、近所の店から二〜三十人前をかき集め、ずらりと並べてみんなで食べたらしい。

私の話に、冬子さんは「破天荒な安吾の、稀《まれ》に見るほのぼのエピソードですよねぇ」と楽しそうに言った。いや、むしろ心配になる話だと思うけど……。

涼しい顔で安吾カレーを食べていた葉山さんが、

「その事件については、色々な説がある」とスプーンを置いた。

「作家・檀一雄《だんかずお》を初めとする安吾の知人友人たちが、このライスカレー百人前事件について書き記していたんだ。それによれば、百人前を頼んだ理由というのは、『自分にはこんなに大勢の仲間がいるぞ』とヤクザに見せつける為だった」

「なるほど。ハッタリで危機を乗り越えようとしたわけですか」

たしかに、そういうことなら納得できる。

その一方で、私は思い出していた。トーチカで清水さんたちと対峙《たいじ》した際、葉山さんもまた、『自分には味方が大勢いる』とハッタリを述べていたことを。

人間というものは、追い詰められると誰でも似たようなことを考えるのだろうか。ちょっと面白い。

でも、と私は考える。

「薬物中毒になっても、鬱であっても、安吾はどうにかしてそれを乗り越えていこうとしましたよね。そこがすごいです」

葉山さんもしんみりと、「自死を選ぶ文豪が多い中、安吾はそれをしなかった。常識や世間に捕らわれず、あくまでも自分というものを貫こうとした。それが安吾の強さであり、人を惹きつける魅力なんだろう」

太宰に向けた追悼エッセイともいえる『不良少年とキリスト』で、安吾は『死ぬまで生きろ』と太宰に説教している。その言葉通り、自身は脳出血で倒れるまで、自らの「生」を生ききった。まさに有言実行というか初志貫徹というか、とにかく強い信念に貫かれた生き様である。

「意外と難しいんだよな、死ぬまで生きるということは」

葉山さんの小さな声が、耳の中でやけに大きく散らばった。

それを受けて、葉山さんの事件を知っている冬子さんが、気まずそうにうつむいた。

葉山さんは一昨年、「生」を諦めようとしたことがある。……そして、私も。

あのとき、炎の中で何を考えていたのか。今はもう思い出せない。

ただひとつ言えるのは、あそこで葉山さんが来てくれなかったら、確実に死んでいたということ。

　葉山さんも私もそれぞれに思うところがあって、ふたり揃って押し黙る。不思議なものだ。私たちはふたりとも生きて、こうしてカウンター越しに向かい合ってカレーを食べている。それが、とてつもない奇跡の積み重ねのように感じられた。そんな静かな空気を、「じゃーん！」という冬子さんの明るい声が粉砕した。

「とっておきの写真があるんですよぉ」

　何かと思えば、先ほどの「友人の大学でニセモノの資料に騙された話」の続きであるらしい。葉山さんが、ハアと文字にできそうなぐらい大きなため息を吐いた。

　冬子さんはどこまでもマイペースに「これなんです〜」とスマホを出してくる。

「学外秘って言ってたけど、そもそもわたしに宛てて送ってきた時点でアウトですからねぇ。もう何も問題ない的な」

「そ、そういうものでしょうか」

　ためらう私に向かって、冬子さんはカウンター越しにぐいぐいとスマホを差し出してくる。本当にこれを見てしまっていいのだろうか。

「今回は遠慮します」と伝える前に、視界にスマホが侵入してしまった。

　画面に映し出されていたのは、変色してボロボロの紙だ。虫の生態を観察・研究したものであるらしく、紙いっぱいに十匹ほどの昆虫が描かれている。小さいトンボのような姿は、カゲロウの仲間だろうか。スケッチのそばに、流麗な筆記体で何かが書き込まれているものの、まったく読めない。

絵の背後には、朱色の罫線がうっすら見えていた。なんだか妙に気になって、画面をズームしてのぞき込む。

「ね、すごいでしょう。ものすごく緻密な絵。そのうえ、ここに描かれてるのぜんぶ実在しない虫だったとか。プロの手によるニセモノって感じ！」

冬子さんは興奮気味に語るけれど、私は画面に釘付けだ。紙の左下隅に、「波久堂謹製」とあるのを見つけたから。

「葉山さんっ」

私は叫び、冬子さんのスマホを葉山さんに差し出した。葉山さんが、びっくりして顔を上げる。「ど、どうし――」

「これ、見てください。この紙って」

けれど話を続けることはできなかった。力いっぱい飛び蹴りしたかのような激しい衝突音とともに、勢いよく店のドアが開けられたからだ。

私は慌ててスマホを冬子さんに返すと、お客さんに笑顔を向けた。

「申し訳ございませんが、まだ準備中で……えっ」

そこに立っていたのは、トーチカで対峙した女性、清水さんだった。

髪は乱れ、肩で大きく息をし、憎しみに顔を歪めている。〝鬼のような〟という形容がぴったりの形相で、清水さんは私を睨んだ。

「よくも邪魔してくれましたね」

10

開いたままのドアから、冷たい風が容赦なく吹き込んでくる。

「え、え、何、ていうか誰？」

うろたえる冬子さんに、答えてあげられるだけの余裕がない。

清水さんは店内に入ると、こちらに向かって数歩詰め寄ってきた。

「やっとあの古狸《ふるだぬき》を追い詰めることができたのに、また最初からやり直し。どれだけバカな真似をしたのか、あなたはわかっているのですか」

「いやぁ、一ミリも解ってへんから、あんなんできたんですって」

清水さんに続いて、ニットキャップ氏が姿を現した。テイクアウトを買いに来ていた、あの男性だ。軽く首を振り、「どないせえっちゅうねん」と天を仰いでいる。

「ここまできて初期化《イニシャライズ》なんて堪忍せえよ」

……なんとなく、わかってきた。

清水さんたちは、猫のサトコちゃんの件で怒っているのだろう。彼らに捕らわれたサトコちゃんは、どこかで捨てられたり処分されることもなく、無事に谷崎さんのもとへ帰ったのだ。それで清水さんたちの企みがひっくり返ってしまった——そういうことに違いない。

　私は清水さんを強く見つめ返す。きちんと反論しなければ。

　それよりも先に、冬子さんが立ち上がる。スマホを手に、キリッとした顔で、

「つ、通報しますよ！」

「できるものなら、してごらんなさい。私たちは何ひとつ罪を犯していませんから、虚偽の通報となりますけれど」

「え……」冬子さんが固まった。そしてもちろん、私も。

「虚偽の通報をした場合、偽計業務妨害で三年以下の懲役、もしくは五十万円以下の罰金刑。その覚悟があなたにあるのですか」

　清水さんが述べ立てるのを聞いて、冬子さんが半泣きでうつむいた。

　その矢先、葉山さんが音もなく立ち上がった。どういうわけか、恐ろしいぐらいに無表情だ。清水さんたちのほうへ振り向きながら、「つまり」と低い声を出す。

「つまりあなた方は、何の罪もない、気高く美しいサトコ氏を力尽くで捕らえて飼い主《パートナー》から引き離しただけでなく、交渉材料として使おうとした。そういうことか」

　明らかに、私の十倍ぐらい怒っている。そういえば葉山さんは愛猫家なのだった。

　清水さんは怯むことなく、「だから何だと言うのですか。たかが猫でしょう」などと言い返す。それは葉山さんの怒りに石油を注ぐ結果となった。

「たかが猫……、たかが？」

葉山さんの声は、地獄の底さえ突き抜けていきそうなほどに重たかった。さすがに清水さんもたじろいでいる。

しかしもうひとり、怯《おび》えている人がいた。冬子さんだ。そろりそろりと厨房までやってきて「ごちそうさまでした……」と囁《ささや》き、裏口から逃げてしまった。

その間も清水さんと葉山さんの対決、もとい口論は続いている。

「猫は猫、それ以上でも以下でもありません。あなたちょっと頭がおかしいのではないですか」

「あなた方は、人として最低なことをした自覚がないのか。愛しき存在と引き離すなど、猫だけでなく飼い主の心をも殺す行為だ」

「残念ですけれど。動物を損壊しても、殺人罪にはなりませんから」

まるで話が嚙み合っていない。業を煮やしたのか、清水さんが叫んだ。

「いい加減にしてください！　私たちがどれほどあの男に煮え湯を飲まされてきたか、どれだけ苦しんできたか、何も知らないくせに」

苦しんで…、ってどういうこと？

「ちょっとすみませんが」私は話に割って入らせていただいた。

「あの男って、谷崎さんのことで合ってますか。古書店のご主人で、いかつい体格の」

「……何を今さら」

「谷崎さんが、どうかされたんですか？」

「えっ」と言って、清水さんが固まった。眉間にシワを寄せ、私のことを凝視する。

「あなた、あの店の上客なのでしょう。あの男とグルなのでは」

「どちらかというと、谷崎さんがこのお店のお得意様ですかね……」

混雑時は食べ終わった後に長居せず、サラダやデザートやドリンクをどんどん注文し、定期的に来てくれる。まさしく理想のお客さんでしかない。

私の返答に、清水さんは「はぁ？」と繰り返す。その斜め後ろで、ニットキャップ氏が「やっぱりこの人ら、何も知らへんっぽくないですか」と困惑していた。

チラリと葉山さんを見やると、葉山さんは腕組みをして、彼らの言葉を待っているようだった。

清水さんは、やがて決意したように深呼吸する。

「谷崎《あいつ》はね。あいつは――ニセモノを売りさばく、最低最悪の詐欺師ですよ」

「さ……、……」

まさかの話に私も葉山さんも言葉を失ってしまう。

詐欺師。嘘偽りでひとを騙して金品などを巻き上げる存在。

何がどうなっているの？　考える間もなく、ドアベルがカランと鳴った。

「こんにちは、店長さん」

やってきたのは、谷崎さんだった。真っ赤な動物用のキャリーバッグを胸に抱え、にこやかに片手を上げてくる。

「先日はどうもありがとうね。おかげさまで、サトコちゃんもこの通り——おや」

異様な雰囲気を察してか、谷崎さんは店内をぐるりと見回した。

「お礼しなきゃと思って寄ってみたんだけど……もしかして僕のこと噂《うわさ》してた？」

キャリーバッグの中で、黒猫が退屈そうにあくびをしていた。

第4話
白銀号と、黒いカレーで祝宴を

1

「谷崎……、祖父から騙し取った二百万、返しなさい」

清水さんは、怒りに燃える瞳で谷崎さんを睨みつける。

けれど谷崎さんは「えっ、僕？」と驚いた様子で自分自身を指さした。

「ちょっと待ってくれよ。突然なんなんだ」

本心から困惑しているのか、谷崎さんは眉を下げ、それでも微笑みを絶やさない。

「そもそも、君たちは誰だい。騙したって何のことさ。そんな怖い顔しないで——」

「とぼけないで」ぴしゃりと清水さんがはね除《の》けた。

「私の祖父に売りこんだ『芥川龍之介の書き損じ』、忘れたなどとは言わせません」

「んん、芥川？」

首を傾げた谷崎さんは、次の瞬間、「あれのことか」とうなずいた。

「そうか、あれはニセモノだったらしいね。ごめんね。あの時にも説明したけど、僕は本物だと信じてたんだよ」

「この期に及んで、まだ認めないつもりですか」

清水さんの握った拳が、ぶるぶる震えていた。その隣で、ニットキャップ氏もまた、チッと舌打ちして谷崎さんから目を逸らす。

「うちに売りつけた『構想メモ』も、そうやってしらばっくれたよなぁ」

目の前で繰り広げられる応酬に、頭がついていかなかった。いや、ついていくのを拒んでいた。理解してしまうのが恐ろしいとさえ感じていた。

葉山さんはというと、難しい顔で静観している。彼らの会話に、全神経を集中させているように見えた。

トーチカのふたりから憎しみの言葉を散々浴びせられてなお、谷崎さんは、「だって知らなかったんだよ。ごめんね」などとのんびり謝るだけだった。

そのうち、ふいに私と目が合った。「お騒がせして申し訳ないね」

顔の前で片手を立て、申し訳なさそうに小さく会釈したのちに、

「サトコちゃんがお腹空《す》かせてるから、そろそろ帰るよ」と、にこやかに言った。

「待ちなさいっ」「また逃げる気かいな、クソジジイ」と清水さんたちが非難するけれど、谷崎さんはどこ吹く風だ。いつも通り朗らかに「じゃあ、またね」と店を出ていこうとした——瞬間。なぜかぴたりと動きを止めた。

その薄茶色い瞳が見つめるものは、先ほどみんなで試食したカレーの皿だった。

「僕にはね、ずっと探してる味があるんだ。もう四十年近くになるかな」

それは、誰かに向けられた言葉ではなかったのかもしれない。私は口の中がカラカラに乾いていくのを自覚しつつ、どうにか一言だけ返す。

「味、というと、何かのお料理ですか」

「そう」と谷崎さんは大きくうなずいて、

「日本中のありとあらゆる店を食べ歩いても、あの味には出会えなくてね。ずっと悲しい気持ちを抱えたままなんだ。店長さんならわかってくれるかな。この気持ち」

この話は何？　どこに転がっていくのだろう。全身を緊張させたままで聞いていると、谷崎さんは「だからさ」と言って、トーチカのふたりへと視線を戻した。

「もしもあの料理を君たちが用意できたなら、話とやらにいくらでも付き合うよ」

しん、と店が静まりかえる。皆が谷崎さんの真意を測りかねていた。

「そ、それは、どんな料理……」

かすれた声で清水さんが問えば、谷崎さんはニカッと笑って、

「なに、ただのカレーだよ。黒いんだけどね」

〝黒い〟カレー？

面白いな、と葉山さんの呟きが聞こえた気がする。

「簡単なもんだろ。君たちカレー屋さんやってるぐらいだしさ」

その言葉で、私たちは再び緊張した。これは私に向けられた言葉じゃない。清水さんたちへの煽りである。つまり谷崎さんは、清水さんたちがどこで何をしていたのか、すべて把握しているということだ。

「な……、……」

清水さんもニットキャップ氏も、言葉が出ない。その隙に谷崎さんは、

「見つかったら教えてね。楽しみに待ってるからさ」と挑発めいたセリフを残し、サトコちゃんを抱えて去っていく。

残された私たちは、しばらくの間、呆然と立ち尽くしていた。この場の全員が、突然ふっかけられた難題に戸惑っていたのだ。

「黒いカレーって、なんやそれ」

ニットキャップ氏の呟きが、力なく床に落ちていった。

2

冬来たりなば春遠からじ、という詩がある。読んで字の如《ごと》く、「辛いことがあったら、もうすぐ良いことがやってくる」との意味らしい。

大辛シムロ関連の嫌がらせも収まり、今度こそ平穏な日々が戻ってくると信じていたのに、もはや〝冬来たりなば吹雪《ふぶき》遠からじ〟である。この先も、さらに辛くてしんどい日々が待ち受けているような予感しかない。

そんな嵐の前触れを真っ向から受け止めつつ、私と葉山さんはトーチカへ向かっていた。谷崎さんとの一件の後、清水さんから『話がある』と呼び出されたのだ。

足をひきずるようにして歩きつつ、

「でも、何の話でしょうか。カレーを転売していたことへの謝罪だったりとか？」

そう私が問えば、

「謝罪のために呼び出すというのは、あり得ない。間違いなく別件だろう。それも、ありえない」と、葉山さんは嫌なことばかり返してくる。

正直言って、行きたくないにもほどがあった。しかし残念ながら、すぐそこにトーチカがある。目の前にそびえる灰色のビルで、清水さんたちが待っている。

「看板、なくなったな」

その言葉で初めて気がついた。たしかに例の看板が見当たらない。ネットでは「休業」となっているらしいけど、本当に転売をやめたのだろうか。そんなことを話しながら階段を上り、通路を進む。

深呼吸をひとつ、ノックをふたつ。すぐに「開いています」と返事があった。

ドアを開けると、室内はずいぶんさっぱりとしていた。使い捨て容器やトッピング素材など、カレー転売に関するものが消え失せているようだ。ただし分厚い遮光カーテンやパソコンはそのままだ。そのせいで、まだ昼間だというのに薄暗い。

テーブルについているのは、清水さんとニットキャップ氏。今日のニットキャップには、狼《おおかみ》みたいな生き物のワッペンがついていた。

「……先日は、おおきに」

ニットキャップ氏が目を合わせないまま、ぼそりと言う。

「自分は大平《おおひら》っていいます。ほんで、こないだネコを捕まえてたのが野島《のじま》。今日は仕事で留守やけど」

唐突な自己紹介に、私も慌てて頭を下げた。

「あ、ええと、初めまして。私は――」

「オガワチハルさん。いま二十八歳、カレシ無し、一人暮らし」

「えっ」

名前はともかく、どうして年齢まで知っているんだろう。ニットキャップ氏改め大平さんは、壁のほうを見ながらぼそぼそと話を続けた。

「住まいは上板橋《かみいたばし》にある二階建てアパートの角部屋。最寄りのコンビニはローソン。去年の十一月十日、閉店間際のヨーカドーできのことたけのこのどっちを買うかで悩んどったね」

「え、え」

「したら近くでおばちゃんが倒れてしもて、青い顔で店員を呼びに行ってた。結局きのこもたけのこも買い忘れて、そのまんま帰った」

どうしてそんな……今まで忘れていたようなことまで知っているんだろう。

気味が悪くて、握った手の中がじわりと汗ばむ。

「それから、そっちは」と、大平さんは顎で葉山さんを指し示した。

「イケメン小説家として有名な葉山トモキさん。カレー屋があるビルの四階で、ごつい白猫と暮らしてる。ちょうど四週間前、近くの出版社まで歩いて行ってはりましたよね。三時間出て来んかったのは、次作の打ち合わせでもしてはったんですかね」

「尾行したということか」

不快感を露わにする葉山さんだけど、応答したのは清水さんだった。

「あなたたちは古書亡羊《あのみせ》に何度も出入りしていましたから、調査対象となって当然です。なぜなら」

清水さんの冷たい目が、私に向けられていた。

「詐欺師の仲間かもしれませんからね」

「ちょっと待って下さい。この前もおっしゃってましたけど、谷崎さんが詐欺師ってどういうことですか」

すると、清水さんはこれ見よがしにため息を吐いてみせた。

「私たちの話を聞いていなかったのですか。そして私たちは、文学に関連したあらゆる贋作を売りさばいているのです。谷崎は、身内が谷崎の被害に遭っているわけですけど……言っていること、わかります？」

「古書亡羊、評判ですなぁ。欲しいものがよう見つかるお店として」

そう呟いて、大平さんは皮肉っぽく唇の端を歪めた。

どうしても納得できない。したくない。

けれど、もしこの話がすべてウソだったとして、そんなウソをつくメリットは何だろう。それに先日、喫茶ソウセキで谷崎さんと対峙した際、彼らは本心から怒っているようだった。あの姿は、多分ウソじゃない。

もう認めなければいけなかった。衝撃と、それを遥《はる》かに超える哀しみが、心をぐちゃぐちゃにかき乱していく。一方で葉山さんはというと、ショックなのかもしれないけれど、少なくとも顔に出てはいない。冷静に、事実をざっくりまとめてくれる。

「つまりあなたがたは被害者であり、ここを拠点としているのも谷崎氏を見張るためだった、と」

葉山さんの言葉に、大平さんが「まあ、そやね」とふてくされたように返事をする。

「すぐそこに、古書亡羊の裏口に繋がる路地が見えとるやろ。あそこから出入りする客を〝裏口の客〟って呼んで、最初はそいつらだけ見張ってたんや」

「人通りが少なく、看板も何も出ていない通用口からコソコソ出入りする客など、いかにも怪しい。そういう理屈か」

そんなふうに問いかけた葉山さんを、大平さんはじろりと睨む。

「谷崎は、贋作を作っとる輩《やから》――贋作師に対して『裏口から入れ』と指示したんと違うか、と考えてな」

〝裏口の客〟は地味な人々ばかりだったという。彼らを監視カメラで撮影し、映像を解析。手分けして素性を調べ上げていったようだ。しかし厳重に梱包された荷物を運び入れるとか、定期的かつ頻繁に出入りするだとか、そういった、いかにも怪しい行為をする者は一人も見つからない。それで、〝裏口の客〟とは贋作を求める客だった

のではないか、と結論付けたという。大平さんはそれに続けて、

「そやけど、ある日いきなり谷崎は裏口を閉めて、すべての客が表から入るようになった。見られてることに気付いたんかもしれへん」


だから仕方なく、清水さんたちは古書亡羊の斜向《はす》かいの建物にも小さな事務所を借りたという。そして、表側から出入りする客の監視を開始した。

そこまで聞いて、葉山さんが口をへの字にした。

「要するに、その二部屋分の賃料を少しでもまかないたくて、カレーの転売を始めたということか。身勝手極まりないな」

「ご迷惑おかけしましたね。ただ法的には問題がないことですし、思うほどには儲かりませんでしたから」

清水さんは、悪いことをしたなんて欠片も思っていない口調で言ってのけた。

「転売については一旦おいておくとしても、谷崎さんが贋作を売っているっていう証拠は摑めたんですか？」と私が問うと、むすっとしたまま大平さんが口を開く。

「客の中には贋作師もまぎれてるやろ。いずれそいつを突き止めるはずやった。そしたら贋作の仕入れルートを摑めるさかいな」

なるほど。贋作師とつるんで、そこからニセモノを仕入れて売っていたとなると、もはや言い逃れはできそうもない。

「しかし、本当に贋作師が存在したとして……」

葉山さんが口を挟むと、すかさず大平さんが「存在したとして、って何や、その言い草は。おるねん、絶対に」と吼《ほ》えたてる。

葉山さんは「失礼」とメガネを直してから、

「谷崎氏とグルの贋作師には、何かの目印なり特徴があるのか？」と再び問いかけた。

途端に清水さんが目をつり上げる。

「そこが谷崎のこざかしいところなのです。宅配伝票を盗み見ても、同じ名前が二度と出てこない。あの男は徹底的に、贋作師との繋がりを隠匿している」

「宅配伝票を盗み見る⁉」

そんなこと、可能なのだろうか。半信半疑の私に、大平さんは半笑いになった。

「あんた何言うてんねん。もしかして昭和の人間か。高性能レンズと解析ソフトがあれば、秒で終わる作業やわ。だいたいなぁ……」

さらに煽ってこようとする大平さんを、清水さんが「やめましょう」と制した。

「とにかく贋作師が尻尾《しっぽ》を見せないので、私たちは見張り続けるしかありませんでした。見張り続ければ、そのうち悪事を暴けると信じていたのです。でも……」

今に至るまで何も摑めていない、ということか。

疲れ切ったような清水さんの表情に、私は何を言うこともできなくなった。

清水さんは苦しそうに顔を歪め、絞り出すように話を続けた。

「谷崎は以前、東北でも店を開いていましたが、そこで祖父が贋作を摑まされてしまったのです。騙されたことが発覚し、好事家としてのプライドを傷つけられた祖父は、重度の鬱に陥りました。祖母もまた、認知症が始まっています」

「おばあさまも……」

「もともと私の両親は、祖父母を高齢者向け住宅に入居させたいと考えていました。けれど経済的に余裕はなく、どうしようかと考えていた最中、祖父母の貯金が贋作の購入代金として遣われていたことが発覚したのです。そのお金があれば、高齢者向け住宅に入れたかもしれないのに――」

聞いているうちに、だんだん胸が痛くなってきた。葉山さんも思うところがあるらしく、黙って目を伏せている。

清水さんが、かすかにため息を吐いた。

「もちろん谷崎は返金を拒否しました。『ニセモノの買い取りはできない』と。今は結局、私の両親が交代で介護をしています。だんだんと祖父母の状況は悪化していますが、どうにもできず……。母も疲労が溜まり、体調を崩しがちで」

「うちのとこも、まあ似たようなもんや。野島んとこもな」

大平さんがうなだれ、力なく呟いた。

「谷崎は顔色ひとつ変えへんで嘘八百を並べてきよる、ほんま騙しの達人や」

それをうけて、清水さんは細い首を小さく振った。

「谷崎と組んでいるのは、かなり手練《てだ》れの贋作師のようです。野島くんのご親族は研究者だったそうですけれど、それでも簡単に騙されてしまったほどの……」

清水さんのご家族は谷崎さんに抗議し、返金を求めたらしい。けれど「ニセモノとは知らなかった」で終わってしまい、警察にも取り合ってもらえない。やむなく清水さんは、ネットで情報を集めた。ほどなくして何人かの被害者が見つかり、皆で被害者の会を結成したとのことだった。

「でもな、それももう自分たち三人しか残ってへん。他は皆、追うのを諦めてしもた」

そういう大平さん自身も、先ほど「限界」と嘆いていた。いつ終わるかわからない追跡を続けるなんて、疲れ果てるのは当然だろう。

「でも、どうして警察が動かないんですか。ニセモノを売るなんて、犯罪なのに」

「贋作売買に関しては、ほとんどの場合で検挙できひんらしいですよ」

椅子に深くもたれて天井を仰ぎ、投げやりに大平さんが答えた。

「たまにブランドバッグのコピー品業者とかが摘発されてるやろ。あれは、業者が『ニセモノやと知っていて』、『大量に売りさばいとった』からで」

「ということは、文豪の原稿みたいな一点ものを売っていて、『それがニセモノだと知らなかった』なんて言われてしまうと……」

「悪意ナシ、イコール犯罪にはならへんという解釈になるんやそうで」

なんという法の抜け穴というか落とし穴……。古書・古美術の世界なんて、それこそ一点ものが多いだろうし、やりたい放題ではないか。

神妙な顔で話を聞いていた葉山さんが、「なるほど」と椅子に座り直した。

「そういえば、谷崎氏から『芥川龍之介の書き損じ』や、『構想メモ』を売りつけられたと言っていたな。氏の悪行を把握するためにも、どのようなニセモノだったのかを知っておきたいところだが」

いかにも正義ぶって深刻な声で話してはいるけれど、その両目がキラキラと輝いていた。この人はただ、文豪のニセモノについて興味津々なだけである。

清水さんたちは顔を見合わせてから押し黙る。不愉快そうに目を細めたり鼻をスンと鳴らしたりした後、大平さんがぽつぽつ語ってくれた。

「清水さんとこは芥川龍之介の書き損じ、野島は国木田《くにきだ》独歩《どっぽ》の未発表詩篇。うちは『太宰治の構想メモ』っちゅう触れ込みの汚い紙片ですよ」

それは太宰が学生時代に、同人誌を作っていた頃のものだという。後で葉山さんが教えてくれたところによると、その頃の同人誌というのは、「小説を趣味とする人々がお金を出し合って、自ら執筆から出版まで行う冊子」であったらしい。

太宰の同人誌「蜃気楼《しんきろう》」は、友人たちと一緒に創り上げたものだ。その執筆者のひとりである、工藤《くどう》さんの妹が持っていたメモ。谷崎さんは、そう説明をしたらしい。

工藤さんの妹という女性は、その構想メモを日記帳に挟んで大事に保管し、嫁ぎ先にも持っていった。落書きやアイデアの断片が書き連ねられた、ちっぽけな紙片を。

そして彼女の没後、孫たちの手で構想メモが発見された。他にもあと二枚のメモがあったという話だけど、残念ながら紛失し、大平さんの身内が買ったのが「唯一残された一枚」である、と。

「太宰治の友達である工藤さんの妹……って、関係としては近くないですね」私が何気なく呟けば、葉山さんも「工藤氏については名前だけなら知っているが、妹の存在は初耳だ」と眉を寄せる。

「そもそも、太宰と共に『蜃気楼』を作った仲間たちのことは、それほど研究されていないんじゃないか。工藤氏に妹がいたのかどうかについても、専門の研究者でもない限り、知り得ようがない」

「そんなもの、一体どうやってニセモノだと気付くことができたんですか」

私が問いかけると、大平さんがまた目を逸らす。

「メモをよう調べてみたら、文章の下にわずかな凸凹があったんや」

どうやらその構想メモは、もとは手帳のような小型のノートに書かれたものらしい。手のひらサイズの長方形をした薄い紙で、片方の端にだけちぎり取った跡が残っていた。他のページに強い筆圧で書かれたものが、その下にあったメモにも筆跡だけ残ってしまっていた、と、そういうことのようだ。

「さらに凸凹を詳しゅう調べていったら、『汝《なんじ》、その美しきかお』って書いてあったんや。それで騙されたことがわかって」

「その文章、何かおかしいんですか？」

純粋な疑問に答えてくれたのは、険しい顔の葉山さんだった。

「『蜃気楼』の頃のメモであるならば、大正時代末期に書かれたことになる。しかしその当時、『かお』、つまり『顔』という言葉は、『かほ』と書き表されたはずなんだ」

「あっ、もしかして旧仮名遣いというやつですか」

戦後を境に、日本では文章のルールが大きく変わった。それが旧仮名遣いと新仮名遣いである。大正時代のメモなのに、戦後のルールが適用されているなんて、さすがにあり得ない。

「じゃあ、本当の本当にニセモノだったんですね」ひどくショックだけど、ようやく納得できた気がする。

「とにかく谷崎は狡猾《こうかつ》なんや。その地域に被害者が増えてくると、店を移して逃げよる。……ニセモノと気付かんまま、谷崎に回収させた人も多いんやろうけど」

「回収？」

「谷崎の手口。たとえばニセの原稿を売りつけた客に、『もし手放したくなったら連絡してほしい。自分の店で買い戻し、文豪ゆかりの団体に譲るから』って伝えよる」

そうすればニセモノは回収できるし、お客さん側からすると『困ったときにすぐ手放して現金化できるなら……』と考えるので、買うほうへと気持ちが動きやすくなる。たとえ相場からかけ離れた高値であっても。

「だがコレクターをするような人間は、基本的に小金持ちだ。生活苦に陥って原稿を手放すようなことも、そうそう起こらないだろう」

首を傾げる葉山さんに、私も同意した。しかし清水さんが淡々と口を開く。

「基本的に、回収の機会とは、購入者が亡くなった時です。故人の集めていた品をどう扱うべきかわからない遺族も多いでしょう。やむをえず古紙回収に出したり、再び古書店に持ち込む方だっているかもしれません。けれどその品物に、谷崎の連絡先および『当店で買い戻す』という一言が付いていたならば、どうですか？」

「それはやっぱり、安心して連絡しちゃいますよね」

――私と葉山さんは、以前にもその〝手口〟を聞いていた。

放浪記の原稿を調べていて、ヨシヤさんのもとを訪れた時のことだ。でも、たしかその時には「そうすれば正当な持ち主の手に返る」みたいな話も聞いていた。ものは言いよう、とはこういうことか。

葉山さんが顎に手をやって、

「それで、結局あなた方は何がしたいんだ。谷崎氏や贋作師をぶち殺してやりたいという感じにも見えないが」

物騒な発言に、ドキッとした。大平さんはムッと唇を引き結び、清水さんが代わりに重い口を開いた。

「谷崎がニセモノだとわかっていて売ったことを証明したい。谷崎とグルの贋作師を捕まえるだけでもいいし、谷崎の自白でも構いません。あとは警察がやってくれるでしょうから。私たちの願いはそれだけです」

場に再びの沈黙が降りてきた。これで話は終わりということだろう。私と葉山さんが会釈し、席を立ったところで、「ほんで」と大平さんが身を乗り出してきた。

「黒いカレー、作ってくれはるんですよね」

「えっ、なんで私が」

「なんでって……、あんたは断れへんのちゃいますか。谷崎を倒すための切り札、めちゃくちゃにしてくれはって」

「い、いえ、だってあの時は」

「お願いします」

濡《ぬ》れた声に驚いて、視線をうつす。これまで鬼のように冷徹だった清水さんが、はらはらと涙をこぼしていた。

「お願いだから、黒いカレーを作ってください。そうしないと、谷崎はまた逃げてしまいます」

「逃げるって、どういうことですか」

「五年前、私たちは京都で谷崎の店を見つけました。大平くんも加わって、皆で谷崎の店に乗り込んだのです。けれどその翌日、店はもぬけの殻となっていました。自分が不利だと悟り、逃亡したのでしょうね。今回、東京で開業したことを突き止めるまで、長い時間が必要でした」

今現在、すでに谷崎さんは、清水さんたちの存在に気付いている。「黒いカレーを見つけられたら話をする」という条件はあるけれど、間違いなくタイムリミットが近い。それに気付いた瞬間、冷や汗が出るようだった。

清水さんの瞳が、まっすぐに私を見つめている。

「私たちにはもう、闘い続ける気力がありません。転職を繰り返しながら谷崎を追い続けたことで、生活も仕事もボロボロです。これが最後のチャンスとなるでしょう。だから、どうか、黒いカレーを作ってください」

トーチカのビルを出て、私たちは言葉もなくぼんやりと歩いていた。

谷崎さんが詐欺師で、贋作師とつるんでいるなんて、悪い冗談のような気がしてならない。でも葉山さんにそう語りかけるのも怖くて、うまく言葉が出てこなかった。

黒い雲が頭の中を埋め尽くし、思考や何もかもを覆い隠してしまう。だんだんと不安が強まって、逃げ出したくなってきた。それをなんとかこらえていると、斜め前を行く葉山さんがぽつりと言った。

「俺は古書亡羊の開店当初、谷崎氏から疑わしいものを勧められたことがある」

「葉山さんも、ですか？」

「その時は、宮沢賢治《みやざわけんじ》の草稿だった。興味はあるが、なにしろ高額だから、何度も店に通って見せてもらったんだ。しかし次第に、あの宮沢賢治がこんな陳腐な文章を書くだろうか、という疑問を感じるようになって……それで買うのを思い留まった」

葉山さんが、立ち止まる。静かに夜空を見上げながら、

「谷崎氏は、もしかしたら俺のことも――」

しばらく話すのをためらうように白い息を吐いていたけれど、やがて
「桜は、いつ咲くんだろうな」

と、そんなことを呟いてから、また歩き出す。私はというと、すぐそこに桜の木があることにさえ気付いていなかった。

3

嫌なことがあっても仕事をしていれば忘れられる、という人がいる。逆に、嫌なことがあったら仕事なんかしていられない、という人もいる。

私は紛れもなく前者である。長年そう思ってきたけど、今回の件に関しては圧倒的に後者なのだった。

なにしろ私の仕事といえば厨房に立つことで、厨房に立てば否応なしに、例の無理難題――「黒いカレー」のことを思い出してしまうのだから。

休憩中に店から逃げたくなるのも当然だ。そんな鉄壁の言い訳で武装して、午後の神保町をふわふわ歩く。

波間を漂うクラゲのようにして、私は人の波に流されていく。このまま進めば、三省堂がある。たまにはインドカレーのレシピ本でも見てみようか。

そんなことを考えていたら、前方の古書店に人だかりができていた。店頭で鉱石フェアをやっているらしい。ちょっと見てみたくなって、近寄ってみる。

紫色のトゲトゲした結晶や、スライスされた輪染みのような鉱石など、皆が思い思いのひとつを手に取って楽しんでいる。

喫茶ソウセキの飾り棚に、鉱石をひとつ置いてみるのも綺麗かも……えっ、あの派手なジャケットは、まさか谷崎さん⁉

谷崎さんは、ゴッゴツした金色の鉱石を手に、スタッフさんと談笑している。

その姿を見た途端、再び〝嫌なこと〟が脳裏にポップアップしてしまった。谷崎さん、詐欺師、ニセモノ、グルの贋作師、手口、黒いカレー、逃げる……暗黒ワードの数々にめまいがしそうだ。ダメだ、ここにいては。さっさと逃げよう。

即座に引き返そうとしたけれど。

「おっ、店長さんだ」

即座に見つかってしまった。

「あっちのほうにさ、首都高あるだろ。アレ通り越して武道館の前を行くと、千鳥ヶ《ちどりが》淵《ふち》って桜の名所があるんだよ。知ってたかい」

——谷崎さんは、本日も全開で朗らかだ。被害者会《トーチカ》との一件などなかったかのように、窓の外を指さして喋り続ける。

「今年も観られたらいいんだがなぁ。千鳥ヶ淵の夜桜はすごく綺麗でさ、綺麗すぎて怖く感じることもあるんだ。『桜の森の満開の下』に出てきた山賊の気持ち、わかっちゃうぐらいにね」

結局のところ、私は谷崎さんとお茶する羽目になっていた。

谷崎さんに誘導されるがまま喫茶店に入り、窓際の席で向かい合って座っている。

大変な気まずさを抱えながら、テーブルに落ちた日だまりを見つめる。谷崎さんと目を合わせる勇気もない。たぶん私の顔には、疑念とか哀しみとか色々なものが溢《あふ》れてしまっている。

そこにウェイターさんがメニューとお水を持ってきてくれた。

「さて、僕は何にしようかな」

手袋とマフラーを外した谷崎さんは、蛍光色のジャケットを脱ぐ。次に、そのポケットに手袋をしまおうとして、「おっと」——何かが床に落下した。

「あ、拾いますよ」

私はサッと手を伸ばす。それは一双の真新しい軍手だった。

「ありがとね」と笑う谷崎さんは、ウェイターさんを呼びつけてウインナーコーヒーを注文する。私も上の空で同じものをお願いした。

谷崎さん、逃げる気だ。あの軍手は、荷造りのために購入したのだろう。心臓がバクバクして、冷や汗が出てきた。

もし本当にそういうことならば、一刻の猶予《ゆうよ》もない。今この瞬間が、おそらく最大にして最後のチャンスなのだった。悩んでいる暇なんか、どこにもない。

「あ、あの、黒いカレーのことなんですけど」

勇気を振り絞って真正面から問いかける。すると谷崎さんは「ん？」と何度かまばたきをした。

「なーんだ。やっぱり店長さんが作らされるのか」

ハハハと笑い、革張りのソファにどっかりと背中を預けた。少なくとも、この場から逃げる気はないようだ。

「黒いカレーって、一体どういうカレーだったんですか」

「そうだねぇ、どこから話そうかな」

谷崎さんは懐かしそうに目を細めると、のんびりとした口調で語り始めた。

「四十年前、まではいかないな。八十年代後半にさ、僕はヨシヤの師匠のもとで働いていたわけだ。住み込みでね。その当時、師匠の家ではお手伝いさんを雇ってたんだが、彼女がよく作ってくれたんだ」

「お手伝いさんの得意料理だったんですね」

私はショルダーバッグに手をやった。メモ帳とペンを取り出して、カレーに関連し

そうな情報をひたすら書き留めていく。谷崎さんは私の様子に「取材みたいだね」と微笑んでから、

「たぶん得意料理ってわけじゃないだろうけどさ。たしか中身は鶏肉、にんにく、タマネギと何かのナッツ、あとピーマンも入ってたな。黒っぽいルウで、不思議な甘味があって」

黒くて甘くてナッツとピーマン……そんなカレー、成立するのだろうか。

「不思議な甘味って、どういうふうな味でしたか。たとえば砂糖と蜂蜜では、けっこう甘さの種類が違うと思うんですけど」

もっと言えば、砂糖なら、原料がサトウキビか甜菜《てんさい》かでだいぶ味が変わる。サトウキビから精製されたものでも、黒か白かで味が変わる。蜂蜜だったら、何の花から採られたものかで味が違う。そういう意味で、味に関わることはなるべく細かく聞いておきたい。

「そういうのじゃなかった気がするな。もっと複雑な甘さだったと思うよ。まあ、当時十五、六のガキの舌なんて当てにならないけどね」

谷崎さんは、そんなふんわりした返事だけで終わらせてしまう。そのうえ、

「せっかくお茶してるんだし、もっと楽しい話しないかい」

「いえ、カレーのお話が楽しいです。ぜひカレーのお話をさせてください」

「さすがプロだねぇ、カレー屋としての意識はこういうところで差が付くんだよ」

「うちは喫茶店なんですよ、一応」ウェイターさんが料理を運ぶ足音にも簡単に負けるぐらいの小声で、そう補足しておいた。

コーヒーカップの中で、生クリームがぐるぐる渦《うず》を巻く。谷崎さんはそこに砂糖をドバッと入れて、さらにぐるぐる混ぜながら、「あーあ、こんなに入れちゃってさ。困るのは僕なのになぁ」と呟いた。左手が、お腹のあたりを押さえている。

「ひょっとして、ご病気ですか」

「ん、ああ、たいしたやつじゃない。十年前に出てきてから、あっちこっちに散らばっちゃっててね。ちょこちょこ手術で取ってはいるんだけどさ」

もしかして、それは……。谷崎さんのことが心配だけど、それ以上突っ込んで聞くのはデリカシーがない。

「その、カレーを作ってくれたお手伝いさんって、どんな方だったんですか？」

「里子《さとこ》って人だけど、あんまり話せることもないな」

古書亡羊の黒猫と、同じ名前……。

「何か、里子さんについてご存知のことは」

「グイグイくるねぇ」

小さく笑って、谷崎さんはカップを置いた。

「そもそも僕みたいなジジイの初恋話《コイバナ》、聞いてどうするんだい」

そんなことを言って茶化すけれど、料理を作った人の属性は、なるべく知っておきたい情報だった。

たとえばふたりの旅行好きな人が、「インドで食べたカレーは美味しかった」と話していたとして。

もしも彼らの旅行先が、それぞれインドの北と南であったなら、「インドのカレー」と言ったときに思い出す料理は大きく違ってくる。

インド北部ならば、ガラムマサラと乳製品をふんだんに用いた濃厚なカレー。南部では、ココナッツミルクや豆類がベースの、スープみたいなカレーになる。

日本で暮らしているとほとんど意識することもないけれど、「その料理を作った人がどこの出身で、どんなものを食べて育ち、どんなコミュニティに属していたか」というのは、本当に大事な情報なのだ。

「お願いします。里子さんについて知ることができれば、黒いカレーの〝正解〟を導き出せる……かもしれないと思います」

途中でちょっと弱気になってしまったけど、私は頭を下げて頼み込む。

谷崎さんは「そうかい?」と困ったように首を傾げた。

「別に面白くもなんともない話だと思うねえ」

そう前置きしてコーヒーを一口すすり、その重い口を開いた。

「里子は、たぶん僕より五、六歳ぐらい年上だったんじゃないかな。ちょっと色黒で、口元にほくろがあって、とにかく笑顔が可愛かったんだ」

里子さんの素性については、知っていることのほうが少ないらしい。

誕生日が六月二十四日だということ。

好きな色は、青。それも抜けるような夏空の青色。

好きな花は、ダリア。実家を思い出して元気が出る、と言っていた。

趣味は読書で、特に小説が好きだった。シャーロック・ホームズを読んでいたのを、谷崎さんはよく覚えているという。

里子さんの出身は「田舎のほう」で「家の周りはぜんぶ畑」らしい。何度聞いても、困ったように眉を下げてはにかむばかりで、それ以上は教えてくれなかった。

だから谷崎さんは想像するしかなかった。

山々に囲まれたのどかな田園地帯、用水路のせせらぎにカエルの合唱が重なるような土地。もしかしたら、人間よりも家畜のほうが多いぐらいの場所かもしれない。だから彼女は世間をあまり知らないのだろう……。

谷崎さんは、里子さんの素朴な人柄にますます惹かれていった。彼女は憧れの存在であり、初恋の人でもあった。

しかし、ある早春の日——そう、ちょうど今日みたいな薄曇りの朝。

いつもいるはずの台所に、彼女の姿がない。今日はふたりで銀行へ行ったり、品物をさばいたり、帳簿を付けるはずだったのに。

廊下では、ヨシヤさんが誰かと電話をしていた。怒るような嘆くような、変な口調だった。電話を切ってから、『しばらく忙しくなるぞ、覚悟しろ』とだけ言う。谷崎さんが『里子さんはどうしたのか』と尋ねても、『そんなもんこっちが知りてえよ！』と機嫌が悪くなるばかり。

どうやら、里子さんは突然いなくなってしまったらしい。

それを谷崎さんが知ったのは、翌日のこと。夕飯の支度をしながら、ヨシヤさんの奥様がこっそり教えてくれたという。

彼女に何が起きたのか、今でも解らないままだ。

だけどひとつだけ、手がかりのようなものはあった。

「僕はさ、聞いたことがあるんだ。『ここを辞めたらどこへ行くんだ』ってね」

すると里子さんは微笑み、こう答えたらしい。『いつかは弟妹たちを呼び寄せて、小さな料理店を開きたいです。大勢の人たちに故郷の味を知ってほしい』

しかし、そこに続けて『でも今はまだ、できません。のまだに戻るしかない』

やがて成人した谷崎さんは、その言葉を頼りに里子さんを捜すことにした。

まだインターネットもほとんど普及していない時代だから、電話帳と地図帳を駆使して「のまだ」という地名を探した。そして四国に「野間田」という場所があることを知り、実際にそこを訪れた。だけど里子さんを見つけることはおろか、彼女を知る人さえ存在しなかった。

「そんな……、どうしてですか」こぼれた疑問に、谷崎さんは「さあ、ねえ」と寂しそうに笑うだけだ。

「野間田って地名は一箇所しか見つからなかったけど、なぜか彼女の欠片さえ見つけることはできなかった。でも、決してウソをつくような女性じゃないし、僕の聞き間違いだったのかもしれないね」

それきり、私と谷崎さんはお互いに言葉をなくしてしまう。

ギイと音を立てて、喫茶店の古びたドアが開閉した。

誰かが入ってきて、誰かが出ていく。いらっしゃいませと呼びかける声。厨房から聞こえるのは、金属やガラスがカチャカチャ擦れる音。誰かが卵サンドでも頼んだのか、卵の焼ける良い匂いが流れてくる。奥の席から、ゆらゆらとタバコの煙が立ち上っては、天井のシーリングファンに吸い取られていく……。

「ごめんな、カレーの話に戻ろうか」

ふうと息を吐き、谷崎さんは話を続けた。

「あれはたしか、里子が働き始めて何ヶ月か経った頃かな。当時の師匠の家では和食ばっかりでさ、ヤングな僕としてはカレーやオムライスが食べたくてたまらなくなってた。それで思い切って、『カレーが食べたい』と里子に言ってみたんだ」

しかし、そのとき彼女は『わかりません』と答えた。

カレーが解らないなんて、あるわけがない。そう思った。けれど同時に、彼女の故郷では洋食が普及していないのかもしれない……と、そんなふうにも考えたようだ。

だから谷崎さんは、彼女とともに買い物に出た際、洋食店を探した。店のディスプレイに飾ってある食品サンプルを指さして、『あれがカレー』と教えたのだ。『肉や野菜が入ってて、スパイスも入ってて、カレー粉を入れて作る』と、そんなことを話した覚えがあるらしい。

すると彼女は顔を輝かせて『それなら知っています、家でもよく作りました』。

しかしその晩、食卓に並んだのは、やけに黒っぽくて甘いカレーだった。

「そのカレーに、鶏肉やピーマンやナッツが入っていたんですか」

念のために確認すると、谷崎さんは「その通り」とうなずいてくれた。

「何度カレーを作ってもらっても、必ずそれが出てきたよ。最初は変な顔してた師匠もさ、だんだん慣れてきちゃったらしくて、みんなで『こういうのも美味しいね』って食べてたんだ。懐かしいねぇ、あれからもう三十年以上経つのか」

谷崎さんはカップを手に取ると、どろりとした残りを一気に飲み干した。

「彼女を捜して……彼女の味を探して、三十年近くも全国のカレーを食べて回ったよ。でも、ニアミスどころかそれっぽいものさえ出会えなかった。一流の料理人にお金を積んでも、あの味は再現してもらえなくてね」

呟く谷崎さんの両目は、まっすぐに私の目を射貫いていた。

「だからね、無理だよ。店長さんにもできっこないんだ」

好きな人を捜して、繰り返す旅。見つからない旅。そんなことを三十年近く、私が生まれるよりも前から続けているなんて――。

何度もダメな結果が続いた時、ひとは心に予防線を張りがちだ。

〝どうせ今回もハズレに決まってる〟と。

そうやってショックを和らげようとする。

若々しく見える谷崎さんの、額や目尻にしっかり刻まれたシワや、ごましお頭の白髪からも、そういう諦めや哀しみの積み重ねを感じてしまう。

でも、それとこれとは話が別だ。

「できっこない」？

そんなことは、ない。

やる前から決めつけないでほしい。何しろ私は、カレー大魔王の無茶ぶりを何度も乗り越えてきたのである。

黒いカレー、作ってみよう。里子さんの味とやら、再現してみようではないか。胸の奥に、小さな熱い炎が灯《とも》るようだった。

私は谷崎さんを真正面から見据え、軽く微笑んでみせた。

「やってみますね。ちょっと時間がかかるかもしれませんけど、待っていてください」

谷崎さんは、私の真意を推し量るように、真面目な顔で黙りこむ。それから「ありがとうね、楽しみにしてるよ」と言って、再びメニューを開いた。

「今日はここでキーマカレー食べちゃおうかな。大嫌いなレーズンがのってるけど、まあ皿の端に除けちゃえばいいね。店長さんも一緒にどう？」などと、すっかり笑顔に戻って聞いてくる。私はそれをさらりとかわした。

「いえ、店に帰ってやることがありますので」

自分のお会計を済ませて、外に出る。

谷崎さんは、窓の向こうでニコニコと手を振ってくれていた。それに小さく会釈して歩き出す。

もはや頭の中は黒いカレーのことでいっぱいだ。先ほどのメモを取り出すと、喫茶ソウセキの方向に歩きながら、色々と思いを巡らせる。

それにしても、不思議なカレーだ。

ナッツの入ったカレーはもちろん存在するし、とても美味しい。ピーマンが入ったカレーもある。でも、その二つが同居するカレーって、果たして成立するのだろうか。

そのうえ、黒いカレーは「甘い」のだという。

こうなると、里子さんのオリジナルレシピである可能性が高いような気がするけど……そうだとすれば、恐らく私では太刀打《たちう》ちできない。

でも。それでもなんとか作ってみたい。そう思う。

プロとしての意地と、未知なる味への興味。それが燃料となって、内なる炎がガンガン燃えていた。

このカレーの最大の特徴は、やはり「黒っぽい」ことだろう。

ルウを黒くできるような食材を、頭の中でリストアップしていく。

まず思いつくのは黒豆に黒酢。それから黒ごま、黒糖。ひじきや海藻だとあまり黒くならないと思うけど、一応入れておこう。あ、そういえば竹炭というのもあった。文字通りの炭だから、真っ黒にはなるだろう。食感や味はおいておくとして。これらを一通り検討してみなければ。

ぽつ、と鼻に冷たい雫《しずく》。気付けば辺り一面の空が灰色に覆われている。

通り雨だ。

私は急いで近くのコンビニまで走った。軒下に避難したものの、そう冷たい雨ではない。いつの間にやら春が来ていたらしい。桜の開花も近いのだろうか。

次第に雨は勢いを増していく。

空を見上げながら、ずっと考えていた。

食材がわかっただけでは、正解に辿りつけない。必要なのは、「黒いカレーを作ったひと」、すなわち里子さんの情報だ。谷崎さんでさえよく知らないのだから、これ以上は何も出てこないかもしれないけれど。

私は上着のポケットからスマホを取り出した。店まで戻って電話をかける時間が惜しい。ここで相談して、ここで決めてしまいたかった。

十回目のコール音で、ようやく相手が受話してくれた。

「……もしもし」寝ていないのか、あるいは今まさに私によって叩き起こされたのか、だいぶぼやけたような声。

「葉山さん、おはようございます」

「いや、まだ十六時――」

「ちょっと相談があるんですけど！」

雨が降り止む気配はなかった。

けれど、ずっとここで待ち続けるつもりは、なかった。

4

三月に入ってすぐの定休日。私は葉山さんと、中目黒駅に降り立っていた。昔ながらの商店街が賑わう一方で再開発も著しく、駅前には高層ビルがどんとそびえ立っている。

綺麗に整備された街並みを少し進めば、すぐに目黒銀座《めぐろぎんざ》商店街へと突入だ。左右に建ち並ぶ個人商店を眺めながら歩き、私たちはスマホの指示に従って角を曲がる。ほどなくして、くすんだ灰色の店舗兼住居に辿り着いた。まるで地面から直接生えているかのような、どっしりとした存在感。ひび割れを覆い隠すようにしてツタの這う壁、軒先には様々な大きさの植木鉢……ただし中身はほとんど枯れている。

かつて店の入り口であったはずの場所には、サビまみれのシャッターが下りていた。

私たちはゆっくりと看板を見上げる。そこには、堂々と力強い筆跡で『古書・古美術　よし屋』の文字。間違いなく、この家だ。なんとなく感動してしまう。

「本当にあったんですね……！」

「何か有益な話が聞ければいいんだが」

葉山さんが、コートのボタンを外しながら言った。

私たちは黒いカレーの手がかりを求めて……正確に言うと、黒いカレーを作ったという里子さんの情報を求めて、ヨシヤさんの話を聞きにきた。

だけど、ここを探し出すまでが大変だった。

まず谷崎さんに聞いてみたけど、はぐらかすばかりで教えてくれない。藁《わら》にもすがる思いで、去年ヨシヤさんとお会いした施設に連絡を取った。『そちらに入所されているヨシヤさんとお話がしたい』と。けれど施設のスタッフさんは困惑し、そういう入居者はいない、と答えた。ヨシヤさんは消えてしまったのだ。

青くなる私を前に、葉山さんが『ヨシヤというのは苗字ではなく、もしかしたら屋号ではないか』と気付いてくれた。

そして、ふたりで手分けして――時には宮城さんも協力してくれて、都内の古書店および古美術店を調べ上げた。調べて調べて吐き気を覚え始めた頃、ようやくひとつの候補を発見。

およびネット上のマップでは「五年前に閉業」と書かれているけれど、目黒区に《古書・古美術　よし屋》という店を確認できたのだ。

「明らかに人の住んでいる形跡がある。二階が住居だな」

葉山さんが建物を見上げてそう言った。

私もまた、店の左手に、こじんまりした玄関を見つけた。錆《さ》びた傘立てに、錆びたコウモリ傘が数本。それから明るい花柄の傘も一本。インターフォンの横には、「金《かな》井《い》」と表札がついている。ヨシヤさんの本当のお名前は、金井さんだったのか。

「谷崎氏が隠そうとした人物だからな。何かしらの重要な情報を握っているはずだ」

そう。たしかに谷崎さんは、私たちをヨシヤさんに近づけさせないようにしていた。まるでヨシヤさんが施設に入居しているかのように話して、ここに住んでいることを教えてくれなかったり、施設でも、私たちとヨシヤさんを直接会話させないようにしていた気がする。頑なに「ヨシヤの師匠」と呼び続けたのも、決してヨシヤさんの本名を知られないようにとの思惑があったのかもしれない。

「ここからは、出たとこ勝負になりそうだ。うまく聞き出せればいいが」

葉山さんがそういうことばかり言うので、私は緊張で身体が強張る一方だった。

どうか黒いカレーの正体に、少しでも近づけますように。

私は、祈る気持ちでインターフォンをそうっと押した。

インターフォン越しに名乗ると、五十代半ばぐらいの女性が出てきてくれた。金井さんの娘だというその女性――枝実子《えみこ》さんは、「ごめんなさいね。いまお店を片付けてたところで……だいぶ埃っぽいと思いますよ」などと恐縮しながら、私たちを中へと案内してくれる。

ミシミシと鳴る廊下を通り、いわゆる裏側から店舗部分に入った。

お店の広さはよくわからない。どちらを向いてもモノで溢れているからだ。乱立する棚と、その隙間を埋めるように積まれた古書や木箱の塔。お店の奥行きさえ予測できないほどの、圧倒的な量だった。

椅子に座って待っていると、枝実子さんにつれられてヨシヤさん、もとい金井さんが姿を現した。ゆっくりゆっくり歩を進める。

金井さんの手を引く枝実子さんは、

「父は週三でデイケアに通っているんですよ。この頃ちょっとね、心が遠くに行ったり来たりで。でも仕事の話になるとしゃっきりするから、何かお役に立てるお話ができるかもしれません」

それからパッと明るい顔で私たちのほうを見て、

「そうだ、誠《まこと》ちゃんは今どうしているんですか。お店はまだ仙台のほう？」

誠ちゃんとは、恐らくというか確実に谷崎さんのことだろう。しかし仙台とは。谷崎さんは今までにどれだけ引越しを繰り返してきたというのか。

枝実子さんの質問に、どう答えるのが正解なのかわからない。しどろもどろになって、

「た、谷崎さんは今、東京に戻ってらっしゃいますよ。お仕事に手一杯のようで、なかなか連絡も取れないですけど」とごまかしてみる。

すると枝実子さんは顔をほころばせて、

「そうだったんですか。なら、父に会いに来てくれたらいいのに。でも作家さんも大変ですね、わざわざこんなところまで」

「いえ、こちらこそ、急に押しかけてしまってすみません」

そんな会話をしながら、内心で冷や汗をだらだら流していた。

――先日、このお店を見つけてすぐに、私たちは電話をかけていた。

『昭和から平成初期における古書・古美術業界の動向について取材をさせてほしい』とお願いをするためだ。より具体的には『谷崎さんや里子さんが働いていた頃のお話』になる。「谷崎さんが詐欺を働いている可能性があり、その犯罪を暴くために、カレーのことを聞かせてほしい」……なんて言えるわけもなかった。

幸いにも枝実子さんが電話に出てくれて、すぐに訪問のアポイントが取れた。

枝実子さんには家庭があるけれど、子どもも独立し、今は働いてはいないとのこと。

金井さんの生活を補助するため、そして閉店したよし屋の後始末もあって、週に何度かここに通っているらしかった。

枝実子さんに対しては、谷崎さんからここを紹介されたと話してある。葉山さんが小説家だと名乗ってくれたおかげで、話がだいぶスムーズに進んだ。ちなみに私はアシスタントを自称している。

枝実子さんに支えられ、古びた籐《とう》の椅子に腰かける金井さん。その枯れ木のような細い身体は、以前よりもさらに小さく見えてしまう。

枝実子さんが、ゆっくり大きな声で語りかける。

「ね、お父さん。この方たちね、誠ちゃんがいた頃の話を聞きたいんだって」

「……マコト」

金井さんの相貌は小刻みに動き、誰かを探しているように見えた。

「ごめんなさいね。いつもはもう少し話ができるんだけど」

枝実子さんは困ったように微笑んでから、

「私の知っていることでよければ、父の代わりにお話しできますよ。何をお話ししましょうか」

「まずは谷崎氏の出自からお願いできますか」

葉山さんの言葉に、枝実子さんは戸惑ったようだった。

「え、誠ちゃんの……。それは私が話していいものかしら」

「ご本人からも、ざっくりとしたお話は伺っています。しかし『自分の背中を、自分で語ることはできない』ともおっしゃっていました。たしかに第三者の視点からお話しいただければ、それは非常に有用な情報となるでしょう」

葉山さんは澄ました顔で、さらりとウソを述べ立てる。

説得力あふれる語り口調に、枝実子さんも納得したようだった。

「そうね、誠ちゃんの言うとおりかもしれません」

「ありがとうございます。これで時代背景を深く理解することができそうです」

微笑んで、葉山さんが手帳とペンを取り出した。

谷崎誠さんのご実家は、鎌倉・材木座《ざいもくざ》近くにある文房具店だったらしい。明治時代から続く老舗だが、借金が膨らんで、バブル突入の直前に閉業。そのとき谷崎さんは中学生で、卒業と同時によし屋の住み込み従業員となった。

その一方で、谷崎さんが小学生の頃、つまり一九七〇年代後半からよし屋の業績は右肩上がり。前年度の売り上げを半年で超えていくようなことが常だった。

店はものすごく忙しく、従業員を増やしてもまるで足りず、猫の手も借りたいほどだったという。学校から帰ってきた枝実子さんもまた、兄たちとともに、品物の整理や帳簿付け、時には目利きまで手伝っていたらしい。

ほんわかした笑顔で語りながら、枝実子さんは懐かしそうに目を細める。

「母もお店の仕事で手一杯になったので、一時期お手伝いさんを雇っていたんです」

ついに出てきた。里子さんだ。葉山さんも気がはやるのか、

「そのお手伝いさんは、どういう方だったのでしょうか」と身を乗り出すような勢いで質問している。

「実は私、あんまり詳しくなくて。彼女——里子さんというんだけど、あまり顔を合わせなかったんですよ。里子さんが来て少しした頃、私は寮のある学校に入ってしまったから」

そうなると、枝実子さんからこれ以上の詳しいお話が聞けそうもない。

次の一手を探していると、不意に葉山さんが「ふすま古文書」と呟いた。

葉山さんは金井さんの目を真っ向から見据え、

「谷崎氏から伺っています。あなたは、ふすま古文書のプロだと。日本一、いや世界で一番、ふすま古文書を扱うことに長《た》けていたと」

瞬間、金井さんの表情に力がみなぎってくるようだった。落ちくぼんでいた頬にも赤みが差し、目に光が宿っている。

「……おう、なんだよ。今度ぁどっから出た。四枚、それとも八枚か。とっととウチに持ってきな」

急にハキハキと話し始める金井さんの姿に、枝実子さんも「あら！」と目を丸くする。葉山さんはあくまで慎重に、こう続けた。

「ふすま古文書を大量に扱っていた頃、里子というお手伝いの女性がいませんでしたか。ふすま古文書のプロであるあなたに、彼女のことをお伺いしたいのです」

すかさず金井さんが「おう」とうなずいて、

「ありゃあな、長谷《はせ》里子ってんだ。二十歳《はたち》そこそこの若ぇ嬢ちゃんでな」――そして、時おり昨日と今日を行きつ戻りつしながら、里子さんのことを語ってくれた。

金井さんが多忙を極めていた時、馴染みの中古車商がその話を持ってきた。

『東京に出てきたばかりの、住み込みで働きたいって子がいるんだけど、どうよ』

金井さんは、一も二もなく飛びついた。バブル期の東京では、どこもかしこも人手不足で、求人を出してもなかなか応募が来なかったからだ。

出自も聞かずに雇った里子さんは、どこの地方の方言なのか、耳慣れないイントネーションで喋るので、金井さんは少し戸惑った。猫のようにころんとした瞳や、大きめに身振り手振りをすることも重なって、聞いていた年齢よりも若く見えた。

しかし大変な働き者で、家事だけでなく店の仕事も進んで手伝ってくれたという。

もちろん里子さんは、帳簿付けなどは初めてだった。だけど「売掛金《うりかけきん》」や「償却《しょうきゃく》」などの会計用語についても、意味を教えてやれば理解は早く、すぐ仕事をこなせるようになった。

里子さんは勉強家で、空いた時間があれば熱心に語学を勉強していた。

いつだったか、『なぜそんなに勉強するんだ』と彼女に尋ねたことがある。金井さん自身が進学を嫌って上京し、店を興したという経歴を持っていたからだ。

里子さんはハッとしたように黙りこみ、少ししてからぽつぽつと『いつか外国に行って、ピカソやガウディ、ベラスケスを見てみたいのです』と答えた。

古美術商を営む金井さんだから、言葉の意味はすぐにわかった。どれも偉大な画家や建築家の名前だ。なるほど、彼女は美術に興味があったのか。だからよし屋で雇うと決めたとき、里子さんは涙目で感謝してきたのだ。

納得する金井さんに、里子さんは続けてこんなことを言った。

『だけど今は、弟たちの学費を出してあげたい。そのために、もっと色々なことを学んで、どこでも働ける人になりたいです』

どうやら彼女には幼い弟妹がいて、給料のほとんどを故郷で待つ家族のもとへ仕送りしているようだった。

「里子の爪のアカでも煎じて、枝実子にも飲ましてやりてぇな。まったくよ、おめぇはいつまでも親のすね齧《かじ》りやがって……」

枝実子さんが「あら、心外。それはむしろお兄ちゃんたちのほうでしょう」と笑って、廊下へ出ていく。その後ろ姿を見送って、金井さんはしみじみと話す。

「ああ、懐かしいったらねぇよ。里子は本当にいい子だったんだ」

真面目な里子さんの姿に、金井さんは心を打たれたらしい。

売り物の本もどんどん読ませたし、無償で譲ったこともある。里子さんが大きな瞳に涙を溜めて喜ぶ様は、今でも鮮明に思い出すことができる。

けれど雇って一年も経たないうちに、里子さんは突然いなくなってしまった。

あの日——普段から誰よりも早く起きて家事をしているはずの彼女だったけど、金井さんが起床すると、里子さんの気配はどこにもない。寝起きしていた部屋はもぬけの殻で、金井さんが譲った何冊かの本だけが、押し入れの隅にぽつんと残されていた。

「そういやぁ」と、金井さんが呟いた。

「里子がいなくなっちまう前の日によ、近くの店に強盗が入りやがったんだ」

「ご、強盗ですか。それは怖かったですね」

私が素直に感想を述べると、金井さんは首を振って、

「ウチにはデケぇ番犬がいたもんで、別にどうってこたぁなかったけどよ。里子はえらく怖がってたな」

「それはそうですよ。だって強盗だなんて」

「いや。警察のほうよ」

「えっ？」

困惑する私にかまわず、金井さんはひとりうなずきながら話を進める。

「警察が調べにきてよ、近所に聞き込みしたりすんだろ。あれを見て、里子はやたらめったら怯えてやがった。『あの人たちは何をしているのですか』ってな」

思わず葉山さんと顔を見合わせる。

「どういうことでしょうか……」

「どういうことも何も、最悪の可能性しか考えられないだろう」

ですよね。しかしそんなことは口に出せないので、私たちは黙っておいた。

そこに枝実子さんが戻ってきて、「これ」と数冊の本を差し出してくる。

「誠ちゃんに渡してほしいんだけど、お願いできないかしら。里子さんが置いていった唯一の荷物なの」

それは一冊の古びた辞書と、何冊かの本だった。

辞書の表紙には大きく『和西辞典』とある。

「わにしじてん？」と私が口に出せば、すかさず葉山さんが「〝西〟はスペインのことだ。義務教育で習わなかったか」と厳しいツッコミを入れてくれた。つまり、日本語のスペイン語訳が載っている辞書ということか。

「里子さん、スペイン語を勉強していらしたんですか」

「そうみたいね。たしかに里子さん、外国語がお上手だったもの」

枝実子さんが、目線をやや上のほうに向けた。昔のことを思い出しているのか、まばたきを繰り返したあと、

「私は土曜の夜に寮から帰って、家《ここ》で過ごしていたんですけどね。そのときに何回か見たことがあるわ。店に外国のお客様がいらっしゃると、里子さんが通訳みたいなこ

とをしてくれたんですよ」

「通訳できるほどの語学力をお持ちだったんですか」

「そうなの。あれはかっこよかったわ。でも通訳を終わると、必ず父に『何か言葉を間違ったかもしれません』と謝っていて……。まだ勉強中なのに通訳を頼むだなんて、そりゃあ自信もないわよね。里子さんには悪いことしちゃった」

枝実子さんの話を聞きながら、私は辞書に目を落とす。

その辞書には何か厚手のものでも挟まれているらしく、中ほどがふんわり膨れていた。鮮やかな赤い縒《よ》り紐《ひも》が垂れているので、おそらくは栞《しおり》か何かだろう。

ひとまず、私がそれらの本を受け取った。もそもそとエコバッグを取り出し、そうっと中にしまい入れる。

「誠ちゃん、里子さんをずっと捜していたんでしょう。どうなったのかしら、って、時々思い出しては気になっていたの」

枝実子さんはどこか遠い目になって、金井さんの背中をさする。

「お父さんが施設に入ることが決まって……、この家も手放すことになってね。先月から家を片付けていたら、本が出てきたんですよ。そのタイミングであなたたちが来てくれたでしょう。まるで運命みたいじゃない」

なんだか言葉に詰まってしまって、私は枝実子さんの目を見られなくなった。

「本当にそうなのかもしれません。必ず、谷崎さんにお渡ししますね」

「ええ、ありがとう。このまま処分するより、誠ちゃんの手元にあったほうがいいでしょうからね」

枝実子さんは、ふんわりと笑う。そして金井さんはジッと私たちを見つめていた。

「なあ、誠に伝えてくれや。お天道様はいつも見てんぞ、ってな」

舞い落ちる埃の中、真っ黒い瞳に哀しそうな色がじわりと滲む。

ふと気付いたときにはもう、金井さんは白昼夢の中に戻ってしまっていた。

5

喫茶ソウセキに着いた頃には、辺りはすっかり暗くなっていた。

「里子さんについて少しは知ることができましたけど、……それだけでしたね」

肩を落としつつ、預かった本を取り出した。

テーブルに並べていくのを見つめる葉山さんが、

「本の中に、里子さんの個人情報が残っているのではないかと思ったが……いくらなんでも住所や連絡先を書いたりはしないだろう」

「やっぱり、そうですよね」

でも、枝実子さんの話しぶりからすると、谷崎さんはこれらの本を調べていないのかもしれない。ひょっとしたら、里子さんがいなくなった後、金井さんが手元に置いていた可能性もある。

「カレーの情報も、目新しいものは出てこなかったな」

枝実子さんから本を受け取ったあと、黒いカレーについて少しだけ話を聞くことができた。かつて金井家では土曜の晩にカレーを食べることが多かったそうで、寮生活だった枝実子さんも、カレーの味を覚えていてくれたのだ。

しかし、

『なんというかね、不思議と子どもっぽい味だと思ったの。そのくせニンニクがきいてて、私はあんまり食べられなかったんですよ。ほら、高校生ぐらいの頃って、ニオイとか気になっちゃうでしょう』と、その程度である。

金井さんの感想については、枝実子さんが思い出して話してくれたけど、

『甘党の父は黙って食べてましたよ。むしろちょっと嬉しそうだったかな。こりゃ晩酌にも合うじゃねえか、みたいなことを話していたのを覚えています。とにかく父はね、嫌いなニンジンが入っていなければ満足する人だから』

ふたりのコメントを思い出すと、ますます黒いカレーの正体がわからなくなる。子どもっぽい味、ニンニクがきいている。晩酌にも合う。……まるで想像がつかない。

勝手に厨房へ向かい、勝手にコップをふたつ取り出した葉山さん。そこに勢いよく水を注ぎながら、

「黒いカレーというから、金沢の黒カレーじゃないかと思っていたが」

「それは私も真っ先に調べました」

石川県金沢市で食される、黒っぽい色味をした「黒カレー」というものがある。もしも里子さんが金沢市出身だとしたら、カレーとは黒いものであると思い込んでいてもおかしくはない。

葉山さんが持ってきてくれた水を私も一口飲んで、

「でも、もし里子さんが本当に金沢で生まれ育ったのなら、カレーと言われて『わからない』と答えるのもおかしいですよね」

「黒い色味のカレー」というだけなら、他にもそれを作っているお店は存在するようだ。だけど谷崎さんは、日本中のカレーを食べて回ったけど、あの味と似たものはひとつとして存在しなかった、と言っていた。

私は谷崎さんから聞いた〝材料〟を思いだしては、諳《そら》んじる。

「鶏肉、ピーマン、タマネギ、にんにく、何かのナッツ……」

どう考えても、これらの材料だけで甘いカレーは作れそうにない。谷崎さん、何か忘れていることはないだろうか。

「そもそも、〝黒いルウ〟はどうやって作るんだ？」と、葉山さんの素朴な疑問。

「カレーの黒い色は、カレー粉や小麦粉やタマネギなどを焦がしていけば作れます。あとはまあ、カラメルを入れても黒くはなるでしょうね」

「カラメルというと、プリンの上にかかっている黒いソースのことか」

「そうですよ。あれはお砂糖をカラメリゼ……焦がすように火を通して、ほどよい色味とほろ苦さを出したものですから」

「じゃあ里子さんも、それをやったんじゃないのか。原料が砂糖なら、カレーも甘くなるだろう」

その指摘はもっともだけど、違和感がある。

「お砂糖やクリームを入れたカレーは一般的ですよ。だけど里子さんのカレーがそういう甘さだったのなら、谷崎さんは三十年に及ぶカレー巡り旅の中で、とっくに見つけていると思うんですよね」

「たしかに、そうかもしれない」

「それから、乾燥させたキノコ類を粉にして入れても、ちょっとは黒っぽくなります。だけど一般家庭で使うとは思えないんですよね」

「なるほど」葉山さんが腕組みをした。

「谷崎氏の言う材料で黒くなるかどうか、きみは試してみたのか」

「もちろんです」私は大きくうなずいてみせる。

「黒っぽさはどうにかなっても、甘さがクリアできないんですよ。あの材料だと、はっきりわかる程度に『甘い』と感じるほどの甘さが出てこないんです。そのうえピーマンとナッツがなかなか合わなくて……」

仮にそれを出したところで、谷崎さんはハハハと笑って『やっぱりダメだったね』

と言うだろう。他にも全体をまとめられるような具材がないと、だいぶ厳しい。

「難しいものだな」しんみりと呟いた葉山さんは、直後にキッと見つめてきた。

「だが、なんとしても食べてみたい。作るしかない」

そうきたか。作るのは私ですけどね……。

「黒い食材となると、きみなら何が思いつく？」

「黒酢、黒ごま、黒豆、黒糖、ひじき、竹炭あたりですね」

以前に考えたものをそのまま挙げると、葉山さんは「キャビアとトリュフも黒いぞ」と付け足してくれた。セレブは黙っててほしい。

「でも、黒酢で黒くしようと思うと、カレーの味が左右されちゃうレベルですよ。谷崎さんもその辺はたぶん気付くでしょうし、とりあえず黒酢ではなさそうです」

黒糖をカレーに入れても、それほどルウを黒くはできない。ひじきが入っていたらさすがに見た目で気付くはずだ。黒豆は、粉にすればルウに混ぜ込めるかもしれないけど、食感が明らかに変わる。だいたい、そこまでして豆をルウに入れる理由がわからない。竹炭、キャビアにトリュフは一般家庭で扱わない食材なので論外である。

だが、なんとしても黒いカレーを食べてみたい葉山さんは、諦めなかった。コップの水を軽く揺らしながら、黒い食材を考え続けた挙げ句、

「イカスミはどうだ。沖縄や富山では郷土料理に使われると聞いたことがある。もし里子さんがそれらの地域出身だとしたら、イカスミを使ってもおかしくない」

イカスミ。文字通りにイカの墨。現代はペーストやパウダーでも販売しているが、あれは大変扱いにくい食材だ。

以前に働いていたイタリア料理店では、漁港直送の新鮮なイカスミだけを使っていた。シェフは全てのイカスミの匂いをチェックして、少しでも違和感があるものは即座に廃棄し、その日のメニューから「ネーロ・ディ・セピア《イカスミのパスタ》」を消させていた。それほどまでに難しい食材なのだ。そして恐らくだけど、イカスミとピーマンやナッツは合わない。

私が解説すると、葉山さんは「そうか」と目を伏せた。

「そうだよな。今から四十年近く前の時代に、その辺で簡単にイカスミが買えたとは思えない。言葉の時代性に続いて、今度は『食材の時代性』か……」

「本当に大変なことを引き受けてしまった感が強いです。黒いカレー、作ってあげたいのは山々なんですけど」

脳裏には、清水さんの涙があった。彼女たち三人がずっと追い続けていた、敵。

その敵に勝てるかもしれない、最後の希望が黒いカレーなのだ。

一方で、心に残る懐かしい味をもう一度食べたいと願う谷崎さんの気持ちも、痛いほどによくわかる。私だって、亡き母が作った青いプラムの酢漬けとか、もう一度味わえるものなら是非にでも食べたい。たとえ莫大《ばくだい》な代償が必要だとしても。

「……どうした？」

葉山さんの心配そうな声で、我に返る。うっかり涙がにじみそうになったのを、

「いえ、谷崎さんのことが心配で」とごまかした。

「清水さんたちから誤解されているだけかも、何かの行き違いが重なったのかもって思ってたんですけど、そうでもないっぽいですよね」

「少なくとも、贋作を何点も販売したのは事実のようだが……。問題は、贋作師のほうかもしれないな」

葉山さんが黙り込む。何を考え込んでいるのか、目線は床に落ちていた。

私もまた、深く考えざるを得ない。

谷崎さんに何があって、今のような事態に陥ってしまったんでしょうか。どうにかして目を覚ましてもらうことはできないのでしょうか。そう問おうとしたけど、口に出すのが苦しかった。

いつも朗らかで親切な谷崎さんが、悪質な贋作師とつるんで詐欺を働いているだなんて……。

もしかしたら谷崎さん自身が、その贋作師に騙されているのかもしれない。なにしろ贋作師は「手練れ」のようだと、葉山さんのみならず清水さんも語っていた。

何十年も贋作を造り続けてきたのだとしたら、ひどくずる賢くて、立ち回りもうまくなっているのに違いない。

そんな人、一体どうやって見つければいいんだろう。仮に谷崎さんが贋作師の居場

所やなんかを白状したとしても、それだけでは逮捕できないかもしれない。今こうしている瞬間にも、どこかへ逃げてしまっているのでは？

焦燥感で胸が痛くなってきた。この話題を続けていたくない。私は必死になって視線を動かし、谷崎さんの話から逃げられるようなものを探す。

「そうだ、枝実子さんから預かった本を見てみませんか。この黒っぽい単行本はシャーロック・ホームズですよね」

私が一冊を手に取ると、葉山さんもどこかホッとしたように「そうだな」と本に手を伸ばす。枝実子さんから託された、里子さんの愛読書であり唯一残されていた「荷物」――和西辞典と、四冊のシャーロック・ホームズだ。

『シャーロック＝ホームズの思い出』の上下巻、それから『シャーロック＝ホームズ最後の挨拶』の上下巻は、すべて偕成社《かいせい》から刊行された本だ。黒がベースの丈夫そうなカバーには、左上に小さく『シャーロック＝ホームズ全集』と入っている。対象年齢は小中学生ぐらいだろうか。中身も文字が大きめで、多くの漢字に読み仮名がふられていた。

小口と呼ばれる本の端は、一部が変色している。本を開くとき、ちょうど指が当たる場所だ。どの本も、何度も繰り返し読まれたことが想像できた。

『シャーロック＝ホームズの思い出（上）』を手にすると、何かが挟まっていることに気がついた。それは、大学ノートの一ページを切り取って折りたたんだものだった。

「なんでしょうね」

「里子さんの住所氏名ならばありがたいが」

いつも通りに葉山さんは、まったく躊躇《ちゅうちょ》せずに紙片をガサガサと開いてしまう。

そこには、アルファベットで何かがぎっしりと書き込まれていた。

"Watson, tengo que irme." Una mañana, mientras desayunábamos juntos, Holmes dijo.
"¿Ir a dónde?"……

「英語……じゃなさそうですね。フランス語でしょうか」

「いや、ひっくり返った〝？〟を使うのはスペイン語の特徴だ。本の内容をスペイン語に訳したもののように見える」

「あ、そうか。里子さんはスペイン語を勉強されていたということですね」

和西辞書もまた、かなり使い込まれているようでボロボロだ。表紙をそっと開いてみれば、中にはところどころ赤鉛筆で○印がつけられている。語学の勉強に励む里子さんの奮闘が、目に浮かぶようだ。

そして、辞書には分厚い栞が挟んである。

横三センチに縦が十センチぐらいで、直径三ミリほどの太い紐で編まれたらしい。

編み目がぼこぼこと浮き出て、端には結び目も見えている。全体的にゴワゴワして、麻糸を束ねたような手触りだ。栞にはちょっと不向きかもしれない。

栞の上部には小さく穴が開いており、二本の赤い綴り紐が結びつけられている。

「手作りでしょうか。素敵ですね」

「里子さん、あるいはご親族が作られたのかもしれないな」

葉山さんも興味深そうに、栞をひっくり返してはしげしげと見つめる。

「どこの地方だろうな。そういった技術が継承されているのは」

「この栞から、里子さんの出身地がわかりそうじゃないですか？」

私の思いつきに、葉山さんは「できる、かもしれないが」と言葉を濁す。

「今から四十年近くも前の話となると、技術が失われている可能性もある。日本のどの地方かもわからないのだから、ある程度の時間が必要だろうな」

そうだった。私たちには時間がないのだ。

「とりあえず、他の本も調べてみましょう」

私たちはそれぞれ本を手に取った。私は『シャーロック＝ホームズの思い出（上）』、葉山さんは『最後の挨拶（下）』。中に何か挟まれてはいないか、ページに書き込みがされていないか――。

そのうちに、私の目は無意識に物語を追いかけてしまっていた。

〈「ワトスン、ぼくはいかなくてはならないようだ。」

ある朝のこと、いっしょに朝食を食べていると、ホームズがいった。

「いくって、どこへ？」

「ダートムーアのキングズ・パイランドへだ。」〉……


ホームズは危険だ。つい続きが読みたくなる。

葉山さんが私の手元をのぞきこみ、「白銀号だな」とタイトルを当ててくる。

たしかに目次には『白銀号事件』とあった。

「そういえば、きみに預けたままだった」

「そんな本、記憶にないですけど」

「ああ、そうか。タイトルが違うんだな。恐らく表紙には『黒い影』と書かれている。

去年の秋、一緒に古書亡羊まで引き取りに行ったはずだ」

そこまで聞いて、やっと思い出した。あのとき葉山さんは「今は読む気がしない」とかなんとか言ったから、ずっと店に置いてあったのだ。

私はバックルームへ急ぐと、その本を持ってきた。表紙には、『黒い影　シアロック ホームズ探偵奇譚』とある。やたら時代を感じる書き方だ。

「大正時代に出版された、ホームズの翻訳物だ」なんて葉山さんはのんびり言うけれど、そんなこと言われると気が気じゃない。百年以上も昔に出版された貴重な本を、ぽんと預けっぱなしにしないでほしい。

本を渡すなり、葉山さんはさっそく中を確かめにかかる。目次ページを指さすと、「この『グロリア・スコット号事件』の次にある『名馬』という話が、白銀号事件のことだ」と教えてくれた。

だんだん思い出してきた。

「これ、馬がいなくなって調教師が死体で見つかるっていうお話ですか」

私の問いに、葉山さんはコップの水を吹き出しそうになっていた。ゴホゴホと盛大にむせながら、「な、なぜきみが知っているんだ」と驚いてみせる。失礼な。

「さすがにホームズは有名ですし、小学校か中学校の図書室でいくつか読んでます」

そう胸を張って答えたものの、細かな内容までは思い出せない。

「……この犯人、誰でしたっけ」

「ネタバレはしない主義だ」

葉山さんはメガネについた水滴を袖口できれいに拭き取ると、『黒い影』を読み始めてしまった。

だめだ。私も『白銀号事件』が読みたくてたまらない。

「細かいところまでは覚えていないんですよ」なんて言い訳しながら、私もまた、本を開く。ワトスンと共に、ダートムーアへ出発だ。

6

『白銀号事件』とは、こんな話だった。

競馬のレースのひとつである、ウェセックス・カップを目前にして、本命馬であるシルヴァーブレイズ号が姿を消してしまった。同時に、調教師の男も死体となって発見される。

馬主の依頼によって現地へ赴いたホームズは、ワトスンと共に調査を開始。

事件のあった晩、馬の世話をしていた男は、カレーに混ぜ込まれた阿片《アヘン》によって気絶していたという。その隙に調教師が殺され、シルヴァーブレイズ号が連れ出されたようだ。

犯人はどこに潜んでいるのか。そして、名馬の行方は？

私は興奮冷めやらぬ頭で本を閉じる。意外な結末と、そこに辿り着くまでの展開が本当に面白かった。一見してなんでもない情報なのに、最後になって大変な意味を持ち始めるのが、また楽しい。

コナン・ドイルは、よくこんな仕掛けを思いつくものだ。百年経っても熱狂的なファンが多いだけのことはある。

大満足で読み終えた私とは逆に、葉山さんはなぜか険しい顔で『黒い影』を読み進めている。途中のページに指を挟み、他のページと行ったり来たりを繰り返して、何かを見比べているようだ。

ややあって、「この本もニセモノかもしれない。ひとつ奇妙な点がある」と爆弾発言が飛び出した。

「に、ニセモノ⁉ だって、その本一冊まるごと偽造するなんて……！」

古書亡羊で購入したものなら、特に高価な品物であればあるほど、ニセモノの可能性が高くなる。本一冊を偽造することだって、不可能ではないのかもしれない。

急に指先が冷えていくようだった。それでも私は平静を装って、

「何がおかしいんですか」

「この本では、『カレー』という表記が物語の後半にしか出てこないんだ」

「カレー……？」

何が何やらさっぱりな私に、

「まずは、きみが今読んでいた本を確認してみるといい」と葉山さん。

言われるがまま、私は再び『シャーロック＝ホームズの思い出（上）』を開いた。

葉山さんの指摘するページは、序盤にあった。ホームズがダートムーアへの汽車の中で、ワトスン相手に事件の概要を説明する場面だ。

それはシルヴァーブレイズ号がいなくなった晩、二十一時過ぎのこと。馬の世話を

するネッド・ハンターという男のもとに、使用人《メイド》が夕食を運んできた。そのメニューが「マトンのカレー煮」だったと書かれている。

「次は、こっちを見てくれ。そちらと同じ場面だ」

葉山さんが『黒い影』を開き、私に差し出してきた。

〈後《あと》にはネットハンター一人《ひとり》番《ばん》をするために残《のこ》つた。九時《くじ》一寸《ちよつと》過《す》ぎに下女《げぢよ》が晩《ばん》めしを持《も》つて厩《うまや》にやつて来《き》た。〉……

たしかに、ここでは「晩めし」としか書かれていないようだ。ところが、後半になると、明らかに不自然な文章が連続する。

〈僕《ぼく》は、馬車《ばしや》が調馬師《てうばし》の家《いへ》に着《つ》いた時《とき》、不図《ふと》カレー羊肉《やうにく》の意味《いみ》に気《き》が附《つ》いたんだ。〉

〈カレーが味《あぢ》を紛《まぎ》らしたのだらう。どんなに考《かんが》へたつて、見《み》ず知《し》らずのシンプソンが其夜《そのよ》調馬師《てうばし》の家《いへ》でカレーを料理《れうり》をさせる事《こと》は出来《でき》まいしね、〉……

〈此二人《このふたり》だけが、其夜《そのよ》の食物《しよくもつ》としてカレー羊肉《やうにく》を撰《えら》ぶ事《こと》が出来《でき》るんだ。〉……

序盤では「晩めし」としか書かれていないのにもかかわらず、終盤の解説パートに入ると、突然「カレー羊肉」と連呼される。きっと当時の読者も、カレーとは何だろうかと困惑したに違いない。

同時に私は、「放浪記の直筆原稿」のことを思い出していた。あれは「ヂユウシイな」を「ジユンジユンした」に書き換えたかのような偽の痕跡が造られていた。

もしかしてこの『黒い影』も、もとは「カレー」となっていた部分が「晩めし」に書き換えられているのかもしれない。カレーと晩めし、ふたつの言葉の字数は同じだから、恐らく可能ではあるだろう。

「でもまさか、葉山さんまでニセモノの被害に遭うなんて」

動揺して、もう『黒い影』を直視できなかった。しかし当の葉山さんは、落ち着きを取り戻しつつあるようだ。コップの水を一口飲んでから、「ひとまず本物を確認するべきだな」と立ち上がり、勝手に店のタブレットを持ってきた。

慣れた手つきで操作して、どこかのサイトを開く。一分もかからないうちに、目の前にある古書とまったく同じ表紙が、画面に表示されていた。

「国立国会図書館のサイトだ。NDLと略すらしいが、ここに『黒い影』も収蔵されている。というか日本で出版された書籍のほとんどすべてが、ここにある」

「それがどこからでも自由に見られるんですか！」

「技術の進歩は素晴らしいな。まあ、俺は圧倒的に紙の本が好きだが」

葉山さんはページ送りボタンを探しだし、トン、トン、と何度かタップしていく。

「イヅミさんはNDLが大好きだと言っていた。漢籍でも古典籍でも思う存分読むことができる、大昔の本が好きな者にとっての楽園だと」

白浜さんは、江戸時代の和本を始め、現代ではほぼ入手不可能な明治時代の翻訳本や大正時代の雑誌なんかを中心に読んでいたようだ。葉山さんに『黒い影』を勧めたのも、『NDLで読んだら面白かった』という理由なのだとか。

そんなことをぽつぽつ語りながら、葉山さんはやがて該当ページを探し出した。

しかし。

「えっ⁉」「これは一体……」

私たちは驚き、顔を見合わせることとなる。

画面に表示されたページと、テーブルの上で開かれたページ。ふたつの内容がまったく同一だったからだ。つまり、タブレットに表示されているほうの〝本物〟でも、序盤では「カレー」という単語を訳さずに「晩めし」とだけ書かれていた。

「『黒い影』の訳者は、なぜか序盤の『カレー』だけ訳さなかったということか」

「なんででしょうね。うっかりミス？」

「かもしれないな。原文を通して読んだことがないまま急ぎで翻訳し、序盤の『カレー』が後になってまた出てくるとは思わなかったのかもしれない」

いずれにせよ、訳者本人にしかわからない事情があったのは確かのようだ。

けれど、なんだかおかしな話だ。

「不自然に見えたのに、実はこれが自然な状態だったなんて……」

そう呟いた途端、いきなり葉山さんが「そういうことか！」と立ち上がった。

「里子さんについて、皆が勘違いしていたんだ。俺もきみも、金井氏も、そしておそらく谷崎氏も」

「勘違い？」

「そう、些細にして大いなる勘違いだ。里子さんはスペイン語を勉強していたわけではない。恐らく彼女は……」

言いながら、葉山さんが和西辞書に手を伸ばす。しかし、その腕がコップをかすめてしまった。ゴトンと重い音がしてコップが倒れ、水がテーブルに広がっていく。

私たちは辞書や古書が濡れないよう、慌ててどかしにかかる。だけどひとつだけ間に合わなかったものがある。例の、栞だ。

栞は、水を吸収したことで縮んだように見えた。

葉山さんが栞を拾い上げ、まじまじと見つめながら、

「まさかこれは、リュウゼツランで出来ているのか？　リュウゼツランの繊維は、水を吸って縮む性質があると聞いたことがあるが」

葉山さんは「実物は初めて見た」と感動したように息を吐く。

「夏目漱石の愛弟子でもある寺田《てらだ》寅彦《とらひこ》が、『竜舌蘭』という随筆を書いているんだ。

池のほとりに生えていたと。しかし、なぜリュウゼツランの繊維で編んだものを里子さんが持っているんだ？」

「リュウゼツランっていうと、アガベシロップの原料植物で……あっ！」

その瞬間。

私の頭の中でバチバチと何かが光っては繋がり、何度も何度も火花が散った。

和西辞書と勉強家の里子さん。手製の栞と、黒っぽくて甘いカレー。

「そうか。そういうことだったんですね」

「わかった、のか……」

驚いている葉山さんを見るのは、ちょっと楽しい。

「リュウゼツランって、あるお酒の原料なんですよ。もう少し正確に言うと、リュウゼツランから採れる『アガベシロップ』という樹液ですけど」

厨房に向かって急ぎながら、そんな話をした。葉山さんは大変お酒に弱いと聞いたことがあるので、たぶんご存知ないだろう。そう思ったので、棚から取り出した小ぶりの酒瓶を、わかりやすく掲げてみせる。

「これです。このお酒の原料が、リュウゼツラン」

瓶のラベルを目にして、葉山さんがニヤリと笑う。

「なるほど、テキーラか」

「そういうことです」

ごく自然に、私たちの視線は、テーブルの端に片付けられた和西辞書と古書のほうへと移っていった。

「里子さんの〝正体〟はこれで確定だろう。きみが谷崎氏から聞き出した話、そして金井親子から聞いた話とも矛盾しない」

「あとは、黒いカレーの正体ですけど……」

「今度はそれが問題になってくる。里子さんの故国にはカレーなんてないはずだ。カレー文化があるのは、イギリスの領土だった地域か、イギリスの影響を色濃く受けた地域に限られているからな」

再び悩み始める葉山さんをよそに、私はワクワクし始めていた。今すぐ材料を買いに行き、刻んで炒めてぐつぐつ煮込んで、「黒いカレー」を作ってみたい。

「私に考えがあるんです。すぐ近くに、中南米料理に詳しそうな方がいましたよね」

7

谷崎さんとお茶してから、一ヶ月近くが経っていた。

古書亡羊は、堂々と営業を続けている。それについては『あの店、今日も営業してるで』と毎日のように大平さんが伝えに来てくれた。

谷崎さんは一体どういうつもりだろう。トーチカの三人に自分が負ける要素はない、と確信しているのだろうか。

それとも私の言葉を信じて、カレーの完成を待っているのかもしれない。

早いもので、今日で三月もおしまいだ。

私はひとり、喫茶ソウセキの厨房で、カレーの仕上げに取りかかっていた。

つけっぱなしのラジオでは「今日は夕方から、桜を散らす暴風雨にご注意ください」なんて言っているけれど、そういえば今年は桜をまともに観ていない。

あの日——里子さんの正体に辿り着いた日から、空き時間はずっとこうして黒いカレーの試作を続けていたからだ。

少しでも、谷崎さんの記憶する味に近づけるように。少しでも、里子さんの気持ちをなぞることができるように。

そう。この料理には、何よりも里子さんの心を込めるべきなのだ。

深呼吸して、鍋を見つめる。

ここには、しんなりして甘くなるまで丁寧に炒めたタマネギとニンニク、そして緑色の鮮やかなピーマンが入っていた。スパイスを振りかけ、追加で軽く塩コショウもしているので、お腹に訴えかけてくる香りが素晴らしい。恐らくお酒の進む一品に仕上がっているだろう。

でも、もちろんここで終わりではない。

香味野菜たちがバチバチと音を立てて踊り、美味しい化学反応が続く中、砕いたアーモンドをぱらぱら投入。焦がさないようサッと炒める。

それから、昨日とっておいたチキンスープと、完熟トマトをざく切りにしたものも忘れずに。これで、鍋の中に金色の海が出現した。

海には鶏を泳がせよう。塩コショウを振ってから、フライパンでじっくり焼き上げたもも肉だ。本来はオーブンや焙り器《ロースター》で火を通したほうが、より美味しくなるのかもしれない。でも今、重視するべきは、里子さんの立場なのだ。

そこに何があって何がなかったのか。それを考えていかなければならない。

鍋の中身が煮立ってきたら、今日のメインとなるスペシャルフードを入れていく。ザクザクと粗めに刻んだそれを、多すぎるのではと焦るぐらいにどっさりと追加。立ち上る香りが明らかに甘く変化して、膨れ上がる湯気の色も濃くなってきた気がする。

いよいよ、ルウがとろりと煮詰まってきた。

ここで仕上げのカレー粉だ。いつものカレーのようにたくさんは入れない。ぐるりとかき混ぜれば、すぐに溶けて見えなくなった。

ひと煮立ちしたらフタをして、火を止める。このまま、具材に味がなじんでいくのを待つ。

ここまでくれば、もう見張る必要もない。私は手を洗ってから厨房を出て、ドアに「ディナータイム　貸し切り」の札を掛けに行った。春の夕空はまだ明るく、けれどたしかに風が強い。

と、ちょうど葉山さんがやってきた。私を見て、わずかに微笑む。

「完成したんだな。お疲れ様」

「ええ、おかげさまで」

ちょっと不安は残るけど。そんな私の心を読み取ったのだろう。葉山さんは選手を励ます監督か何かのように、私の肩をぽんぽんと叩いた。

「細工は流流、仕上げを御覧じろ、というわけだ」

「いつも思ってたんですけど、『ごろうじろ』っていう響きは『ゴロー&ジロー』的な漫才コンビの名前に聞こえませんか」

「きみの耳の構造が気になってきた」

「褒めてますか、それ」

そんな意味のない会話を交わすことで、少し緊張がほぐれるようだった。

葉山さんがいつものカウンター席に陣取り、いつものようにカバンなどをその辺に置き、いつものように古い文庫本を開く。

ほどなくして、静かにドアが開かれた。

「……どうも。お邪魔しますね」

やってきたのは清水さん。すぐ後ろには、いつものようにニットキャップをかぶった大平さん。そして大きな体格の男性こと野島さんが、「こんちわ」とのっそり店内に入ってきた。

三人とも平静を装ってはいるけれど、顔つきが強張っている。それぞれ口を聞かずに、違うテーブル席に座った。

皆がこれから起きることを想像しているのだろうか。誰かの呼吸や心臓の音さえ聞こえそうなぐらい静まりかえった店内で、私は水を運んでいた。

コップを置く音とは異なる、カチャ、と小さな音がする。

「やあやあ、店長さん。お久しぶりだね」

とうとう谷崎さんも来店した。

「おっ、今日は葉山くんもいるのか。本の話ができるなんて嬉しいなぁ」

谷崎さんは、いつも通り極めて朗らかに、葉山さんとひとつ間を空けてカウンター席に腰かけた。ベレー帽を取りながら、葉山さんに話しかける。

「いや、聞いてくれよ。最近さ、サトコちゃんがますます甘ったれになってきて……」

清水さんたちは、谷崎さんの全身を敵意で突き刺すかのように睨んでいる。けれど谷崎さんのほうには、まるで気にする素振りもない。

「で、さ。黒いカレー、ついにできたんだってね」

「……はい！」

いよいよだ。全ての運命を決めるかもしれない、最初で最後の晩餐《ばんさん》が始まる。

私は白いお皿にお米を盛ると、上から黒っぽい色のルウを回しかけた。いつも作るカレーよりも粘度の高いルウは、それでも米粒の隙間にうまく流れ落ちてくれた。

「お待たせしました。黒いカレーです」

そのカレーは、たしかに黒っぽい色をしていた。でも思っていたほど黒いわけでもない。濃いめの焦げ茶色と表すのがピッタリだ。

溶けそうなほどトロトロのタマネギと、乱切りにしたピーマンがルウの波間にたゆたう。ちらちらと白く浮かぶのはニンニクやアーモンドの欠片。甘くてほんのり苦みを含んだ独特の深い芳香が、店中の空気を侵していった。

「これは――」

お皿を前に、谷崎さんがゴクリと喉を上下させる。いつもの「いただきます」も無いままスプーンを摑むと、慎重かつ大胆にカレーをすくい、震える手で口へ運んだ。

ゆっくり、ゆっくり……時間をかけて嚙みしめた後、谷崎さんは「ふう」と息を吐く。

「ようやく、会えた。これは里子のカレーだよ」

……やった！

私たちの推理は当たっていたのだ。

「美味いなぁ」と感嘆の言葉を漏らしながらどんどん食べる谷崎さん。

その様子を目の当たりにして、清水さんたちの全身からも少し緊張が取れたようだ。

「黒いカレー」が作られたことで、谷崎さんから話を聞けそうだとわかり、安心したのかもしれない。

「ぜひ、皆さんも召し上がってみてください」

私がそう声を掛けるや否や、葉山さんが「いただきます」と一礼する。

葉山さんは試作の時から付き合ってくれているので、もう十日間近くこの味を食べ続けていることになる。しかし今日もまた、「飽き」という言葉とは無縁の、実に幸せそうな顔でカレーを食べてくれていた。

「何度食べても絶妙だ。チョコレートの甘さはあるがスパイスも効いていて、しっかりとカレーの味がする」

そう、「黒いカレー」の秘密はチョコレートにあった。チョコを大量に入れて作るからお子様向けだろうと思いきや、割とそうでもない。里子さんは、その辺りもうまく調整したらしい。

私たちの考えが正しければ、里子さんの故郷とは、唐辛子の栽培が始まった地域だ。だから唐辛子を使った、辛みのある料理が多い。

そうした地域で生まれ育てば、自然と辛い料理を作りがちになるものだ。でもこのカレーについては、雇い主である金井さんが甘党だったこと、そして子どもだった谷崎さんが食べるからという理由で、辛さを控えめにしたのだろう。

黒っぽいルウとごはんを絡めて口に運べば、まず甘みが口中を満たしていく。

甘さの筆頭はもちろんチョコだ。その中にも、タマネギのしっとりした優しい甘さだとか、鶏肉から染み出た脂の甘みも溶け込んでいるから、やたら複雑な甘みが舌の上で踊り出す。

やや遅れて、ニンニクやスパイスの刺激がやってくる。チョコに包み込まれているせいか、マイルドな味わいだ。それでも、ひとくち味わうごとにカレーであることを思い出させてくれる。鶏肉はしっかりジューシー。アーモンドとチョコと鶏肉がこんなに合うとは思わなかった。

これが果たして白米に合うのだろうか……という不安はあったけれど、意外といける。甘辛いというか甘じょっぱいチョコベースのルウが白米によく絡んで、まるでデザートを食べているかのような気分も味わえるのだ。

日本の味と異国の伝統が組み合わさった、不思議な一皿がそこにあった。

「いやぁ、ごちそうさま。素晴らしい体験だったよ」

谷崎さんはスプーンを置き、晴れ晴れとした顔でそう言ってくれた。

「よく再現できたね」

「ありがとうございます。実はこれ、『モレ・ポブラーノ』というメキシコの伝統料理がベースなんですよ」

「……メキシコ？」

目をぱちくりさせた谷崎さんは、続けて、

「何を馬鹿《ばか》なことを。里子は日本人だよ」

それに答えたのは、葉山さんだった。「ごちそうさまでした」とナプキンで口元を

拭ってから、

「その通り、里子さんは日本人です。ただし、メキシコ出身ではありますが」

8

「里子さんは、メキシコ出身の日本人と推測されます。理由のひとつが、これです」

そう語る葉山さんは、床のカバンに手をやった。中から取り出されたのは、五冊の本。すなわち和西辞書と、四冊のシャーロック・ホームズである。

「あれ、それは里子が読んでた……、どうして葉山くんが持ってるんだい」

驚く谷崎さんに、葉山さんが本と栞を手渡した。

「その栞は辞書に挟み込まれていたものですが、リュウゼツランという植物の繊維で編まれているようです」

「リュウゼツラン、だって？」

「そうです。ご存知かもしれませんが、これはテキーラの原料が採れる植物で、テキーラといえばメキシコですね」

「だからメキシコ出身だっていうのかい」

困惑しきりの谷崎さんに、葉山さんはうなずいた。

なぜ里子さんがメキシコ出身なのかというと、恐らくメキシコ移民の子孫だから。

日本人のメキシコ移民計画は、明治時代末期に始まった。メキシコへと移住した数十人の日本人たちは、大変な苦労を重ねながらジャングルを切り拓き、かの地に根を張ったのだ。

その後の時代にも何度か移民事業があったようで、そのどれかに里子さんのご両親あるいは先祖の方が加わっていたのではないかと、私たちは考えた。

「里子さんのご両親は日本人、もしくは日系メキシコ人なのでしょう。だから日本語による会話はできたし、簡単な読み書きもできる。だが難しい言葉や言い回しがよくわからない。それで――」

葉山さんは、谷崎さんが手に持ったままの、ボロボロの和西辞書に目をやった。

「その辞書と、子ども向けに振り仮名がついた小説を使って、日本語を勉強されていたのではないでしょうか」

金井さん親子も私たちも、あの辞書や本、そしてノートの一ページを見て、里子さんはスペイン語を学んでいると思い込んだ。勉強して芸術作品を見に行きたいだとか、そんなもっともらしい話を信じてしまっていた。

けれど実際には逆だったのだ。

辞書に目を落とし、谷崎さんが呟く。

「里子が出稼ぎ労働者だと……そう言いたいわけか。葉山くんは」

八十年代、好景気の日本へ出稼ぎにくる外国人が急増したらしい。里子さんもそのひとりだったのではないか。彼女には弟妹がいたようなので、弟妹の学費や生活費を稼ごうと思ったのかもしれない。何しろ、多少の日本語ならば話せるのだから。

　また、当時の日本では、出稼ぎ外国人に対する偏見や差別が強かったという。それを知っていたであろう里子さんは、なおさら、自分が出稼ぎ外国人のひとりであることを隠さなければならなかった。

　葉山さんの説明に、しかし谷崎さんは疑いの目で口を挟む。

「『のまだ』のことはどうするんだい。里子はハッキリと『店を辞めたらのまだに戻る』と言ったんだよ。四国の野間田じゃなければ、どこだっていうんだ」

「残念ながら、『のまだ』は国内の地名ではない可能性が高いのです」

「メキシコってことかい」

「いえ。お手元の辞書で『放浪者』を引いてみてください。そこには、スペイン語で『nomada』だと書かれているはずです。おそらく里子さんは、別の所へ移動して働き続けたい……と思っていたのではないかと」

「里子が放浪者《のまだ》に、ねえ」

　ひとつも納得していないらしい谷崎さんは、少し眉を下げ、子どもに困らされている年長者のような笑みを顔に貼り付けた。気にせず、葉山さんは話を続ける。

「また、突然里子さんが姿を消したということも、メキシコ出身の労働者だとすれば理由が推測出来ます。里子さんは、自身の罪が発覚するのを恐れたのでしょう。彼女は観光ビザで入国し――」

「葉山くん、ちょっと待ちなよ」

怒気をはらむ声音で、谷崎さんが制止した。

「聞き捨てならないな。さすがにそれは、里子に対して失礼だろう」

「ご、ごめんなさい、葉山さんは大体いつもデリカシーがないので」

谷崎さんに謝りながら、子どもの不始末を謝る親御さんの気持ちを理解した。

おそらく清水さんたちには、私たちが何のことを話しているのか解らないだろう。説明できないままで申し訳ない気持ちもある。でも、ここで流れを止めるわけにはいかなかった。谷崎さんに、すべてを理解してもらうために。

「実は私たち、黒いカレーの手がかりを求めて、『ヨシヤの師匠さん』――金井さんからお話を伺ってきたんです」

「辞書《これ》がここにあるってことは、そういうことだろうね」

「里子さんがいなくなる前の日、近所のお店に強盗が入ったとお聞きしました。それを警察が調べに来たけれど、里子さんは強盗事件ではなく警察のほうに怯えていたようだった、ともおっしゃっていて」

「それがどうしたんだい」

「だって、不思議じゃないですか。どうして里子さんは警察を怖がるんでしょう。悪いことをしていないなら、警察を恐れる必要なんかないのに」

そこで「あのな」と小さく横槍《よこやり》が入った。大平さんだ。

「詳しいことはわからへんけどな、そこの小説家が言うとった『罪』っちゅうのは、つまり『近所の店に入った強盗』のことで、里子っちゅう人は強盗の仲間やった以外に考えられへんやろ」

「時代劇でたまに見るパターンだ。引き込み女っていうんだっけか。金持ちの家に使用人として雇われた女が、実は強盗の仲間だった、ってやつだな」

野島さんもちょっと得意げな顔で語るけれど、私はちょっと首を傾げた。

「最初はそう思ったんですけど、もし本当に里子さんが強盗の仲間だったとするなら、どうして、よし屋じゃなくて近所のお店が狙われたんでしょうか。それに強盗事件があった次の日に逃げるなんて、タイミングとして遅すぎますよ」

「つまり、里子さんは強盗とは関係がない」と葉山さんが言い切った。

「彼女は恐れたのです。警察に、自身の不法滞在もしくは不法就労がバレることを」

里子さんがメキシコ国籍だと仮定しておこう。

就労ビザで来日したのなら、仕事先が決まっているはずなので、自ら仕事を探す必要はない。けれど金井さんによれば、彼女は『東京に来たばかりで、住み込みの仕事を探して』いた。

里子さんは観光ビザで入国し、素性を隠して仕事を探していた。そう考えないとつじつまが合わない。

自分の立場に置き換えてみると、里子さんの不安がよくわかる。

――日本語は話せるけれど、難しい言葉や言い回し、そして日本独自のものについては解らないこともある。そのせいで警察が違和感を抱き、「外国人か」と聞かれたら……ビザを見せろと言われたらどうしよう。もちろん観光ビザでは働けないし、もしも警察に捕まれば、故郷への仕送りもできなくなる。それだけは、なんとしても避けなければならなかった。

「現時点ではこの推理が一番しっくりくるというだけで、真相は里子さんご本人にしか解りません」葉山さんは少し残念そうにそう語った。

「わかった」と言って、谷崎さんがコーヒーカップを傾ける。

「里子はヤバい立場だったってことにしておこう。でも本当にメキシコ国籍かどうかはわからないよ。スペイン語圏の国は他にもあるだろう」

「いえ。メキシコ出身である可能性は高そうですよ。どうやらあちらには、たしかに『長谷』という苗字の一族がいるようです」

驚き、谷崎さんは目を見開いていた。

「ど……どこでそんな情報《こと》を」

「メキシコの日系人会と縁を持つ知人が、ざっと調べてくれました。長谷一族は現在、グアダラハラ近辺に在住しているようだと」

葉山さんが言い終わらないうちに、ガタ、タ、と音がした。見れば、谷崎さんのコーヒーカップがテーブルの上で横転し、茶色い濁流が広がっていく。私が慌てて拭きに走る間、谷崎さんは呆然としていた。

「日系人会……？　じゃあ本当に里子は……」

それから、空のカレー皿を見下ろした。

「だから店長さんは、この料理に辿り着けたってわけかい」

「そういうことです」

私は料理のことを説明するため、乾ききった唇を開く。


里子さんがメキシコ出身かもしれないと判り、すぐにNAKANOZの中野さんに連絡をとった。

昨年に聞いたお話では、中野さんはかつて世界中を放浪し、特に中南米を愛しているとのこと。だから電話でざっくりと事情を話しただけで、『それはモレ・ポブラーノに近いなぁ』とのお返事をいただけた。協力をお願いすると、中野さんは『息子のことでお世話になりましたからね！』と快諾。調理法はもちろんのこと、里子さん独自のアレンジ要素についても相談に乗ってくれたのだった。

私と葉山さん、そして中野さんの三人で、黒いカレーについて考えた。

今から四十年近くも昔。谷崎さんから『カレーが食べたい』と言われたものの、メキシコ出身の里子さんには「カレー」がわからない。谷崎さんが説明した材料や、店頭の食品サンプルを見て、『故郷の料理、モレ・ポブラーノの仲間だ』と思ったのだろう。そして里子さんは、『日本のモレ・ポブラーノには、どうやら〝かれーこ〟を入れるらしい』とも理解した。

本場メキシコでは、モレ・ポブラーノには専用の苦いチョコを使うらしい。中野さんはメキシコから取りよせると言ってくれたけれど、断った。八十年代当時の日本でも、手に入らなかっただろうから。

では、里子さんは何を使ったのかというと。それはいわゆるダークチョコだったのではないかと思う。材料を求めて製菓専門店に行ったとも考えにくいから、その辺の小売店で買えるものを使ったはずだ。

ただし、当時の日本で販売されていたダークチョコは、せいぜいカカオ五〇％程度のものだったという。それで私も、同じようにした。

同じように、本場メキシコでは入れるはずのパプリカやレーズンも省いた。八十年代の日本において、パプリカはなかなか見かけない野菜だったらしい。だから里子さんはピーマンを使ったのだろう。レーズンについては、谷崎さんが苦手としていることを里子さんも覚えていたのだ。なので、それも入れずに作った。

今回もっとも大事なのは、時代性。それから料理をした人の気持ちだった。

「そういう経緯で、この不思議なカレーが出来上がったというわけです」

私の説明に、「なるほどね」と谷崎さんがわずかにうつむいた。

「カレー、うまかったよ。ごちそうさん。本当に……本当にうまかった。でも、そうか。メキシコ、ね」

その唇が自嘲するように歪んでいく。今まで自分のやってきたことは何だったんだろう。恐らく谷崎さんはそういう気持ちでいるのに違いない。

「すぐにでも飛んでいって、里子を捜したいんだけど――こいつがなぁ」

お腹のあたりをさするように、その大きな手を当てる。

「捜し出すまで保ってくれればいいけどね……まいったな」

葉山さんが「どうかしたんですか」と問うのとほぼ同時に、

「その前に、私たちの質問に答えてもらいます」

清水さんが席を立ち、谷崎さんの背中に向かって鋭い言葉を放つ。

「谷崎、あなたは贋作と知っていて売りましたね」

「……いや。何度も言うけどね、僕も被害者なんだ。誰かから買い取りしたものの中にニセモノが紛れこんでいて、運悪くきみのご家族が買ってしまったということ」

「では、仕入れ先の名前と住所を吐きなさい。どうせグルの薄汚い贋作師でしょう」

「なんだい、グルの贋作師って。きみたちは何の話をしているんだ」

谷崎さんは苦笑するけれど、それは清水さんたちをますます煽るだけだった。

「答えなさいよ。黒いカレーが食べられたら何でも話すと言っていたじゃない、このクソヤロウが！」

「ちょい落ち着きなはれ」と大平さんがなだめにかかるけれど、清水さんの激昂は収まらない。ひたすら谷崎さんを罵っている。

「ちょっとよろしいですか、谷崎さん」

葉山さんの澄み切った声が、一瞬で店内を静かにさせた。

「グルの贋作師など存在しませんよね」

「お、葉山くんなら解ってくれると思ってたよ」

ホッとした様子の谷崎さんに、葉山さんは「もちろんです」と微笑んだ。

「そんな人物など存在しない。なぜなら谷崎さん、あなたが独りで造って独りで売りさばいていたのですから」

9

清水さんたちも私も、あまりの驚きに言葉を失っていた。

谷崎さんが――贋作師⁉

「待ってください葉山さん、いくらなんでも無理がありますよ。谷崎さんって、失礼ながらかなり不器用じゃないですか！」

そう、贋作師は「手練れ」なのだ。ストローの紙袋で水引を作れなかったり、古書の修復でたびたび失敗するような谷崎さんに、精巧な贋作なんて造れるわけがない。

けれど、葉山さんはハッキリと力を込めて言い切った。

「フェイクだ。他人の前では不器用を装っていたんだろう。贋作を造っているなんて決して気取られないようにな」

「そんな……」

何も言えなくなる私に向かって、葉山さんは言葉の速度を落とし、ゆっくりと語る。

「谷崎さんは俺たちの前で古い原稿を直していたが、恐らくあれもフェイクの一環だ。目の前で失敗してみせることで『不器用だ』と印象付けた。……あるいは逆に、あれこそが贋作造りの瞬間だったのかもしれないな」

「まさか、嘘でしょう」清水さんが呆然と呟き、口元を白い手で覆う。

谷崎さんはというと、びっくりした顔で、葉山さんの話にいちいち「へえ、僕が？」とか「そういう見方ができるんだね」などと相づちを打っていた。学生の屁理屈に耳を傾ける教師のようだ。

葉山さんはそれを無視して語り続ける。

「奇妙なことは他にもある。放浪記の原稿を本物だと確認する流れが、驚くほどスムーズだった。あれは原稿がニセモノではないかと疑われたときの為に、あらかじめ用意されていたものだろう」

「あ、あらかじめ用意するって、そんなこと——」

「金井氏が半分ぼけていることを利用して、谷崎さんは自分にとって都合の良いように会話を誘導した。きみも思い返してみればわかる。あのとき、施設で金井氏が自ら発信したのは、すべてが曖昧な内容だったと」

私はもう、何がどうなっているのか理解できず、混乱の極みにいた。

だいたい、こんな話をするなんて聞いていない。昨日の打ち合わせでは、あくまでも私たちは里子さんとカレーについて説明するだけで、後は清水さんたちに任せることになっていたのだ。

うろたえる私を放置して、葉山さんは谷崎さんのほうへと向き直る。

「さて、谷崎さん。あなたが贋作師であると確信した理由のひとつは、放浪記のニセ原稿に隠されていました。あの原稿も古書亡羊で購入されたもので、たしか古い民家から見つかったとおっしゃっていましたが……」

葉山さんのメガネの奥で、切れ長の目がパチパチと瞬きを繰り返す。やがて額に手を当てて、「……長野のどこでしたっけ」。まさかのド忘れだ。

谷崎さんは笑いを堪えきれないといった様子で、

「なんだい、若いのに。あれは長野のカミバヤシで見つかったんだよ。ほら、林芙美子が疎開していた場所だ」

「あ、そうでしたよね」と、私もなぜかドキドキしながらうなずいた。

けれど、そこにツッコミを入れる人がいた。

「は？　ちょい待てよ、ジジイ」ガラガラして太い声は、野島さんだ。

「おい、ジジイ。カミバヤシってどこだよ」

「ジジイって僕のことかい」きょとんとする谷崎さんに、野島さんは「おめー以外いないだろうが」とがなり立てる。

「あのな、カミバヤシなんて場所は長野にねえよ。上の林と書いてカンバヤシ。なんでそんなことも知らねえんだ」

「逆に、なんでそれ知ってんねん」と大平さんが困惑する。

野島さんはなぜか誇らしげに、

「ま、聞けよ。おれは中坊の頃からずっとラグビーやってたわけだが」

ラグビー経験者だったとは……。どうりで体格のわりに素早く動けるわけだ。しかし、それと上林がどう繫がるというのだろう。

場を見回し、皆が聞いていることを確認したうえで、野島さんは話を続けた。

「毎年夏には長野の菅平《すがだいら》ってとこで合宿したんだ。あそこは全国からクラブが集まってくるんで、交流試合がしやすいんだよな。でもおれらは一度だけ志賀《しが》高原のほうで合宿したことがあってよ、そのとき——」

「志賀高原というと、上林温泉のすぐ近くですね」

葉山さんの言葉に、野島さんが「今おれが話してんだろうが」と苛立ちを見せる。

「……その志賀高原合宿の最終日、上林温泉に寄ったんだ。飯はめちゃくちゃうめえし温泉も気持ちよすぎるしで最高に盛り上がってよ、マジで楽しかった」

なるほど。それで知っていたのか。

でも、「上林」を「カンバヤシ」と発音するとは思わなかっ……、あれ？

「あの、すみませんが」私はそっと谷崎さんに声をかけたつもりだった。が、否応なしに店中の全員がこちらに注目してくる。

「谷崎さんは以前からずっとカミバヤシと発音されてましたけど、何年もずっと勘違いされてたってことですか。依頼人の方とお電話で何度もお話しされて、現地にも行って、それなのに――」

なんでそんな間違いを、と言う寸前で我に返った。誰にだって勘違いはあるんだし、大変失礼な問いである。うっかり葉山さんになるところだった。危ない。

しかしその葉山さんが「きみも気付いたか」などと謎の発言をする。

「最初に谷崎氏から話を聞いたとき、謎の違和感があったのです。しかし今、再び発音を確認できたことで、はっきりわかりました」

「何のことだい？」と、なおもとぼける谷崎さんに、

「あなたは現地に行ったことがない。恐らくは自ら造りだした偽の原稿を古いふすまに貼り付け、そのまま金井氏に見せたのではないですか」

「……さすが天才小説家様だね、単なる勘違いから物語をこしらえるなんて」

笑みを崩さない谷崎さんの姿に、清水さんが「いい加減にしなさいよ」とテーブルを叩いて立ち上がる。それを「まあまあ」と大平さんがなだめていた。

葉山さんはお地蔵様のような無表情で、じっと谷崎さんを見つめている。

「そうですね。この程度のことで、あなたが認めるはずもない」

「だからさ、葉山くん。認めるって何の話——」

「お忘れですか。俺が確信した理由は他にもあるんですよ」

葉山さんが、傍らに置かれたエコバッグを持ち上げた。その中から、四角くて大きな包みをドンと出してくる。それは私にもよく見覚えのあるものだった。

「放浪記のニセ原稿！」

みさきさんの叔母・ひかりさんが騙された、いわくつきのそれをまた目にする日が来ようとは。

葉山さんは、原稿をくるりと裏返す。額装されているから中身は見えないけれど、原稿の左上隅のあたりを指して、

「このあたりにシバンムシの死骸がくっついています」

「シバンムシって、本につく虫やろ」と大平さんが呟いた。答えたのは葉山さんだ。

「そうです。あなたもよくご存知の虫かと思いますが」

と、谷崎さんのほうにチラリと目線をやる。

「ここについていたものは、珍しい種類でした。その名も〝ウミベシバンムシ〟」

「ほう！」谷崎さんだけでなく、私も心から驚いていた。まさか葉山さんがそんなことまで調べ上げているとは思わなかったから。

「このウミベシバンムシですが、二〇一八年頃に新種として登録されたようですね。その名の通り、海辺……、沿岸部から一定の範囲内にのみ生息している虫です」

「へえ、なんや希少《レア》っぽいな」

目を丸くして相づちを打った大平さんは、しかし直後、

「……原稿、長野の上林から出てきたって話してへんかったか」と首をひねる。

その一言で、私にも理解できた。海辺にしかいない虫の死骸が、どうして長野県にあった原稿から出てくるのか、ということだ。もちろん長野県に海辺は無い。

黙りこんだ谷崎さんに、葉山さんが追い討ちをかけにいった。

「金井氏からお伺いしました。あなたのご実家は、鎌倉の材木座海岸――いわゆる沿岸部にあったと。そして店の名前は《波久堂《はきゅうどう》》」

葉山さんの指が、原稿用紙の左下を示していた。そこにはハッキリと印字されていた。『波久堂謹製原稿用紙』と。

以前に葉山さんが言っていた。『たとえば、閉店したまま長いこと放っておかれた文房具店の倉庫。とうの昔に亡くなった作家の土蔵や押し入れ。……〃大昔のもの〃はそこら中に在る』と。谷崎さんの実家は閉業したけれど、何かの事情があって、倉庫には在庫がそのまま眠っていたのではないか。それをもとに谷崎さんは、ニセの原稿やメモなどを造りだした――葉山さんの話は、つまりそういうことだった。

「待って！」

鋭い悲鳴にも似た声が上がった。清水さんだ。

「その店名、祖父が買った『芥川の書き損じ』にも印刷されていた……」

それを受けて野島さんが「マジかよ」と怒りで顔を赤くする。大平さんもまた、うつむき、きつく唇を噛みしめていた。

「ちょっと落ち着いてほしいな」と谷崎さんは苦笑する。

「林芙美子と芥川の原稿用紙が、たまたま僕の実家のものだったというだけで、僕を贋作製造犯扱いなんてさ。あまりにも飛躍しすぎだよ」

谷崎さんは、チラリと葉山さんを見る。

「葉山くんなら知っているだろう。芥川は鎌倉で暮らしていたこともある。だから鎌倉で買った原稿用紙を使っていても、おかしくはない。林芙美子だって鎌倉に旅行していたんだからね」

「だからこそ、あなたはその人選をしたのでしょう」

「ん、そいつはどういう意味だい」

「鎌倉に滞在したか旅行したことのある文豪、もしくは原稿が失われていて調べようがない文豪を選び、直筆原稿を造りだした……という意味ですよ。そういえば、国木田独歩も鎌倉に居住していたことがありますね」

「鎌倉は景勝地だからねぇ、大勢の作家さんが旅行しに来ただろうさ。でも、それと原稿の真贋は関係がないよ。だいたい原稿が本物だってことは、放射性炭素年代測定が証明してくれてる」

「原稿用紙自体は古いものですから、その測定を行っても当然のように『古い』結果が出るでしょう。しかし、インクならばどうですか」

言いながら、葉山さんはカバンから何かを取り出した。一通の封筒——中がうっすら透けていて、細かい字で書き込まれた書類らしきものが入っているとわかる。

「放浪記のインク、調べたんですか……！」

まさかここまで先回りしていたとは思わなかった。急に葉山さんがホームズのように見えてきて、なんだか胸の高鳴りを感じてしまう。

谷崎さんは黙って封筒を見つめていたけれど、やがて、はあっと深い息を吐いた。

「外へ出て話そうよ。せっかく夜桜が綺麗で……今日が最後かもしれないんだから」

そう言って席を立つ姿が、なんだか弱々しく見えた。

10

風が、強い。まだ千鳥ヶ淵まで相当あるはずなのに、どこからか飛んできた花びらがペタリと袖に貼り付いた。

世界は、どろりと重たい夜の闇に包まれていた。月が出ていないこともあって、いつもよりもずっと暗く感じる。

私たちは谷崎さんに先導されながら、ゆっくりと街を行く。両側にそびえたつビル群を横目に、首都高速の下を通り抜けて。九段下《くだんした》の駅が近付く辺りから、徐々に花見客と思しきひとの姿が増えてくる。北の丸《きたのまる》公園の濠《ほり》に沿って咲き誇る桜たちは、今日の風に花びらを振り落とされていた。

もう谷崎さんは逃げないだろう、とは感じる。それでも清水さんたちは油断せず、警戒の目を光らせていた。最後方を行く私と葉山さんもまた、口を閉ざし、黙々と歩くのみだ。

それにしても、肌寒い。思わず上着の前を合わせたとき、ふいに清水さんが言った。

「谷崎。ニセモノを造っていたのも、売っていたのも、すべて事実ですね」

それは問いではなく、確認だった。谷崎さんは振り向かないまま、話し始める。

「最初はね、里子を捜すための資金作りだったんだよ。里子にどうしても会いたくて……伝えたいことがあったからさ。でも気付いたときには、そっちが楽しみになってたんだ。古書亡羊、まさしくその通りだ」

まいったなぁ、というかすれた独り言も、あっという間に風の中へ消えていく。

「そろそろ千鳥ヶ淵ですね」葉山さんが斜め左のほうに目をやった。

ここまでの道すがら、ずっと視界の中に桜の木はあった。けれど、少し先に見えてきた千鳥ヶ淵の桜は、一段と美しいように感じられた。

「綺麗だねえ、月が出ていないことだけが残念だ」

のんきな谷崎さんとは真逆に、私たちは身体を強張らせ、次に谷崎さんが何を言うのかとピリピリしていた。

谷崎さんが、再びその口を開く。誰に向けるでもなく、言葉を紡ぐ。

「僕は、分相応って言葉が好きなんだ。ヒトにもモノにも格があるけど、ヒトは身の丈に合うモノを所持するべきだと思ってるんだよね」

いきなり何を言い出すんだろう。私が理解できないでいるうちにも、谷崎さんは、その持論らしき謎の話を静かに続けた。

「格の低い人間が、自分より遥かに格上のモノを求めるのは間違ってる。たとえば、借金してまでブランド品を買うなんてこと、あってはいけないんだ。現金でぽんと買えるぐらいの人間じゃないと、ブランド品だって可哀想だよ。……そう思うだろう？」

「だから……私の祖父が『格の低い人間』だから贋作を売りつけたと、そういうことを言いたいわけですか」そう震える声で反論した清水さんに、

「ニセモノだって見抜けないなら、本物でなくても構わないじゃないか」

心底不思議そうな声で、谷崎さんが言う。

「ちなみに葉山くんはニセモノを見抜いたから、本物の客として扱ったんだけど、他の連中はダメだね。誰も彼もニセモノをお宝だと信じ込んで、崇め奉るように買っていった。あいつらは皆、格の低い人間ってことだ」

急に哀しくなってきた。息が詰まるように、胸が塞がっていく。

今言わないと、反論しないといけない。たとえそれが通じなくても。

私は勇気と覚悟をもって、激しい向かい風に声をぶつけた。

「自分より遥かに格上のモノが欲しくなったとして、もしも手に入るのならば、手に入れたっていいじゃないですか。だってそのことが生きる力になるかもしれないし、〝上〟を目指すための原動力になるかもしれないのに。第一、そのモノに見合うかどうかは、誰が決めるんですか」

「店長さんもわかってないな」谷崎さんは後ろ姿のままで首を傾げる。

「格上のモノは手に入らないんだ。それが世の道理だよ。だいたい騙された時点で最底辺の人間ってことになるんだから、そこで終わりにしとくべきだろう」

「そんな……でも」

「分不相応の身の程知らずが多くて嫌になるよね。まあ、だからこそ、僕も楽しかったんだけど」

その言葉に清水さんが激昂した。大平さんと野島さんも、彼女を止めるどころか、今にも谷崎さんに飛びかかって殴り倒しそうな気配さえ感じる。

びゅうびゅうと吹き抜ける風の中、

「では谷崎さん。あなたもまた、最底辺の身の程知らずということになりますが」

冷ややかな声が、私たちの頭をスッと冷やした。葉山さんだ。

「先ほどのシバンムシの話、すべてウソです」

「は？」

「原稿についても、インクの調査などしていません。すべて俺のでまかせなんですよ。それにもかかわらず、あなたは恐らくすべてを信じてしまった」

ぜ……全部、ウソ⁉

思わず、葉山さんと谷崎さんを見比べる。桜をライトアップする大量の光も、葉山さんの横顔には届いていないけれど、それでも葉山さんが怒っていることは察せられた。そして谷崎さんはというと——。

「そういうことか。まいったな」

気の抜けた声とともに、その足を止める。

「なるほどねえ。まさか葉山くんにしてやられるとは予想できなかったね。まったく、悪いことはできないな」

それから曇った空をゆるりと見上げ、「お天道様は見てる、か」……。その身体を避けるようにして、桜の花びらが吹き抜けていった。

「ありがとう、葉山先生、緒川さん」

三メートルほどの距離を空けて、清水さんが立ち止まる。そして谷崎さんの背中に向かって、小さな機械を突きつけてみせた。

「すべて録音しました。警察に提出します。谷崎、今度こそおしまいですよ」

谷崎さんはそれに答えず、ぼんやりと桜を見上げているようだ。

私は強い不安を抱いた。その後ろ姿が、今にも消えて無くなりそうで。

「あの」と思い切って声をかけた。

花びらが、頬を叩くように吹き付ける。ますます風は強く激しくなっていく。

黒雲がどんどん流れ、隙間に月がチラリとのぞく。それはあまりにも神秘的な光景だったけれど、ほんの数秒でまた雲の向こうに消えてしまった。

「あの、これからどうするんですか」

私の声は届いたのだろうか。しばらくの間、私たちの耳は、風のうなり声だけを集めていた。

ややあって、谷崎さんは初めてこちらへ振り返る。やはりそこには、朗らかな笑みだけがあった。

「谷——」

再び呼びかけようとしたけれど。もはや嵐と呼ぶのが相応しいほど荒れ狂う風に、目を開けていられない。顔を背け、どうにか風をやり過ごす。近くを歩いていた花見客からも「うわっ」と悲鳴に近い声が上がった。

ごうごうと吠え猛《たけ》る桜嵐の中、

「さあ……どうするかな」

そんな寂しそうな声を聞いた気が、した。

エピローグ

あれから谷崎さんは警察の取り調べを受けたけれど、不起訴処分になったと聞いた。「ニセモノを造っている」ことの証拠が不十分だったのではないか、とは葉山さんの推測だ。

そして谷崎さんは……猫のサトコちゃんとともに姿を消してしまった。

＊＊＊

——夏がきた。カレーのハイシーズン到来である。

喫茶ソウセキへの嫌がらせは完全に収まり、新作の林芙美子カレーも大評判。「来月の新作カレーも楽しみにしています」なんて言ってくださるお客様もいて、それはもう張り切ってしまう。

「いらっしゃいませー、二名様ご案内っ！」

宮城さんも絶好調。その接客ぶりにもますます迫力が増してきて、ますますラーメン屋っぽさも増してきていた。

そういえば宮城さんは、自身の所属する劇団にみさきさんをスカウトしたと話していた。『あの演技力と求心力は放っておけないっす』ということらしい。みさきさんも興味が湧いたらしく、少しずつ大学に復帰しながら、劇団の稽古をのぞいているようだ。そんなことを、翔さんが嬉しそうに報告してくれた。

その翔さんにも変化が起きていた。まず掛け持ちしていたバイトを減らし、大学に行くようになった。それから、中野さんとの仲は未だ少しギクシャクしているようだけど、普通に会話できる程度になってきたらしい。

『おかげさまで、久しぶりに翔と話ができたんですよ』

ワイルドな顔をくしゃくしゃにして、中野さんは笑っていた。でも、こんなことも言っていた。

『梅雨の初め頃だったかな、古書店の店長さんからメキシコのことを色々と聞かれたんですけど、ご旅行でもされるんですかね』

恐らくそれは、谷崎さんだ。里子さんを捜しに行くのかもしれないけど、病気のほうは大丈夫なのだろうか。何かと心配だけど、以前に教えてもらった電話番号はもう繋がらないので、行方を知りようがない。

「いらっしゃいませー、おっ、ニットさんご来店」

「その呼び方、やめてもらえまへんやろか」

ばつが悪そうな顔で来店したのは、大平さんだ。

あのあと、清水さんたち三人は、無事に谷崎さんから返金されたらしい。

大平さんはリモートワークが主だとかで、時々こうやって、平日の昼間にふらりとカレーを食べに来る。なんだかんだあったけれど、うちのカレーをお気に召してくれたのならば、こんなに嬉しいことはない。

カウンター席についた大平さんが、スマホの画面を私に見せてきた。

「これ、あの小説家さんですやろ」

……画面には、『葉山トモキ最新作、映画化決定！』というニュースがあった。

葉山さんが悩みながら書き上げた原稿は、先月号の文芸誌に掲載された。それが大評判で、早くも実写化されることになったそうだ。

映画化の話について、実は二週間くらい前に本人から聞いていた。

けれど葉山さんとしては、映画化どころではなかったようだ。その時の葉山さんは、ただひたすら『イヅミさんからメールが来たんだ！』と動揺していた。

メールには、『あの一件についてずっと謝りたかったけど、勇気が出ませんでした。私のほうこそごめんなさい。もしよろしければ、近いうちに喫茶ソウセキでお話ししませんか』というようなことが書かれていたらしい。

『イ、イヅミさんがここに来るだなんて、俺は一体どうすればいい？　何を話せばいいんだ？』と、うろたえて店内をぐるぐる歩き回る葉山さんの姿は、いまだに思い出し笑いができるくらいに面白かった。

ちなみに。白浜さんは昨年、近くの出版社まで打ち合わせにきた際、喫茶ソウセキに寄ったらしい。カレーを食べてから、物語のアイデアをメモにまとめようとして、USBを落としてしまったのだそうだ。なんにせよ、持ち主に返せて良かった。

「いらっしゃいませー、あっこんにちは、おばーちゃん。また来てくれたんすか」

宮城さんの挨拶が店内に何度も響く。そろそろ、ランチのピークタイムだ。

さあ、本日も、棚に並ぶ名作たちに引けを取らない名料理を提供しなければ。

私はエプロンの紐をぎゅっと結び直すと、にっこり笑って声を上げた。

「いらっしゃいませ！」


それから少しして、喫茶ソウセキに一枚の絵はがきが届いた。

差出人は書かれておらず、消印には外国らしき謎のアルファベットが並ぶ。

裏には、どこか異国の風景写真。家々の間にカラフルな傘が無数に吊《つ》り下げられ、青空とのコントラストが目に鮮やかだ。

下の方に、こんなことが書かれていた。

「その節はどうもありがとう　里子と楽しくやってるよ」――。

参考資料

第1話
「新日本文藝　正義と微笑」　太宰治／錦城出版社
「太宰治　創作の舞台裏」　日本近代文学館編／春陽堂書店
「小説　太宰治」　檀一雄／岩波現代文庫

第2話
「精選　名著復刻全集　近代文学館　改造社版　放浪記」　林芙美子／ほるぷ出版
「女人藝術　五月號」　女人藝術社刊
「近代文学草稿・原稿研究事典」　日本近代文学館編／八木書店
「戦線」　林芙美子／中公文庫ＢＩＢＬＩＯ

第3話
「桜の森の満開の下・白痴　他十二篇」　坂口安吾／岩波文庫
「堕落論・日本文化私観　他二十二篇」　坂口安吾／岩波文庫
「太宰と安吾」　檀一雄／角川ソフィア文庫

第4話

「シアロックホームズ探偵奇譚 第一編 黒い影」コナンドイル／内藤恒雄 訳／東京英語学会
「シャーロック＝ホームズの思い出（上）」コナン＝ドイル／沢田洋太郎 他 訳／偕成社

本書は書き下ろしです。

収録作品はフィクションです。作中に同一の名称があった場合でも、
実在する人物・団体等とは一切関係ありません。

宝島社
文庫

神保町・喫茶ソウセキ
真実は黒カレーのスパイスに
(じんぼうちょう・きっさそうせき　しんじつはくろかれーのすぱいすに)

2024年7月11日　第1刷発行

著　者　柳瀬みちる
発行人　関川 誠
発行所　株式会社 宝島社
〒102-8388　東京都千代田区一番町25番地
電話：営業 03(3234)4621／編集 03(3239)0599
https://tkj.jp
印刷・製本　中央精版印刷株式会社

ISBN 978-4-299-05581-1

宝島社文庫　好評既刊

宝島社文庫

神保町・喫茶ソウセキ
文豪カレーの謎解きレシピ

柳瀬みちる

神保町に喫茶ソウセキを開店した千晴。ある日来店したイケメン作家・葉山に看板メニュー「漱石カレー」を酷評されたことで日常が変わり始める。人気作家の葉山が筆を折ろうとする理由とは？　古書に隠された暗号は何を示す？　カレーを作り古書を読みながら、二人が謎を解き明かす！

定価　748円（税込）